*A PRIMEIRA-DAMA*
*da* REFORMA

# RUTH A. TUCKER

# A PRIMEIRA-DAMA
# da REFORMA

*A extraordinária vida de Catarina von Bora*

Tradução: Marcelo Siqueira Gonçalves

Rio de Janeiro, 2023

Título original
*Katie Luther, First Lady of the Reformation*
Copyright © 2017 por Ruth A. Tucker
Edição original por Zondervan. Todos os direitos reservados.

Copyright da tradução © Vida Melhor Editora, LTDA., 2017.

Todos os direitos desta publicação são reservados por Vida Melhor Editora, LTDA.

| | |
|---:|:---|
| Publisher | *Omar de Souza* |
| Gerente editorial | *Samuel Coto* |
| Editor | *André Lodos Tangerino* |
| Assistente editorial | *Marina Castro* |
| Copidesque | *Cleber Nadalutti* |
| Revisão | *Antônia de Fátima Fuini e* |
| | *Gisele Corrêa Múfalo* |
| Capa | *Maquinaria* |
| Diagramação | *Aldair Dutra de Assis* |

Os pontos de vista desta obra são de responsabilidade de seus autores, não refletindo necessariamente a posição da Thomas Nelson Brasil, da HarperCollins Christian Publishing ou de sua equipe editorial.

CIP-BRASIL. CATALOGAÇÃO NA PUBLICAÇÃO
SINDICATO NACIONAL DOS EDITORES DE LIVROS, RJ

T826p

> Tucker, Ruth A.
> A primeira-dama da reforma: a extraordinária vida de Catarina von Bora / Ruth A. Tucker; tradução Marcelo Siqueira Gonçalves. - 1. ed. - Rio de Janeiro: Thomas Nelson Brasil, 2017.
> : il
>
> Tradução de Katie Luther: first lady of the reformation
> ISBN 978-85-7860-370-0
>
> 1. von Bora, Catarina, 1499-1552. 2. Reforma protestante. 3. Cônjuges de reformadores - Alemanha - Biografia. I. Golçalves, Marcelo Siqueira. II. Título.

17-42100
CDD: 920.72
CDU: 929-055.2

Thomas Nelson Brasil é uma marca licenciada à Vida Melhor Editora LTDA.
Todos os direitos reservados à Vida Melhor Editora LTDA.
Rua da Quitanda, 86, sala 218 – Centro
Rio de Janeiro, RJ – CEP 20091-005
Tel.: (21) 3175-1030
www.thomasnelson.com.br

# Sumário

*Introdução: Catarina von Bora para todas as eras* . . . . . . . . . . . . . . . . . . . . . . . . 7

1. "A Prisão de Jesus": A Clausura em um Convento . . . . . . . . . . . . . . . . . . . . . . 15

2. "Eis-me Aqui": A Revolução Religiosa na Alemanha . . . . . . . . . . . . . . . . . . . . 31

3. "Uma Carruagem Cheia de Virgens Vestais": A Fuga do Convento . . . . . . . 47

4. "Uma Vida Amarga": A Vida Diária na Antiga Wittenberg . . . . . . . . . . . . . . 63

5. "Tranças no travesseiro": O Casamento com Martinho Lutero . . . . . . . . . . . 79

6. "Nem madeira nem pedra": Um Marido Reformador . . . . . . . . . . . . . . . . . . . 93

7. "De Catarina Nasce uma Pequena Pagã":
   Como ser Mãe na Casa Paroquial . . . . . . . . . . . . . . . . . . . . . . . . . . . . . . . . . . . 107

8. "A Estrela da Manhã de Wittenberg":
   No Trabalho Antes do Sol Raiar . . . . . . . . . . . . . . . . . . . . . . . . . . . . . . . . . . . . . 123

9. "Esculpindo da Pedra uma Esposa Obediente":
   Forçando os Limites de Gênero . . . . . . . . . . . . . . . . . . . . . . . . . . . . . . . . . . . . . 137

10. "Pare de se Preocupar, Deixe Deus se Preocupar":
    O Excesso de Preocupação em Wittenberg . . . . . . . . . . . . . . . . . . . . . . . . . . . 153

11. "A Leitura Bíblica de Cinquenta Florins":
    Espiritualidade Desvalorizada . . . . . . . . . . . . . . . . . . . . . . . . . . . . . . . . . . . . . . 167

12. "Nenhuma Palavra Pode Expressar a Minha Dor":
    A Viuvez e os Últimos Anos . . . . . . . . . . . . . . . . . . . . . . . . . . . . . . . . . . . . . . . . 183

*Epílogo: A Marca de von Bora: Pensamentos Finais sobre Catarina* . . . . . . . . 197
*Notas* . . . . . . . . . . . . . . . . . . . . . . . . . . . . . . . . . . . . . . . . . . . . . . . . . . . . . . . . . . . . . 201

## Introdução

# *Catarina von Bora para todas as eras*

Catarina von Bora. Alta, esbelta, de cabelos escuros e olhar penetrante, voz apaixonada. Pisava forte em oposição, recusando-se a ser intimidada. Ela era forte e determinada; não era uma doce mulher submissa, subjugada, encolhida em um canto. Sabia o que queria e nem Martinho Lutero conseguiu pará-la. Cada palavra, riso, vibração e aplauso dela atraía a atenção do público. Fecho os olhos e ainda posso ouvir seu nítido sotaque queniano-britânico.

Ela havia implorado pelo papel. Era a peça final da minha turma do curso de História da Igreja na Faculdade Bíblica Moffat, em Kijabe, Quênia. No ano anterior, tínhamos queimado Policarpo num poste de madeira — quase literalmente, quando sua túnica do coral, preta e gasta, pegou fogo. Ele foi derrubado por alguns colegas que, rapidamente, apagaram as chamas, e a peça continuou como se aquele "deslize" fizesse parte dos planos. Todo o corpo de estudantes, professores e funcionários aparecera para a performance, e havia uma grande expectativa esse ano. A publicidade boca a boca tinha dado certo — muito burburinho sobre Martinho Lutero e Catarina: estrelando Kotut e Beatrice.

Tínhamos escolhido juntos o assunto, como turma. Os papéis foram designados — ou melhor, disputados, com os alunos mais barulhentos e mais articulados agarrando os papéis principais. De fato, a projeção vocal era importante. Se falasse alto, você estava dentro. Eu era a diretora, sem contestação, trabalhando com os alunos a coreografia e os eventos cronológicos. A partir dali, eles criaram os diálogos, e insisti para que mantivessem as falas sucintas. Nada de longos discursos. Eles estavam prontos e um pouquinho ansiosos naquela manhã fresca e ensolarada. O público era maior do que o do ano anterior, com o acréscimo, agora, dos estudantes da escola de enfermagem que ficava ali perto. Fiquei nos bastidores, atrás de uma pequena cortina lotada de atores, prontos para empurrar Tetzel ou o papa Leão X para o "palco" se eles não ouvissem a deixa.

Refreando sua tendência natural de ser o palhaço da turma, Kennedy deu boas-vindas à multidão barulhenta e apresentou toda a informação contextual apropriada. Houve um silêncio momentâneo. Então, vestindo a túnica preta de Policarpo, gasta e agora chamuscada, saiu Martinho, todo pomposo, de trás das cortinas para a colina gramada. Sua atitude era a de um bom reformador do século XVI: pregando teses em uma porta, protestando contra indulgências, pregando a salvação pela fé e fazendo o que meus alunos mais amavam, acender uma fogueira — nesse caso, para queimar uma bula papal.

Só que foi Catarina quem roubou a cena quando chegou em Wittenberg em uma carruagem com as minhas outras duas alunas mulheres e vários homens vestidos de mulher — e foi o melhor que conseguimos para representar os trajes das freiras. Martinho logo encontra maridos para todas elas, menos para Catarina. Como já tinha sido enganada pelo homem que achava ser seu noivo, ela estava vulnerável e só ela ficou sozinha. Martinho procura um cavalheiro digno, com quem Catarina concorda em se casar (ou, como ela mesma enfatiza, o próprio Martinho), mas o homem se sente ameaçado por essa mulher forte e ousada.

Pobre Martinho. Ele, um solteiro convicto, foi designado para encontrar maridos para todas elas. Então, sem outras perspectivas, ele traz Casper Glatz. Não! Não pode ser. Casper Glatz? Os alunos tinham escolhido, por unanimidade, nosso professor e missionário branco mais velho para o papel. Ele era perfeito: baixo, careca, tímido e sem noção. A arrogante Catarina o mede de cima a baixo e acaba com ele ali mesmo, na frente de todos. De maneira alguma ela se casaria com Casper. O público gargalhou alto. Não lembro exatamente para onde foi a peça depois disso, mas, com certeza, foi um grande sucesso, como provaram os agradecimentos finais.

Catarina, esposa de Martinho Lutero, foi, sem dúvida, a Primeira-Dama da Reforma. Entretanto, por mais importância que tivesse, ela teria permanecido desconhecida para nós, não fosse seu marcante marido. No entanto, ela se destaca por méritos próprios, ainda que mulher: primeira-dama, segundo sexo.

Segundo sexo. Martinho vinha primeiro e Catarina, em segundo. De acordo com o relato da criação, Aristóteles, o apóstolo Paulo, Agostinho, Tomás de Aquino, e o próprio Lutero, o homem vinha primeiro e a mulher, depois. E é assim ainda hoje, seja no Quênia ou nos Estados Unidos. Ninguém precisa ler *O Segundo Sexo*, de Simone de Beauvoir, para saber disso. Porém, antes que tenhamos tempo para formular nosso lamento por esse tipo de discriminação, saltam da Bíblia uma Sara e uma Rebeca, ou de fora da Bíblia, Cleópatra ou Catarina von Bora. Ousadas, espirituosas e, às vezes, rindo alto daquele primeiro sexo desajeitado. Claro, Adão foi o primeiro. Mas será que foi mesmo? Pergunte a Eva. Pergunte a Catarina.

Para mim, tornar Catarina von Bora relevante para meus alunos quenianos foi relativamente fácil. Para eles, os problemas relacionados a casamentos arranjados e famílias estendidas vivendo sob o mesmo teto são muito familiares. Eles cresceram em lares sem as conveniências modernas, como água encanada ou eletricidade. Entendiam a labuta exaustiva do trabalho no campo sobre os *shambas*, os lotes pequenos da sua família, e sabiam como era carregar fardos pesados de madeira para preparar a próxima refeição. Todos tinham um *cho*, um lavatório, do lado de fora, sem papel higiênico, e estavam familiarizados com os trapos ensanguentados que as mulheres usavam durante o período menstrual.

Os pronto-socorros e os bons médicos estavam, na maioria das vezes, à distância de uma morte trágica. O parto era arriscado. A fome, real. De fato, os tempos eram difíceis para os meus alunos quenianos, que se identificavam com a vida diária de Wittenberg, cinco séculos atrás. E, como os cidadãos de então, eles podiam apontar mulheres como Catarina — mulheres que não tinham medo de se posicionar em casamentos e comunidades dominados pelos homens. De fato, não tenho dúvida de que eles entendiam as mulheres, os costumes e a cultura daquele tempo muito melhor do que eu.

Então, como tornamos uma Catarina de quinhentos anos atrás relevante para a cultura ocidental? Será que ela tem alguma coisa a dizer para os homens e mulheres ocidentais de hoje? Por que deveríamos separar um tempo para conhecê-la?

De muitas maneiras, a voz de Catarina ecoa entre as mulheres contemporâneas, esposas e mães que construíram suas próprias carreiras. E, diferentemente de tantas mulheres reformadoras sobre quem lemos, sua vocação primária não era relacionada ao ministério. Ela era uma fazendeira e fabricante de cerveja com uma pensão do tamanho de uma pousada de férias. Tudo isso com uma família grande e a responsabilidade da criação dos filhos. De muitas maneiras, Catarina poderia entrar no século XXI — e reivindicar como seu lema *faça acontecer*.

Aqui nos concentramos nela, embora, ao mesmo tempo, apresentamos seus predecessores e contemporâneos, tanto reformados quando católicos. Como foi, para uma jovem, crescer em um convento? Será que elas eram as felizardas da época ou miseráveis rejeitadas, encarceradas em celas? Quais eram seus medos e suas esperanças? Será que a história de Williswind lança alguma luz sobre a vida do convento? Ela era uma freira pouco conhecida do século VIII que sofria efeitos secundários terríveis do que foi, provavelmente, um estupro nas mãos de bandidos violentos.[1] Será que Catarina ouviu essas histórias? Não temia ela que aqueles monstros tão reais violassem os muros do convento?

Muitas das predecessoras de Catarina no monasticismo são nomes familiares, como Clara de Assis e Hildegard de Bingen. Outras são desconhecidas para nós, mas o que podemos aprender sobre a irmã Catarina a partir de suas experiências e das freiras de sua própria época — algumas que fugiram, outras que escolheram permanecer nos conventos? E o que dizer das mulheres reformadas da época? Será que as vidas de Katherine Zell, Argula von Grumbach, Renee de Fererra e outras mais lançam alguma luz sobre Catarina? É claro que sim. Só que Catarina é única, precisamente porque fala a todos nós, em qualquer cultura ou época.

De fato, ela é uma mulher para todas as eras. Mais do que isso, sua vida personifica tudo o que é humano — lutas, tristezas e alegrias que pertencem a todas as culturas e a todas as gerações: suas decisões difíceis, sua agenda frenética, noites sem dormir, doenças e problemas de saúde mental na família, a morte de filhos. Esses não são problemas relacionados ao gênero. Assim como não o são seu amor perdido e sua solidão como solteira, ou seus embates conjugais relacionados ao dinheiro ou a diferenças de personalidade. Esses são problemas humanos. Não podemos negar, no entanto, que muitos eram relacionados ao gênero e à cultura. Ela carregava fardos femininos que nenhum homem consegue compreender completamente — fardos que encontraremos ao observar sua vida, da infância até a velhice.

Só que o mais impressionante é sua singularidade — sua vida totalmente não convencional. Catarina não se perde com facilidade na multidão da história, mesmo quando consideramos a escassez de fontes originais. Ela não pode ser restrita ao papel de uma esposa típica da época da Reforma — não foi uma esposa aceitável para o século XVI, nem o seria para hoje. Tem sido bem documentado seu papel como administradora forte e decidida do lar e dos negócios e agora a louvamos por isso. Seu papel religioso — ou a falta dele — tem sido bem menos analisado, como veremos adiante.

É importante não moldarmos Catarina como uma evangélica contemporânea . Martinho, sim, serve a esse propósito por ser adepto do discurso teológico, ao enfatizar a salvação somente pela fé, e até mesmo por testemunhar do novo nascimento. Catarina, nem tanto. Não, se usarmos a definição de cristão verdadeiro, em oposição à de cristão "nominal", como estabelecida pelo Comitê de Lausanne para a Evangelização Mundial. Sem dúvidas, ela seria relegada à segunda categoria, alguém que dá "assentimento intelectual para as doutrinas cristãs básicas e alega ser cristão", mas é "uma pessoa que não respondeu em arrependimento e fé a Jesus Cristo como seu Salvador e Senhor pessoal".[2] O pastor e teólogo John Stott chamava o cristianismo nominal de "o grande escândalo da comunidade cristã hoje".

A maior parte dos cristãos daquela época, entretanto, não professou ter "um relacionamento pessoal transformador com Cristo", e Catarina estaria entre eles. A religião era mais determinada pelo lugar onde uma família vivia do que pela profissão pessoal de fé, uma esquisitice introduzida pelos anabatistas. Por meio do casamento com Martinho Lutero, Catarina foi classificada como protestante. Basicamente, passou despercebido pelos historiadores o fato de que não há evidência de que ela tenha aceitado essa nova fé.

No entanto, ela foi a figura mais indispensável da Reforma alemã depois do próprio Martinho Lutero. Se tirássemos de cena Catarina e seu casamento de vinte anos, a liderança de Lutero teria sido severamente afetada. Não fosse pela estabilidade que ela trouxe à vida dele, Martinho teria saídos dos trilhos, emocional e mentalmente, na metade da década de 1520. Teríamos perdido sua ênfase, seu modelo de casamento e família como parte essencial de sua reforma. Somente Catarina von Bora — e nenhuma outra mulher — poderia ter realizado o que realizou com aquele homem tão instável. Sem ela, o Mosteiro Negro teria virado ruína — e, como resultado, não ocorreriam as "conversas à mesa", e isso é apenas o início do que teria se perdido se ela não existisse na equação.

Embora os colegas de Martinho, com certeza, devam ter percebido, mesmo inconscientemente, que ela era a base da sua estabilidade emocional, mental e financeira, eles mais se incomodavam do que apreciavam a presença imponente de Catarina na vida dele. Só que permanece a pergunta: onde ele estaria sem ela? E se Lutero nunca tivesse se casado? E se ele tivesse se casado com uma mulher submissa e doentia como Idelette Calvino? É difícil imaginá-lo como o grande reformador que ele se tornou.

E Catarina? E se ela tivesse permanecido no convento e se tornado uma grande madre superiora alemã? E se ela tivesse deixado o convento, mas permanecesse solteira? E se as mulheres da época fossem amplamente reconhecidas como iguais, como o são na Alemanha e em diversas partes do mundo hoje? E se Catarina tivesse se casado com um professor de química quântica que não se importasse em ficar de fora dos holofotes enquanto ela perseguia uma carreira política? Será que ela teria se tornado uma versão do século XVI de Angela Merkel, chanceler da Alemanha?

Tais cenários alternativos — os *e se* da história — podem lançar luz sobre um indivíduo ou herança que não pode ser completamente recuperado. Ainda assim, quando apontamos nossas lanternas vacilantes para as vastas cavernas da Alemanha do século XVI, temos dificuldade de identificar, com precisão, o que nosso olhar encontra.

Então, como é que um autor poderia começar a escrever uma biografia de Catarina von Bora? Para mim, é a tarefa tênue de sentir o caminho em uma caverna já parcialmente explorada, procurando por elementos que possam ter passado desperceidos para outros. E começo por reconhecer o filtro através do qual eu a vejo.

Na literatura, cada século [desde seu nascimento] retratou Catarina von Bora através do filtro de seus próprios valores. O "meu senhor Catarina" de Lutero já foi descrito de várias formas, como a Primeira-Dama da residência paroquial protestante, a Estrela da Manhã de Wittenberg, a empresária da Reforma, um exemplo para as esposas que trabalham, a esposa e mãe ideal, um porco (em uma sátira polêmica), e uma mulher que exemplifica as inconsistências da transição entre as cosmovisões medieval e moderna do sexo feminino. Junto com seu marido, Catarina von Bora foi satirizada, caluniada, idolatrada, revisada e ficcionalizada pelos comentaristas contemporâneos e posteriores. Em todas as representações, sua personalidade única e forte brilha, como a de Lutero.[3]

## CAPÍTULO 1

# "A Prisão de Jesus":
# A Clausura em um Convento

Imagine uma menininha de cinco anos indo para a pré-escola, passando meio período fora de casa. Como ela não frequentou o jardim de infância, ela está assustada, chorando, e pendurada em sua mãe. Todos já testemunharam uma cena assim. Faz parte do crescimento. Mas, e se o ano fosse 1504 e a garotinha não estivesse indo somente para uma tarde na escola, mas para uma vida toda de clausura num convento? Hoje consideraríamos esse tratamento como um gravíssimo caso de abuso infantil. Entretanto, não era assim no século XVI — a menos que surgisse um reformador para atacar com ferocidade essa prática religiosa.

A irmã Maria Deo Gratias, freira consagrada com as Irmãs do Santíssimo Sacramento, estava no sexto ano quando sentiu seu chamado religioso. Quando foi entrevistada, em 2014, para um artigo no *New Yorker*, ela falou da liberdade de se entregar "totalmente para Deus", insistindo que o voto de castidade, considerado em quase todo o mundo como limitador das escolhas da mulher, na verdade abriu a porta para a liberdade. Entretanto, a menina de quatro anos, sobrinha de uma das irmãs, estava convencida de que essas mulheres viviam em uma "prisão de Jesus".[1] Para uma garotinha, esse é um termo compreensível — e o pior pesadelo de uma criança: ser sequestrada e encarcerada em uma prisão.

Catarina von Bora tinha cinco anos quando entrou na "prisão de Jesus" em 1504 (um convento beneditino que também servia de internato para meninas). Diferentemente de irmã Maria, ela não teve oportunidade de esperar até estar no sexto ano escolar para sentir uma "vocação religiosa" e para, mais tarde, desfrutar de completa satisfação dentro da clausura, "despojada de qualquer coisa que não seja Deus".[2]

Aos cinco anos, Catarina, com certeza, não era a menina mais nova a ser largada em um convento. Edburga, uma princesa inglesa do século X, entrou no convento aos três anos de idade. Só que a decisão tinha sido dela, como conta a história: "Seu pai colocou diante dela tanto objetos religiosos (uma Bíblia, o cálice e a patena) quanto seculares (joias, ouro e prata) ... para decidir o caminho futuro da vida dela." Sem hesitar, a criança escolheu os objetos religiosos.[3] Ela permaneceu no convento a vida toda, primeiro como freira, depois como madre superiora de Nunnaminster. Depois de sua morte, ela foi canonizada e tem seguidores há séculos.

Na Alemanha também havia uma longa tradição de se mandar meninas muito novas para os conventos. De fato, a famosa madre superiora do século XII, Hildegard de Bingen, foi escolhida para a vocação religiosa aos oito anos. Sua situação foi bem mais sensível do que a de Catarina. Filha de nobres, Hildegard foi colocada sob os cuidados da anacoreta Jutta, cuja cela solitária era uma pequena cabana ligada ao mosteiro beneditino de Disibodenberg. Jutta praticava o ascetismo severo, incluindo a autoflagelação. Por influência dela, Hildegard abraçou sua vocação religiosa.

De fato, as circunstâncias de Catarina não eram incomuns durante a Idade Média. Em seu estudo clássico *Medieval English Nunneries* [Conventos medievais ingleses], Eileen Power conta a história de Guy Beauchamp, conde de Warwick no século XIV, que levou suas duas filhas, Margaret, de sete, e Katherine, de um ano, e as deixou no Mosteiro Shouldham para serem treinadas para uma vocação religiosa.[4] Katherine se tornaria freira, mas não há registros de sua irmã mais velha, que deve ter morrido jovem.

Então, como muitas outras jovens filhas de menor nobreza de sua época, Catarina foi jogada em um convento. No caso dela, a decisão se relacionava a circunstâncias familiares. Sua mãe havia falecido e, logo depois, seu pai se preparou para casar com uma viúva que também tinha filhos. Então, seu pai a levou para o internato, talvez com boas intenções, mas o que aconteceu de fato foi deixá-la órfã de pai e mãe em um período de poucos meses. Em 1504, ela chegou em Brehna para começar sua educação no convento beneditino.

"A Prisão de Jesus": A Clausura em um Convento

Podemos perguntar-nos se ela estava certa em relação ao monasticismo, já que a decisão tinha sido principalmente financeira, como acontecia com muitas meninas no final da era medieval. De fato, essa era uma prática comum entre a nobreza menor, e sem dinheiro, na Alemanha do século XVI. Para o recém-viúvo Hans von Bora, significava uma criança a menos ocupando espaço em uma casa pequena, uma boca a menos para alimentar e, no futuro, um dote a menos para pagar. E também a eliminaria de qualquer direito à herança. Como em todos os casos, havia um custo inicial que era negociável. A quantia paga pela pequena Catarina — miseráveis 0,30 xelins — podia indicar pobreza ou apenas simples mesquinharia.[5]

Nascida em 29 de janeiro de 1499, perto de Leipzig, filha de Hans von Bora e Anna von Haugwitz, Catarina era uma menina do campo, com três irmãos e talvez uma irmã. Embora a pequena *pré-escolar*, como a imaginamos, deva ter ficado muito confusa e triste durante aquelas primeiras semanas e meses longe de casa — sem dúvida, com saudades do lar e dos irmãos —, ela deve ter se adaptado rapidamente. No ambiente escolar, os dias eram planejados e, para uma criança inteligente e esperta que amava aprender, a escola tinha muito a oferecer: um currículo excelente, crescimento espiritual e o asseio apropriado para uma jovem.

Não temos registro do quanto Catarina se aclimatou emocionalmente conforme os meses se transformaram em anos. Entretanto, conhecemos a visão de Martinho Lutero sobre tais costumes. Sua avaliação pode ter sido baseada nas próprias memórias de Catarina sobre seu abandono como criança, que um dia levariam aos votos sagrados e à vida em um convento. "É muito vergonhoso que crianças, particularmente mulheres indefesas e jovens meninas", escreveu Lutero, "sejam empurradas para os conventos. Tenho vergonha dos pais implacáveis que tratam seus filhos com tanta crueldade."[6]

Em 1524, um ano depois de Catarina fugir do convento, Lutero publicou um panfleto: *A Story of How God Rescued an Honorable Nun, Accompanied by a Letter of Martin Luther to the Counts of Mansfield* [Uma história de como Deus resgatou uma freira respeitável, acompanhada de uma carta de Martinho Lutero para os condes de Mansfield]. O tratado consistia principalmente do testemunho de Florentina, que foi enviada para um convento aos seis anos de idade. Cinco anos depois, ela foi forçada a "receber o véu".

Quando suplicou à sua madre superiora que lhe permitisse partir, recebeu uma penitência. Mais tarde, quando seus esforços para entrar em contato com sua família e o próprio Lutero foram expostos, ela foi açoitada e trancada em uma cela do convento. Lutero só publicou o relato dela em primeira pessoa depois que ela conseguiu fugir, e acrescentou seus próprios comentários. Ele insistia que sua fuga era obra de Deus, e que a cruel madre superiora era uma Jezabel.[7]

Catarina também foi preparada para "receber o véu". Tendo acabado de completar dez anos, a garotinha deu adeus às suas colegas de escola e amigas e partiu com estranhos para viver em um novo lar. Sem dúvida, ela tinha sido informada de que seu pai tinha arranjado sua relocação para Marienthron, um convento cisterciense em Nimbschen. Quando ela chegou, deve ter imediatamente percebido que sua qualidade de vida tinha decaído muito. O convento era menor e tinha menos conforto. A moradia, as refeições e o conjunto de livros não faziam frente ao complexo beneditino bem equipado em Brehna, que conhecia tão bem. Será que Catarina entendeu bem todas as implicações dessa transferência? Será que percebeu a decisão de seu pai quanto a ela viver como uma freira enclausurada?

Havia um ditado nos anos iniciais da Alemanha moderna: aos dez, uma criança (*kindische Art*); aos vinte, uma donzela; aos trinta uma, esposa, e assim por diante. "Para as pessoas da época, '*kindische Art*' expressava o desenvolvimento incompleto do corpo, mente e faculdades morais".[8] Pelos padrões de sua própria época, não só da nossa, Catarina era uma criança quando foi levada a Nimbschen para iniciar o processo de entrada em uma vocação vitalícia como freira.

Talvez ela fosse imatura demais para compreender totalmente o que estava acontecendo ou tenha compreendido e tomado a decisão de seguir em frente, presumindo que sua vocação futura fosse uma tradição familiar e que fosse seu dever continuar. Afinal de contas, duas de suas tias, uma de cada lado da família, Magdalene von Bora e Margarete von Haubitz, eram internas, sendo que a última era sua madre superiora. Entretanto, será que Catarina queria mesmo seguir os passos delas? Será que ela fantasiava sobre o mundo lá fora? Sobre uma fuga? Ou será que o fosso profundo e as altas cercas ao redor do perímetro do complexo a faziam desistir?

Talvez ela soubesse, por instinto, que a vocação religiosa era muito elogiada. Além dos perigos para a saúde, havia várias desvantagens no casamento. Não é exagero dizer que os homens eram brutos. Talvez um príncipe tomasse banho, vestisse roupas limpas e mascasse hortelã para compensar o bafo de alho. Só que o homem comum da cidade tinha pouca preocupação com higiene (pelo menos comparado com as freiras) e, além disso, eles tratavam muito mal as mulheres. Uma esposa era feliz se não recebia empurrões nem apanhava, e poucas esposas escapavam das palavras grosseiras de um marido bêbado com seus companheiros. De fato, a vida monástica tinha seus atrativos.

Havia muitas vantagens para uma menina que entrava em um convento. Ela não era forçada a um casamento arranjado com um velho ou com um homem mais jovem que ela não achasse atraente; não morreria cedo no parto nem seria sobrecarregada pela labuta do lar e o cuidado de uma casa cheia de crianças famintas; não apanharia de um marido violento por não atender suas vontades, e teria oportunidade de educação em uma vocação a que se atribuía um certo prestígio.

No século XVI, não havia estatísticas ou comparativos de longevidade, mas agora sabemos que a vida para as mulheres no convento era muito mais saudável do que no mundo exterior. Em média, uma madre superiora vivia muito além dos cinquenta anos, enquanto a longevidade para a maioria das mulheres fora do convento era de menos de trinta anos. Esperava-se que as freiras fizessem trabalhos manuais e cuidassem dos jardins, mas muito do seu tempo era dedicado às horas de meditação, oração, leitura, e ao coral — luxo que poucas mulheres com família poderiam ter. As freiras enclausuradas tinham menos probabilidade de morrer de doenças contagiosas, muito comuns na época e, para muitas delas, o padrão era a dieta vegetariana. Entretanto, não era incomum que as freiras enclausuradas, assim como as mulheres no mundo exterior, reclamassem da comida quase intragável e dos períodos de fome que sofriam.[9]

O dia de trabalho das freiras carregava, muitas vezes, um sentimento de realização, fosse trabalhando em seu próprio lote no jardim, ou copiando manuscritos, ou produzindo saltérios para o uso diário do convento. De fato, "as freiras na Alemanha", escreve Judith Oliver, "fizeram muitos saltérios para seu próprio uso, apesar das repetidas proibições contra a produção de livros pelas mulheres sob supervisão dominicana."[10] Os saltérios eram classificados como *"nonnenbücher"*, ou "livros das freiras". Era um termo pejorativo, e sua arte era considerada deficiente se comparada à daqueles feitos pelos encadernadores profissionais.[11] Hoje, um *nonnenbücher* original dificilmente seria descartado como inferior, seja em um leilão da Sotheby's ou na Feira de Livros de Frankfurt.

Quando Catarina fugiu do convento, estava, em alguns aspectos, preparada para o mundo exterior, tendo aprendido como se virar com pouco e dominando um amplo leque de habilidades muito úteis quando assumiu o papel de madre superiora do Mosteiro Negro. Só que sua preparação foi muito além das funções básicas de administrar um grande lar. Temos todas as indicações de que Catarina estava também preparada tanto emocional como mentalmente. É interessante que sua fuga tenha envolvido o que poderíamos chamar de uma *irmandade*. Ela não era uma menina sozinha no meio da noite, mas parte de um grupo pequeno e unido de *irmãs* que compartilhavam segredos e faziam planos clandestinos.

Todavia, como esses planos foram realizados? Como a maioria das clausuras daquela época, o silêncio era observado com rigor — exceto, é claro, nas orações comunitárias e no coral. Ernst Kroker especula que as freiras de Nimbschen possam ter utilizado uma linguagem secreta de sinais para se comunicarem, talvez gestos bem afinados na hora que foi necessário planejar sua fuga.[12]

Apesar da regra do silêncio, era comum que as freiras tivessem melhores amigas na clausura e formassem uma ligação emocional profunda, quase como se fosse um romance — o que, às vezes, era mesmo. Talvez o mais conhecido desses "romances" seja o que envolveu a celebrada madre superiora Hildegard de Bingen e uma jovem freira, Richardis von Stade. Nascida em 1098, a vida de Hildegard alcançaria grande parte do século XII. Ela expressou seu amor por Richardis como uma amiga íntima e alguém que a encorajou a escrever: "Quando escrevi o livro *Scivias*, eu nutria um forte amor por uma nobre freira [...] que sofreu comigo até o término deste livro."[13]

De fato, o relacionamento delas era tão apaixonado que outras freiras ficaram preocupadas. Hildegard derramou seu coração para sua amada, referindo-se a essa inquietação entre as outras freiras: "Eu amava a nobreza da sua conduta, sua sabedoria e sua castidade, sua alma e toda sua vida, a ponto de muitas dizerem: O que você está fazendo?"[14]

Mais tarde, quando Hildegard descobriu que Richardis tinha sido designada como madre superiora em outro convento (uma promoção arranjada por seu irmão, arcebispo), ela ficou inconsolável — e furiosa. Então buscou a intervenção do Papa, em vão. Algum tempo depois, quando chegou a notícia de que aquela jovem mulher, de apenas 28 anos, estava em seu leito de morte, Hildegard lamentou com raiva, jogando a culpa pela morte prematura no espírito orgulhoso e no diabo: "Porém, a antiga serpente tentou privá-la daquela honra abençoada atacando-a por sua nobreza humana. Só que o poderoso Juiz tomou essa minha irmã para Si, retirando-a de toda a glória humana."[15]

Não é difícil imaginar que Catarina tenha sentido saudades da irmandade e das amigas especiais que foram deixadas para trás, no convento, depois de sua fuga. Mais tarde, como uma *hausfrau* [dona de casa] ocupada, não havia mais tempo para segredos de irmãs, grupos de tricô, clubes do livro e alegres bate-papos femininos.

A irmandade, contudo, às vezes tomava um caminho sinistro, como quando as freiras brigavam entre si ou irrompiam contra uma madre superiora ou algum forasteiro. De fato, os conventos podiam ser lugares perigosos para aqueles que buscavam reprimir o mau comportamento ou instituir novas regras. Quando a reforma chegou à diocese de Hildesheim, na metade do século XV, o padre confessor Busch foi enviado às freiras de Derneburg. Entre outras mudanças, ele insistiu para que toda comida fosse mantida em comum, incluindo os barris de cerveja. Para fazer cumprir essa diretiva de propriedade compartilhada, o padre pediu para ser levado à adega no porão por uma das freiras que ele achou estar de acordo com as normas. Ela, sendo educada, sugeriu que ele descesse primeiro, como mais tarde relatou o padre:

> "Sem pensar muito, desci primeiro. Só que quando cheguei lá embaixo, ela, de repente, fechou a porta sobre minha cabeça e parou em cima dela. Eu estava trancado sozinho lá dentro, pensando o que teria acontecido se as freiras tivessem me trancado lá em segredo. [...] Por fim, depois de algum tempo, elas abriram a porta do porão e me deixaram sair. Depois daquilo, nunca mais

estive disposto a entrar primeiro em qualquer lugar fechado de qualquer convento [...] A freira que fez isso era boa e muito simples, por isso me assustei que ela pudesse ter pensado em algo assim."[16]

Em seu esforço para confiscar a cerveja, o confessor Busch (que não tinha relação alguma com Anheuser) pode ter imaginado que essa freira esperta fosse ingênua. Nós, porém, suspeitamos o contrário.

Como acontece em todas as instituições, sejam elas religiosas ou seculares, os pecados secretos, às vezes, são revelados e ocasionam escândalos públicos. Isso tem sido verdade na história do monasticismo. De fato, havia conventos na Europa medieval que imaginavam-se ser, praticamente, prostíbulos. O próprio Lutero caracterizou os conventos com um insulto que tem ressoado através dos séculos: "piores do que prostíbulos comuns, tavernas ou antros de ladrões."[17]

Como é característico de Lutero, isso era um exagero grosseiro, apesar de, caso ele tivesse em mente o convento franco de Poitiers no século VI, sua afirmação poderia ser verdadeira. A freira Chrodield e uns 40 seguidores seus organizaram uma revolta contra sua madre superiora. O Bispo Gregório de Tours ofereceu sua versão desse levante:

"Chrodield, tendo reunido em seu redor [...] um bando de assassinos, malfeitores, foras-da-lei e vagabundos de todos os tipos, viveu em aberta revolta e ordenou que seus seguidores invadissem o convento à noite e trouxessem a madre superiora à força [...] O bando armado se apressou a entrar, correu pelo mosteiro com a luz de uma tocha procurando a madre superiora, e [...] trouxeram para fora a líder da comunidade, que confundiram com a madre superiora na escuridão."[18]

Aqui temos uma rendição inversa dos Keystone Kops*. Que assunto teria sido para um filme do cinema mudo! Como relata Gregório, quando

---

\* N. do T.: Os Keystone Cops (Guardas Keystone) foram personagens de uma série de comédias pastelão do cinema mudo. Tratava-se de um grupo de policiais incompetentes que eram vistos sempre em tresloucadas perseguições motorizadas ou a pé nas ruas das cidades.

Chrodield e sua gangue de freiras e marginais perceberam que tinham sequestrado a mulher errada, retornaram e "amarraram a verdadeira madre superiora, arrastaram-na para fora e a colocaram sob custódia perto da basílica de São Hilário."[19]

Os relatos de freiras rebeldes no século XVI são igualmente fascinantes. Em 1517, o mesmo ano em que Lutero estava colocando pregos na porta de uma igreja, um bispo inglês enviou um emissário para investigar um pequeno convento beneditino perto de Somerset. A superiora, Katherine Wellys, tinha, alguns anos antes, dado à luz uma filha cujo pai era o capelão local que regularmente passava a noite com Katherine. Mas, aparentemente, esse era o menor dos problemas. Quando chegou a hora de sua filha casar, Katherine foi pegar o dote dela nos cofres do convento. Pior ainda, o dinheiro enviado para as freiras residentes estava sendo desviado para os parentes da superiora. Assim, as freiras estavam vivendo em um local caindo aos pedaços, tremendo de frio por não terem lenha para o fogo, e sobrevivendo com alimentos quase intragáveis e cerveja de qualidade inferior. E ainda eram ameaçadas de que qualquer forma de denúncia seria seriamente punida. De fato, elas morriam de medo de Katherine.

Quando o próprio bispo a visitou, alguns meses depois, descobriu que Elisabeth Wynter tinha sido colocada no tronco* por sua "incorrigibilidade", de onde escapou com a ajuda de outras três freiras, quebrando uma janela na sua fuga. Sem ter para onde ir, as freiras retornaram para o convento bem a tempo de Joanna Wynter, irmã da frreira incorrigível, entrar em trabalho de parto e sofrer as dores decorrentes dele. O parto tinha acabado de acontecer quando a superiora Katherine colocou outra freira no tronco, uma que nem tinha estado envolvida na rebelião; e depois ela socou, bateu e chutou Elisabeth Wynter. Toda essa desordem em contraste com a liturgia das horas. No final do dia, Juliana Bechamp, aparentemente apenas uma

---

\* N. do T. Tronco era o nome dado a um instrumento de tortura e humilhação, com função semelhante à do pelourinho. Em termos gerais, era constituído por uma estrutura de madeira com buracos e quase sempre correntes, onde os membros dos supliciados eram presos. Geralmente era colocado num local onde o castigo pudesse ser visto por outros, a título de exemplo.

observadora da confusão, disse ao bispo: "Tenho vergonha de estar aqui, sob o governo cruel da minha senhora".[20]

Tal vergonha teria sido razão mais do que suficiente para Juliana arrumar uma carona em uma carruagem carregada de barris de arenque e conseguir escapar. Todavia, o que levou Catarina von Bora a tomar essa decisão tão importante? Será que sua decisão se baseava, fundamentalmente, na curiosidade e agitação relacionadas às novas ideias religiosas e animadoras que vinham de Wittenberg? Estaria ela intrigada com as novas noções de eclesiologia e interpretação bíblica? Ou será que havia o sentimento de não estar realizada dentro da clausura, e simplesmente querer ser livre? Imagine uma Catarina von Bora sem a possibilidade de falar e expressar suas opiniões fortes e articuladas. Seriam suas as palavras daquele Martin Luther [King] do século XX, gerações mais tarde? "Livres, até que enfim! Livres, até que enfim! Graças ao Todo-poderoso Deus, estamos livres, até que enfim!"[21]

É claro que são os conventos disfuncionais que mais chamam nossa atenção. Só que não há motivo para se supor que a maioria das menininhas como Catarina, que cresceram para serem freiras, encontraram tamanho caos ou a liberdade desejada no mundo exterior.

Muitas delas estavam bem satisfeitas com o silêncio atrás das muralhas do claustro. Era o que acontecia com as freiras de Santa Catarina, na cidade de St. Gall. Em 1518, vários anos antes de a própria Catarina fugir, Ulrico Zuínglio começou a pregar e instituir a Reforma na Suíça. Como resultado, as freiras foram encorajadas a abandonar o convento. Se elas se recusassem, deveriam deixar a clausura e assistir aos sermões dos pregadores da Reforma. O organista da catedral local descreveu a situação:

> "Então as mulheres foram para a frente, cheias de vergonha, duas a duas, com a mais nova na frente e seguindo de acordo com a idade. Elas, porém, demonstravam pouca alegria ou entusiasmo: mulheres velhas, doentes, mancando, com olhos grandes e inchados, pois claramente elas achavam muito difícil ter que sair. Parece que aquelas que lá estavam teriam preferido ficar separadas do mundo, em seu claustro, até a morte. Senão, elas teriam deixado [a casa] antes disso, levando-se em consideração a quantidade de menosprezo e difamação que tinha sido pregada a elas sobre sua ordem."[22]

O diário de Caritas Pirckheimer, que tinha entrado para o sistema monástico aos doze anos, também revela as dificuldades que uma freira leal encontrou durante os primeiros anos da Reforma. Seus escritos vão de 1524 a 1528 (os mesmos anos em que Catarina estava embarcando em sua nova vida). Era um tempo perigoso para Caritas e suas freiras, principalmente à medida que elas ouviam os relatos do mundo exterior. Monges e freiras estavam sendo perseguidos. Outros simplesmente "fugiram de seus claustros e jogaram fora suas túnicas e hábitos."[23] Apesar da pressão de Lutero e de seus seguidores, Caritas e suas freiras mantiveram sua posição:

> "Muitos dos poderosos, assim como as pessoas simples, foram até seus parentes que residiam em nosso claustro. Eles pregaram a eles e falaram dos novos ensinamentos, e argumentaram com insistência de que a clausura estava condenada [...]
>
> [Eles] queriam retirar as suas filhas, irmãs e tias daquele convento à força e com muitas ameaças, e também com muitas promessas que, sem dúvida, eles dificilmente conseguiriam cumprir [...] Os lobos ferozes, tanto machos como fêmeas, vieram até meus preciosos cordeiros, entraram na igreja, retiraram todas as pessoas e trancaram a porta da igreja, [argumentando que] ali suas filhas estavam nas garras do diabo, [e as filhas respondiam] que não queriam sair daquele convento devoto e santo. Elas não estavam no inferno, de maneira alguma."[24]

Contando com alta estima da parte de Erasmo, que a considerava uma das mulheres mais sábias daquela época, a madre superiora Caritas via a Reforma como diabólica e uma séria ameaça à vida monástica. Não havia nada nos novos ensinamentos que a tentasse. Educada em latim e nos pais da igreja, ela era, de alguma forma, uma mulher do mundo, versada e familiarizada com as figuras literárias e com os artistas da época, incluindo Albrecht Dürer. De fato, o poeta alemão laureado, Conrad Celtis, classificou Caritas como a Safo alemã. Ela era educada e articulada, e seu diário fornece um relato poderoso dos eventos a partir da voz de uma crítica — e mulher. Como madre superiora do Convento de St. Clare, Caritas escreveu sobre seus embates com o conselho da cidade de Nuremberg, que apoiou a Reforma Luterana e procurou obrigar o convento a se adequar aos novos tempos. Sua recusa está relatada em 69 pequenos capítulos que tomam a forma de cartas. Ela não seria acuada por novatos que buscavam dividir a igreja que lhe era tão amada.

Mais velha de doze filhos, Pirckheimer (1467–1532) estava com cinquenta e poucos anos quando Catarina e tantas outras freiras estavam deixando para trás suas casas monásticas e seus hábitos. Aos seus olhos, essas freiras estavam negando os próprios fundamentos da fé e renunciando aos votos que tinham feito diante de Deus e da Igreja-Mãe. Essa era uma atividade terrível: uma freira se divorciando de Jesus, a quem tinha prometido sua fidelidade.

Para a maioria das freiras, os rumores da revolução religiosa do lado de fora das portas trancadas de seus claustros eram assustadores. A vida no lado de dentro era rotineira. Elas não estavam preparadas para os perigos dos quais ouviram falar em testemunhos pessoais. Mães e irmãs, tias e primas tinham ficado viúvas, ou morreram no parto ou pela peste, muitas vezes deixando para trás seus pequenos órfãos. A vida no lado de fora era sombria.

Dentro dos muros do claustro, as freiras desfrutavam de certo tempo de lazer — às vezes escrevendo diários ou devocionais, ou até mesmo tratados teológicos ou científicos. E elas liam. De fato, muitas conheciam bem a recém-descoberta dramaturga popular alemã do século X, Hrotsvitha de Gandersheim. Uma de suas cenas mais citadas acontece em um convento e é tão engraçada quanto séria. Aqui o agressivo governador Dulcitius esgueira-se para dentro do convento na escuridão da noite para molestar três *santas virgens*, que correm para se enconder na cozinha. Isso poderia ter acabado mal para as freiras — como muitas vezes acontecia — mas não é isso que vemos nos sussurros das santas virgens e na pena de Hrotsvitha: "Oh, olhem! Ele deve estar fora de si! Acho que ele pensa que está nos beijando [...] Agora ele pressiona as caçarolas gentilmente contra seu peito, agora as chaleiras e frigideiras! Ele as está beijando muito! [...] Sua face, suas mãos, suas roupas! Está tudo preto de fuligem."[25]

As freiras devem ter temido esses forasteiros predadores, embora não fosse o caso daquelas que tinham uma madre superiora como Caritas Pirckheimer. Se Catarina tivesse talvez lido essa peça (ou visto sua apresentação), imaginamos que ela teria rido muito nessa cena, assim como

"A Prisão de Jesus": A Clausura em um Convento 27

Martinho Lutero também. A maioria dos escritos das mulheres religiosas, no entanto, eram desprovidos de humor. Ridicularizar os homens, em especial aqueles em posição de autoridade, não era uma maneira tipicamente aceita de uma freira se expressar. Embora sem sagacidade ou humor, Pirckheimer deixou para trás um diário fascinante sobre a vida em um convento alemão no século XVI. Catarina não nos deixou nada — pelo menos nada que fosse considerado digno de se guardar.

Em *Convent Chronicles* [Crônicas do convento], Anne Winston-Allen afirma que as vozes das mulheres religiosas raramente eram ouvidas. Pelo contrário, muitas vezes aprendemos sobre elas em relatos hagiográficos (lendas dos santos), quase sempre escritos por homens. Para realmente compreendê-las, devemos ir diretamente aos seus próprios escritos e ouvir suas próprias vozes. As obras relativas aos conventos, por exemplo, são diferentes quando a narrativa é escrita por um homem em posição de autoridade, ou quando ela é escrita por uma mulher, seja uma madre superiora ou freira. Nesses escritos, as mulheres são os sujeitos, e não os objetos. Elas se mostram como "determinadas, agentes ativas, tomando a iniciativa na resolução dos problemas que enfrentam. Coletivamente, elas expressam um forte sentido de autovalorização e, nas narrativas em primeira pessoa, indicam muitas personalidades fortes."[26]

Os problemas que as freiras enfrentavam aparecem com muita clareza na narrativa de Beel te Mushoel encontrada no *Book of Sisters* [Livro das irmãs] (1503). Beel foi enviada para as Irmãs da Vida Comum quando tinha quatorze anos. Sua personalidade simplesmente não se encaixava na vida enclausurada: "Pois ela tinha sido muito alegre e espirituosa, e agora tinha que se comportar de maneira restrita e submissa. Ó, essa vida parecia tão perturbadora para ela que seu coração entrou em falência quando pensou que deveria passar sua vida ali."[27] No entanto, ela descobriu que era consolada ao ler as Escrituras e ao ser a freira mais diligente na fiação e tecelagem. Ainda assim, sua personalidade não se encaixava naquele modo de vida: "Portanto sua natureza e essa vida eram como luz e escuridão. E assim ela teve uma vida dura e difícil, tendo que superar sua natureza e quebrantá-la."[28]

Em Beel, podemos ter mais do que um vislumbre da personalidade de Catarina von Bora: feliz e espirituosa, diligente e achando difícil se comportar de maneira restrita e submissa. Catarina fugiu; Beel não, embora saibamos que, um pouco mais tarde, depois de consultar uma celebrada santa, o coração da Irmã Beel "se tornou completamente incendiado pelo amor de Deus."[29] "A escuridão da história", escreve Martin Treu, "pesa sobre os primeiros anos de Catarina von Bora."[30]

Em alguns aspectos, a história de Catarina se assemelha à de Patrícia O'Donnell-Gibson, uma ex-freira que hoje vive no sul de Michigan. Embora estejam separadas por séculos e pelas circunstâncias de chamado e vida no convento, pergunto-me se elas ecoariam uma à outra se pudéssemos romper as barreiras de tempo e linguagem. Patrícia cresceu em uma família irlandesa católica devota e sentiu a mão de Deus em sua vida quando ainda era criança. Então, aos dezessete anos, ela experimentou um profundo sentimento de chamado: "Ele me seguiu como o 'Cão do Céu' por todo o restante do meu ano escolar." Só que ela tinha perguntas: "Por que eu? [...] E a pior — o que aconteceria se eu tivesse que ir e não fosse?"[31] Depois de terminar o Ensino Médio, Patrícia se juntou à Ordem das Dominicanas de Adrian (Michigan), onde subiu os degraus da vida religiosa devagar e arduamente.

Patrícia conta sua história em um livro intitulado *The Red Skirt* [A saia vermelha]. Sua história é tão séria quanto bem-humorada. Quando ela entrou para o convento, deixou o mundo para trás, incluindo sua saia curta vermelha. "Esconder o meu cabelo decepado não fez muito para curar a realidade do reconhecimento cada vez menor do meu ser feminino" — escreve ela. "Apenas o meu rosto e as minhas mãos seriam vistas. Eu não teria filhos [...] Manteria meus olhos baixos em modéstia e pureza, evitando o olhar dos homens, e nunca chamaria a atenção para mim mesma."[32]

Patrícia fugiu, não porque tivesse dado as costas à Igreja Católica; ela o fez porque, o convento era um limitador muito grande para suas ambições mundanas, incluindo ter uma família para si. Hoje ela está casada, tem um mestrado e ensina Literatura Inglesa há três décadas. Ela e seu marido vivem perto de um lago em Watervliet, Michigan. Juntos, em sua família misturada, eles têm dois gatos, sete filhos e treze netos.

Não é difícil imaginar Catarina como uma jovem mulher consciente de que sua igreja precisava desesperadamente de uma reforma — e que João Tetzel era um pouco mais do que um charlatão de quinta categoria, ganhando dinheiro com um esquema de pirâmide, convencendo cristãos ingênuos a investir em indulgências em troca de um tempo no purgatório. Todavia, será que ela também tinha encontrado sinais de freiras e padres se casando, desafiando as ordens da igreja? Será que ela havia lido as palavras de Martinho Lutero sobre o casamento, e seu protesto contra aqueles que o proibiam ? Lutero insistia que a exigência do celibato para padres e todos aqueles em ordens religiosas foi instituída por Satanás e regulamentada por normas que beneficiavam apenas a igreja. Ele convocou os pais e amigos das freiras para resgatá-las de suas prisões, desafiando-os a arriscar suas próprias vidas se necessário.[33]

Será que Catarina, assim como Patrícia, achou o convento muito limitador? Será que ela sonhava em ter a liberdade para caminhar livre pelo mercado da cidade e simplesmente comprar uma cabeça de repolho ou vestir uma saia vermelha? Será que seus instintos maternais causaram dores de desejo em seus braços e seios — desejo de segurar e amamentar um bebê? Será que ela queria uma vida diferente do que poderia ter atrás dos muros da clausura?

Ah, se ela tivesse deixado para nós um livro de memórias como *The Red Skirt*. Ou, pelo menos, um maço de papéis escritos à mão, mofados e manchados, enterrado em um antigo baú despedaçado, tivesse sido deixado para trás em algum castelo alemão desgastado pelo tempo. Se pelo menos os novos donos tivessem jogado fora os detritos, deixando a pilha na entrada do castelo. Se pelo menos um lixeiro, trabalhando como um curioso colecionador de tralhas, vasculhasse o pacote, para lá encontrar um estranho manuscrito: *Memórias de uma ex-freira*, por Catarina von Bora. Se pelo menos...

## CAPÍTULO 2

# *"Eis-me Aqui":*
# *A Revolução Religiosa na Alemanha*

"Era uma quarta-feira, 31 de outubro de 1517" — escreve Tom Browning — "não muito diferente das milhares de outras quartas-feiras que já tinham existido. Era outono, é claro, e o ar tinha esfriado e as folhas davam um maravilhoso show de cores sobre a colina ao lado do rio Elba. Era uma boa época para ser alemão. Era uma boa época para se viver na Alemanha rural."[1]

Era véspera do Dia de Todos os Santos, um dia de comemoração dos santos católicos. Fico me perguntando o que a Catarina von Bora, com dezoito anos, estaria fazendo naquela manhã. Será que ela estava trabalhando no jardim do convento, colhendo batatas e nabos para o estoque de inverno no porão? Ou estaria meditando nos santos de antigamente, sem saber que formavam um bando muito heterogêneo — desde padres do deserto até guerreiros das Cruzadas, passando por todo o tipo de gente, incluindo Santa Maria do Egito, uma viciada em sexo?

Wittenberg estava a dois dias de viagem. E lá, naquele dia, Martinho Lutero afixou as 95 teses na porta da Igreja do Castelo. Hoje, esse ato corajoso é a primeira coisa que vem à mente da maioria das pessoas quando se trata da Reforma Protestante. Entretanto, esse empreendimento erudito não foi nem mesmo o tiro inicial, e não gerou nenhuma resposta pública por várias semanas. Somente a perspectiva histórica destaca o evento. Seus contemporâneos podem, facilmente, ter desprezado o acontecido.

"Na verdade, não há história", observou Ralph Waldo Emerson — "apenas biografia". Esse tem sido meu lema como historiadora. Não consigo entender como os historiadores podem escrever e os leitores podem desfrutar de uma história que não tenha uma biografia como centro. A história da Reforma Protestante na Alemanha é um exemplo; é uma das narrativas mais cativantes de toda a história.

O conjunto de personagens é perfeito para um *best-seller* ou para um filme ganhador do Oscar: um monge com todo o talento e defeitos que um escritor poderia sonhar, uma freira enclausurada, fugindo para a liberdade na escuridão da noite a bordo da carruagem de um mercador, um sequestro audacioso e crime capital. Há romance (embora não um com o outro), casamento (embora não fosse a primeira escolha do casal) e sexo atrapalhado e desequilibrado (testemunhado por observadores curiosos) na noite de núpcias. E, então, o fato de eles se estabelecerem como cuidadores da casa no Mosteiro Negro — que já tinha sido lar de monges de túnica preta. Não há como ser melhor.

Só que alguns dos aspectos desse filme precisariam ser deixados de fora. Até mesmo a pessoa menos recatada entre nós, hoje, se envergonharia quando confrontada com os comentários grosseiros sobre o corpo humano e seu humor adolescente. É o tipo de conversa suja encontrada em filmes que atraem garotos imaturos de todas as idades, que caem na gargalhada. Até a maioria dos filmes para maiores deixam esse tipo de humor gratuito e infantil na sala de edição.

Parte do apelo da história é que Lutero é um ministro ordenado — o primeiro *ministro luterano* da história. Ele atacava seus oponentes com todo o veneno que poderia destilar. Seu apelido para o Papa Paulo III era "Sua Infernalidade" e, quando lhe perguntaram se o líder católico e os que o cercavam eram membros do corpo de Cristo, ele respondeu: "Sim, da mesma forma que o cuspe, o catarro, o pus, as fezes, a urina, o mau cheiro, a sarna, a catapora, as úlceras e a sífilis são membros do corpo humano."[2] Outros reformadores do século XVI simplesmente não usavam esse tipo de linguagem. Tampouco o antissemitismo deles respingava em ataques desprezíveis.

Mas, como Lutero, seus companheiros reformadores com certeza inflamaram as paixões de seus seguidores para perseguir companheiros cristãos. A reforma de Lutero — junto com a de Ulrico Zuínglio em Zurique e a de João Calvino em Genebra — é vista como parte da Reforma Magisterial que mantinha em alta o conceito de igreja-estado. Sendo assim, muitas das horríveis táticas de Inquisição da Igreja Católica seriam mantidas pelos Reformadores. De fato, a "piada mais cruel" da Reforma era o afogamento dos anabatistas (que pregavam o batismo após a conversão, e negavam a eficácia do batismo infantil). A piada dizia: se eles insistirem no rebatismo, nós faremos isso por eles. Muitos desses fiéis em Zurique foram executados dessa maneira, afogados no rio Limmat.

Restou para os anabatistas exigir a tolerância religiosa e abrir caminho para o movimento de igreja livre que é característico da maioria das igrejas evangélicas hoje. Em Estrasburgo, entretanto, Katherine Zell se manifestava a favor da tolerância religiosa, com acusações severas contra os responsáveis pela queima na fogueira do "pobre Servet" na Genebra de João Calvino. E ela denunciou a perseguição aos anabatistas, que eram caçados como javalis selvagens. Porém, alguns poucos líderes entre os reformadores magisteriais assumiram uma posição forte a favor da tolerância religiosa.

Reverenciamos muitas características de Martinho Lutero, mas seus métodos da reforma eram, com certeza, uma grande mistura, que incluía suas piadas indecentes. Seu apoio à perseguição apoiada pelo Estado, seja contra camponeses, ou judeus, ou irmãos cristãos, era terrível, especialmente à luz de sua compreensão de Jesus e Paulo. Referindo-se à execução de criminosos (alguns dos quais eram criminosos "religiosos"), Lutero proclamou: "A mão que empunha a espada e estrangula é [...] a mão de Deus, e não é o homem, mas Deus quem pendura, quebra na roda, decapita, estrangula e faz a guerra."[3] Palavras duras. Ainda assim, este é o grande pai do movimento protestante e, em muitos aspectos, o fundador do evangelicalismo do "nascer de novo". Em 1519, ele afirmaria, sem reservas, que a retidão é um "dom de Deus" — um dom recebido pela fé: "Eis que sinto que nasci de novo por inteiro e entrei no próprio paraíso pelos seus portões abertos."[4]

Este é também o homem a quem Catarina prometeria sua fidelidade, na alegria e na tristeza. Mas, antes de ela aparecer em cena em Wittenberg, quem era esse homem e o que era essa revolução que transformaria a vida dessa mulher? Diferentemente de Catarina, Martinho Lutero era um cidadão comum, filho de um minerador. O mais velho dos sete filhos nascidos de Margarethe e Hans Lutero, o jovem Martinho, assim como Catarina, cresceu muito rápido. Aos cinco anos (idade em que ela um dia seria deixada em um convento), ele estava começando em uma escola de latim próxima e, aos catorze (idade em que ela estava se preparando para professar seus votos), Lutero iniciou os estudos em um internato administrado por uma comunidade monástica conhecida como os Irmãos da Vida Comum.

Aos dezoito, ele foi para a Universidade de Erfurt, onde se sobressaiu em seus estudos e sonhava em se tornar um distinto professor. Mas, como conta a história, apenas dois meses depois de formado, uma tempestade o fez parar no caminho. Quando um raio caiu ali perto, teve certeza de que era um sinal direcionado para ele: *Torne-se um monge ou morra*. Então, nesse momento de terror, ele prometeu à Santa Ana (suposta mãe da Virgem e santa padroeira dos mineiros) que se tornaria um monge. Era o tipo de voto que qualquer pessoa faria em seu leito de morte — e depois quebraria.

Mas Martinho desistiu de suas aspirações educacionais e, em 1505, entrou para o Mosteiro Negro Agostiniano, em Erfurt, conhecido por sua disciplina austera incomum. Seu pai ficou furioso e seus amigos ficaram chocados e confusos, mas se juntaram a ele para um jantar de despedida em 17 de julho de 1505. Depois de entrar pela porta do mosteiro, Lutero se separou deles com palavras sombrias: "Hoje vocês me veem, e depois, nunca mais me verão."[5]

Um ano depois, a pequena Catarina de cinco anos — sem amigos, nem jantar de despedida — também havia entrado na clausura. Martinho entrou por escolha própria e com os olhos bem abertos. Ela, por sua vez, estava confusa e abandonada, como qualquer criança estaria em tais circunstâncias. Em 1507, Martinho foi ordenado padre. Para Catarina, o próximo grande evento seria sua transferência do convento beneditino em Brehna para Marienthron, um convento cisterciense em Nimbschen. Eles seguiam caminhos semelhantes no ministério, separados por dezesseis anos de idade e mais de 160 km de distância. Ambos possuíam um crescente sentimento de confiança. O futuro reservava oportunidades para que deixassem suas marcas; ele se tornaria um líder monástico reconhecido; ela, talvez, como sua tia, terminaria seus dias como uma madre superiora. Para ambos, a década seguinte envolveu o ministério leal na Igreja Católica.

Então, no mesmo momento em que Martinho Lutero começava sua revolução em Wittenberg, no outono de 1515, Catarina von Bora, tendo completado seu ano de experiência, estava recitando seus votos de casamento com Jesus, prometendo ser fiel até que a morte os separasse. Digamos que isso seja uma tradição mais divertida — embora com menor grau de realidade categórica — fornecida pelos historiadores.

De fato, os historiadores têm desafiado a veracidade da história da promessa do jovem Martinho Lutero a Santa Ana de se tornar monge no momento em que foi atingido por um raio. E também que ele tenha pegado o martelo mais próximo e pregado uma longa lista de pergaminho com 95 teses na porta da Igreja do Castelo. E, quem sabe, pode ter existido um momento cósmico no tempo, em um certo dia adorável de outono em 1515, quando os compromissos com a igreja e da igreja se cruzaram. Como outros exemplos da tradição de Lutero, essa história contém mais do que um ponto de verdade.

Em oito de outubro de 1515, Catarina estava "casada" com Cristo, consagrada como freira. Ao mesmo tempo, a cerca de 85 km de distância, em Wittenberg, Martinho estava apresentando percepções muito mais abrangentes sobre o livro de Romanos. Essas palestras lançaram uma agitação bíblica que se desenrolaria pelos séculos, influenciando o coração e a mente de alunos e discípulos. Ele não apenas transformou escritos antigos e enfadonhos em boas-novas maravilhosas, como também lançou um precedente para o estudo, a exegese, a interpretação e a tradução da Bíblia. E não apenas traduzindo-a, mas encorajando os leigos a lerem as Escrituras Sagradas. Quem poderia imaginar as consequências radicais disso? Desde o Papa e o Imperador até o homem comum, a Bíblia se tornou um livro a ser reconhecido — um livro, e não simplesmente o ensino de um homem cuja *consciência estava cativa à Palavra de Deus.*

Lutero insistia que ele não desejava estabelecer uma nova igreja ou iniciar uma Reforma: "Eu apenas ensinei, preguei e descrevi a Palavra de Deus; não fiz nada mais que isso. E então, enquanto dormia, ou bebia a cerveja de Wittenberg com Filipe [Melâncton] e [Nicolau von] Amsdorf, a Palavra enfraqueceu muito o papado, mais do que qualquer príncipe ou imperador jamais conseguiu. Eu não fiz nada. A Palavra fez tudo."[6]

As boas-novas que Martinho Lutero encontrou em Romanos, em 1515, seriam pregadas, a partir daí, em igrejas e catedrais, e estudadas em pequenos grupos. Uma dessas ocasiões foi uma noite de primavera em 1738, 223 anos depois, quando o coração de John Wesley foi estranhamente aquecido.

> "Fui, muito sem vontade, para uma sociedade em Aldersgate Street, onde alguém estava lendo o prefácio de Lutero à Epístola aos Romanos. Por volta de 20h45", — confessou Wesley — "enquanto ele estava descrevendo a mudança que Deus opera no coração por intermédio da fé em Cristo, senti meu coração estranhamente aquecido. Senti que realmente confiava somente em Cristo para a salvação; e foi me dada a segurança de que ele tinha removido meus pecados, e me salvado da lei do pecado e da morte."[7]

Os ensinos e a tradução bíblica de Lutero reverberariam muito além das fronteiras do que conhecemos como Luteranismo, transformando-o em uma figura gigante na história das religiões mundiais. Outros antes dele já tinham ensinado a justificação pela fé, mas nenhum outro forjou, aqueceu e martelou as passagens de Romanos, transformando-as em ouro, como ele fez. O justo viverá pela fé — apenas pela fé, não pelas obras, não pelos trapos imundos da justiça. Na escola dominical, memorizávamos um versículo de Romanos depois do outro, e Lutero era nosso herói. Paulo também. Só que Lutero era mais paulino do que o próprio Paulo. *O justo viverá pela fé*, uma única frase que se encontra acima de todas as outras, em todos os 66 livros da Bíblia. De fato, foi Lutero quem trouxe essas palavras retumbantes para o meu mundo, na pequena Igreja Green Grove Alliance, no norte de Wisconsin, nos Estados Unidos. Foi Lutero quem nos ensinou que, diferentemente daqueles católicos que iam para a escola no ônibus conosco, não iríamos para o inferno por acreditar na salvação pelas obras.

Todavia, será que vivíamos de verdade *somente* pela fé — *sola fide*? Embora esta seja uma marca da Reforma, muitos — tanto protestantes como católicos — argumentam que isso não é uma doutrina inteiramente bíblica. O texto real de Romanos 1:17 diz: "O justo viverá pela fé", e foi Lutero que acrescentou a palavra *somente*. E ficou. *Somente* a fé. Ele, com certeza, era dado ao exagero, e talvez isso incluísse também sua exegese.

"Eis-me Aqui": A Revolução Religiosa na Alemanha

Sua descoberta da justificação pela fé tinha, acima de tudo, transformado seu próprio caminho espiritual — o de lutar para merecer a salvação pelas boas obras. Ele morria de medo de ir para o inferno por causa de pecados não confessados. De fato, ele se exasperou muito com seu confessor, João von Staupiz, que supostamente o repreendeu: "Olha aqui, irmão Martinho: Se você vai se confessar tanto, porque não sai e faz algo digno de confessar? Mate seu pai ou sua mãe! Cometa adultério! Pare de vir aqui com esses pecados absurdos e fictícios!"[8] Só que mesmo enquanto Lutero orava, jejuava e se confessava por horas a fio, às vezes ele se irava contra Deus: "Eu não amava, pelo contrário, odiava aquele Deus que punia os pecadores."[9]

Lutero era tão complicado quanto foi a revolução que ele espalhou. Em 1515, enquanto ensinava e pregava o evangelho que descobriu em Romanos, ainda era um monge procurando crescer, tendo sido designado supervisor de uma dúzia de mosteiros. Ele parece ter trabalhado sem descanso. Em uma carta para João Lange, reitor de Erfurt, desabafou sua frustração:

"Eu preciso de dois secretários, e não faço quase nada o dia inteiro a não ser escrever cartas [...] Sou o pregador do convento; leitor nas refeições; sou chamado a pregar todos os dias na igreja da paróquia; e sou diretor de estudos [...] Sou vigário da Ordem, ou seja, reitor onze vezes; tenho que supervisionar o tanque dos peixes de Leitzkau; sou encarregado do nosso povo de Herzberg em Torgau; faço palestras sobre São Paulo, e ordeno os Salmos."[10]

Embora fosse um homem muito ocupado, ele não estava entretido demais para identificar, escrever e publicar as 95 teses, no outono de 1517. E, com esse feito realizado, os sinos da Reforma começariam a badalar —sinos que continuariam a tocar pelos séculos seguintes. Uma citação muito conhecida de Karl Barth poderia se aplicar de maneira mais adequada a Martinho Lutero: "À medida que olho para trás, para o meu caminho, pareço a mim mesmo como alguém que, subindo as escadarias escuras da torre de uma igreja e tentando se estabilizar, tentou segurar no corrimão mas acabou agarrado na corda do sino."[11]

Os apelos por reavivamento, renovação e reforma têm surgido ao longo dos séculos como as íris florescem na primavera. Mesmo hoje, existem aqueles que alegam estar realizando uma nova Reforma. Só que o Cristianismo nunca viu uma reforma religiosa de proporções históricas como aquela que abalou o século XVI. Houve dezenas de grandes líderes religiosos contemporâneos de Martinho Lutero, assim como centenas antes e depois dele. Todavia, somente ele se qualificou como *o* grande reformador. Com certeza, a época era a adequada. Com certeza, teria surgido outra pessoa. Só que ninguém mais tinha o intelecto e a personalidade para realizá-la com seus três componentes mais críticos: o ensino e a tradução bíblica; as discussões ousadas sobre variadas tradições da igreja; e, o mais escandaloso de tudo, o casamento clerical demonstrado pelo seu próprio matrimônio com Catarina von Bora.

Até 31 de outubro de 1517, Martinho Lutero não era conhecido além de Wittenberg. Em 1511, ele tinha viajado para Roma para assuntos monásticos oficiais, mas saiu de lá tão anônimo quanto entrou. Desiludido com a impiedade vergonhosa da cidade santa, ele veria mais tarde que aquela viagem teve uma influência formadora sobre seu pensamento. De volta à Alemanha, tornou-se rapidamente reconhecido como um monge brilhante. Em 1512, foi convidado a se tornar professor na Universidade de Wittenberg, especificamente no campo dos estudos bíblicos. Ele estava em sua base, ensinando e aprendendo ao mesmo tempo. "Lutero se determinou a aprender e expor as Escrituras", escreve Roland Bainton. "Em 1º de agosto de 1513, iniciou suas palestras sobre o livro de Salmos. No outono de 1515, estava fazendo preleções sobre a Carta de Paulo aos Romanos. A Epístola aos Gálatas foi tratada durante 1516–17. Estes estudos provaram ser o Caminho de Damasco de Lutero."[12]

Ele poderia ter permanecido como monge-professor por toda sua vida. De fato, é difícil imaginar como seu futuro teria se desenrolado se a Igreja Católica não se encontrasse em débito profundo na reconstrução do marco mais celebrado da arquitetura da Renascença — a Basílica de São Pedro, em Roma. A batalha era iminente, embora não entre Martinho e Michelângelo. O ano conturbado era 1516. Aparece João Tetzel, enviado por Roma para vender indulgências em troca de dinheiro duro e frio. Tetzel tinha personalidade e um bordão interessante: "Tão logo uma moeda na caixa cai, a alma do purgatório sai." Na verdade, esse bordão pode ser pura lenda, mas foi usado pelos historiadores por séculos.

As 95 teses de Lutero, escritas em latim, deveriam ser uma discussão a ser realizada em primeiro lugar pelos estudiosos que tinham demonstrado interesse em reformar a igreja. Muitas vezes imaginamos que o sino tocou na noite de Halloween e, na manhã seguinte, grande parte da Alemanha estava pronta para derrubar o papado. Não foi bem assim. Apenas mais de dois meses depois alguns amigos traduziram essas teses para o alemão e as imprimiram em panfletos para ampla distribuição. E então as rodas começaram a girar. Os panfletos rapidamente deram a volta na Alemanha e para além das fronteiras. O sino que badalava nunca mais poderia ser calado.

Agora, com dezoito anos, o que a freira Catarina sabia sobre essas 95 teses? Não é difícil imaginar que mercadores que faziam entregas pudessem ficar curiosos para ver como uma mulher enclausurada, trabalhando na cozinha, reagiria a essa tempestade feroz que ressoava do lado de fora dos muros do convento. Será que ela leu um panfleto impresso durante os meses de inverno de 1518? Se sim, podemos apenas imaginar seu coração batendo — o medo combinado com uma cautelosa euforia.

Enquanto isso, conforme Lutero continuava a ensinar e publicar suas palestras, o papa ignorava a pequena desavença na Alemanha. O líder católico, entretanto, orientou teólogos a desafiar e questionar o monge. Só que Lutero era rápido em responder. Quando foi questionado pelo Cardeal Cajetan em Augsburgo, no verão de 1518, ele fez mais do que se perguntar em voz alta se o Papa poderia ser o anticristo. Da mesma forma, ele se recusou a renegar seus escritos contra a igreja. Por isso, ele deveria ser queimado na fogueira. Só que antes que o ardiloso gato Cajetan reunisse seus capangas e pronunciasse o veredito pela manhã, o rato Martinho tinha escapado durante a noite.

No verão de 1519, Lutero se apresentou para debater com o brilhante professor Johann Eck, que veio falar cara a cara com Lutero em Leipzig. Na pauta estavam tópicos quentes, incluindo o purgatório, a autoridade papal, as penitências, e a venda de indulgências — todos elementos fundamentais da tradição católica. Sem apoio bíblico — argumentou Lutero —, eles eram indefensáveis. Novamente o gato ardiloso preparou uma armadilha, mas antes que o rato pudesse ser preso, ele desapareceu de vista.

Nesse momento, as notícias estavam se infiltrando por portões e janelas vedadas até dos conventos mais enclausurados. O que Catarina estaria pensando? Será que ela tinha ouvido falar no monge audacioso que ousou debater com o notável professor da Universidade de Ingolstadt, e que as ruas de Leipzig estavam lotadas? Eventos incríveis estavam acontecendo à margem da sua vida. Nunca havia acontecido algo parecido com aquilo. Quem era aquele monge que tinha sido acompanhado por duas centenas de estudantes armados? Os rumores das redes de comunicação devem ter sido chocantes — e terrivelmente lentos para chegar. Mais uma vez, o monge não apenas martelou pregos nas indulgências e no purgatório, como também na infalibilidade papal e no poder da igreja. Antes que o drama de duas semanas terminasse, antes que tivessem acabado as chamadas de palco e que as multidões pudessem aplaudi-lo, ele tinha desaparecido.

Só que neste debate, mais do que em qualquer outra instância, ele tinha sido exposto. Sua heresia pairava no ar — sacrilégio completamente desnudo, sem ao menos um manto papal para cobrir sua blasfêmia. O Papa ficou sabendo e preferiu não agir imediatamente. Somente no verão de 1520 o Papa Leão X decretou sua agora abominável bula *Exsurge Domine*, ameaçando o monge de excomunhão. Bem no estilo Lutero antigo, o monge reuniu amigos e apoiadores e queimou a bula.

A bula convocara os católicos fiéis a se levantarem em oposição àquele javali selvagem. Não existem evidências disso, mas talvez a bula papal tenha sido lida em voz alta antes das orações matutinas no convento de Marienthron. De que lado ficaria Catarina: do lado da bula ou do javali? A bula papal começa com as seguintes palavras: "Levanta-te, ó Senhor, e julga a tua causa. Um javali selvagem invadiu tua vinha. Levanta-te, ó Pedro, e considera a causa da Santa Igreja Romana, a mãe de todas as igrejas, consagrada por teu sangue."[13] A bula papal estipulou ainda que os livros de Lutero deveriam ser queimados.

Em um dia frio de janeiro de 1521, Martinho Lutero foi excomungado. Depois, veio a convocação do imperador para que ele se apresentasse perante a Dieta de Worms. O esperado era que Lutero negasse seus escritos, o que na época já era uma obra expressiva. Mas, outra vez, o gato católico (na forma do Imperador Charles V) falharia em sua tentativa de pegar o rato.

"Toda a Alemanha se revolta contra Roma", escreveu o enviado papal Jerônimo Alexander. "Não posso sair nas ruas que os alemães colocam a mão na espada e rangem os dentes para mim."

Os enviados do Imperador, entretanto, pareciam estar fazendo um jogo de guerra psicológica. Mais de três meses foram consumidos por questões mundanas antes que Lutero fosse chamado para negar sua obra — três meses de miséria para remoer uma morte lenta e excruciante pelo fogo. Quando exigido que renegasse, ele foi severamente tentado, e, a princípio, vacilou. No segundo dia, entretanto, sua coragem retornou. Não, ele não renegaria. Apresentou seus argumentos, fechando com aquelas palavras memoráveis. Fato ou ficção, elas sobrevivem como o refrão da canção de luta que dividiu a Igreja Católica:

> Minha consciência está cativa à Palavra de Deus.
> Não posso e não quero retratar-me de nada,
> pois ir contra a consciência não é correto nem seguro.
> [Não posso fazer outra coisa, essa é minha posição.]
> Deus me ajude. Amém.[14]

Sem outra escolha, o imperador decretou a Dieta de Worms, condenando Martinho Lutero como herege. Agora ele era um fora da lei. A punição: morte por fogo. No entanto, mais uma vez, com a ajuda de amigos, incluindo o Príncipe Frederico, o Sábio, ele desapareceu da cidade — sequestrado durante a noite e levado para o remoto Castelo de Wartburg. Será que o relato completo conseguia se infiltrar pelos conventos enclausurados, ou Catarina ouvia apenas parte da história? Será que ela imaginava que o audacioso monge estava morto?

Para sua própria segurança, Lutero permaneceu encarcerado em Wartburg por quase um ano. Seu estado emocional quase sugere um transtorno bipolar — altos de uma produtividade quase desenfreada e um sentimento de realização, e baixos de depressão e apatia. Vendo pelo lado positivo, ele traduziu o Novo Testamento para o alemão vernacular e escreveu ensaios, e, portanto, aquele tempo foi crítico para seu próprio desenvolvimento e para o progresso da Reforma.

Durante esses primeiros anos da Reforma, Filipe Melâncton e vários outros trabalharam ao lado de Lutero em Wittenberg, às vezes dando conselhos que ele ignorava com desdém. Outros o apoiavam à distância, incluindo Argula von Grumbach (von Stauffer). Ela também se apresentou diante dos príncipes em defesa dos seus ensinamentos, aparecendo diante da Dieta de Nuremberg em 1523. Embora muitas vezes ignorada pelos historiadores, sua disposição de arriscar tudo pela Reforma ilustra como a mensagem do evangelho tinha capturado de forma profunda o coração e a mente de indivíduos muito diversos.

Nascida e casada dentro da nobreza alemã, a cosmovisão, o status e o histórico de intrigas familiares de Argula eram muito diferentes dos de Martinho ou Catarina. Meneamos a cabeça e nos perguntamos por que essa esposa e jovem mãe de quatro filhos arriscaria tudo para afirmar publicamente sua posição. Ela estava ciente que a designação do seu marido para a corte estava em risco por causa de seu discurso em apoio a Lutero, mas seu senso de dever ultrapassava o status social e o bem-estar financeiro de sua família. Se Deus cuida das aves e das flores do campo, ele cuidaria de sua família. A sua defesa de Lutero e de Melâncton, insistia ela, não era nada mais do que a defesa da própria Palavra de Deus.

A questão que mais inflamou sua ira e a levou perante a Dieta de Nuremberg era a prisão e o exílio de um estudante defensor de Lutero. Ela argumentou com as Escrituras que ele claramente não era um herege. Mas suas palavras foram descartadas como palavras de uma mulher, e pior, de uma "insolente filha de Eva." Os príncipes que poderiam ter pelo menos ouvido seus argumentos, escreveu ela, consideravam "a Palavra de Deus com a mesma seriedade com que uma vaca joga xadrez."[15] A sua defesa dos ensinamentos de Martinho Lutero, entretanto, foi levada muito a sério, e Lutero reconheceu isso. Em uma carta a um amigo, ele escreveu:

"O Duque da Bavária se ira sobremaneira, matando, esmagando e perseguindo o evangelho com todo seu poder. Aquela mulher notável, Argula von Stauffer, está lá em uma batalha valorosa, com grande espírito, ousadia de discurso e conhecimento de Cristo [...] Seu marido, que a trata com tirania, foi deposto de sua prefeitura [...] Ela sozinha, entre esses monstros, mantém-se com uma fé firme, embora, admita ela, não sem tremer no seu íntimo. Ela é um instrumento singular de Cristo."[16]

Durante os seis anos em que permaneceu na clausura após 1517, será que Catarina ansiava estar no meio da ação? Desejava ela que as notícias e boatos se infiltrassem no convento? Nada igual havia acontecido durante sua vida, e hereges do século XV como João Hus, não eram material da sua santa hagiografia. Será que ela sabia que a Alemanha inteira estava em revolta — e seu próprio povo estava rangendo os dentes contra os enviados católicos? O que aconteceria a ela? Podemos acertar no alvo se suspeitarmos que essa mulher determinada, mais tarde conhecida como Senhora Lutero, estava impaciente para estar, ela mesma, nas ruas. Quando conseguiu se libertar, ela não confrontaria vacas em uma Dieta em Nuremberg, como fez Argula, mas nunca estaria longe do centro das últimas notícias.

O aspecto da revolução de Lutero que, sem dúvida, instigou mais o interesse de Catarina foi o relacionado ao celibato clerical e ao casamento. Na verdade, este aspecto da Reforma do século XVI era tão espantoso quanto sua posição bíblica contra as indulgências e a autoridade papal. Clérigos casados? A ideia era absurda. Só que o casamento e a procriação eram parte da mensagem do evangelho de Martinho Lutero. Os monges e freiras estavam agora moralmente obrigados a abandonar o convento. A linguagem de Lutero, como já vimos, era chocante. Ele declarou que os mosteiros e conventos eram o oposto exato do que alegavam ser. Eram "piores do que prostíbulos comuns, tavernas ou antros de ladrões", em vez de instituições que valorizavam a espiritualidade e da vida em piedade. Ele insistia que as famílias tinham a responsabilidade de libertar suas filhas.[17]

Imagine como essas palavras poderiam aturdir uma freira que, como virgem, tinha declarado estar casada com Cristo e assim permanecer até o final da vida. Um escândalo, com certeza. Aceitar o evangelho assim como Lutero tinha estabelecido era radical o suficiente, mas abandonar seus votos e seu convento — como lhe seria possível?

O desprezo total de Lutero pelo celibato clerical pode ser mais bem resumido nas confissões pessoais de um de seus rivais mais cruéis. Não o Papa Leão X, ou um de seus representantes, mas outro reformador magisterial,

Ulrico Zuínglio, do outro lado da fronteira suíça, em Zurique. Quando Zuínglio estava prestes a dar mais um passo em sua carreira clerical e tomar o púlpito da catedral local, as pessoas começaram a comentar sobre seu flerte com a filha de um funcionário público local. No exame, ele admitiu seus deslizes, mas enfatizou que ele tinha padrões claros: "Meu princípio era não infligir ofensa em nenhum casamento [...] e não desonrar nenhuma virgem nem freira." De fato, ele poderia provar isso: "Posso chamar como testemunhas todas essas [mulheres] entre as quais tenho vivido."[18]

Em alguns contextos, uma admissão assim seria suficiente para interromper o processo. Acontece, porém, que o único outro candidato que a igreja estava considerando era pai de seis filhos. Zuínglio conseguiu a vaga. Seu ministério lá continuaria por mais de doze anos, até sua morte, em 1531. Ao longo do caminho, ele pregou contra o celibato clerical obrigatório — uma posição considerada, na época, radical. E, novamente, ele foi engolido por escândalos. Parecia justo que um padre tivesse uma empregada que morasse com ele, para cozinhar e lavar suas roupas. Anna Reinhard era viúva e mãe de três filhos. Quando ela engravidou do quarto filho em 1522, ele fez o que era certo e casou com ela, embora em segredo. Quando seus inimigos descobriram, protestaram. Todos sabiam que clérigos "celibatários" tinham filhos a torto e a direito. O casamento clerical, entretanto, era um escândalo sério.

Então, em muitos aspectos, a posição de Martinho Lutero contra o celibato clerical era o aspecto mais radical da sua reforma. Os seus escritos bíblicos eram uma consequência natural dos seus ensinos, e sua tradução do Novo Testamento para o alemão era um passo razoável a ser seguido. A sua ira contra as indulgências era uma reação óbvia à venda da salvação por Tetzel. Mas defender casamento clerical? Como a igreja teria continuidade se o Papa, os cardeais e os clérigos abaixo tivessem esposas e filhos para herdar seus vastos tesouros de riqueza? O problema já ficou quase fora de controle com a sucessão dos papas da família Borja, da Renascença. O que aconteceria se padres paroquiais e monges começassem a transferir a propriedade da igreja para seus filhos?

O casamento clerical era, de acordo com os reformadores, uma questão de moralidade. Katherine Schütz Zell (dois anos mais velha do que

Catarina) expressou isso de forma alta e clara quando se casou com um padre de Estrasburgo, Mateus Zell. Só que sua lógica de que o casamento "elevava a degradação moral do clero" foi ignorada. Lutero, entretanto, falou mais alto do que ela. *Fechem os conventos. Esvaziem esses prostíbulos* — trovejou ele. (Nos tempos medievais, os prostíbulos eram sancionados pela igreja — mesmo nos anos 1520.) Só que o grito de Lutero pela reforma não se destinava às prostitutas. Ele veio direto de Gênesis: tornar-se uma só carne pelo casamento e ser frutífero e se multiplicar. Destinava-se particularmente às freiras que viviam em conventos de clausura, com pouca esperança de liberdade. Imagine as freiras ouvindo tal linguagem. Seria difícil elas permanecerem neutras.

Será que Catarina fincaria o pé e resistiria a qualquer tentativa de pôr fim ao único modo de vida que havia conhecido? Ou será que ela, como outras freiras alemãs anônimas, cortaria todos os laços com a vida no convento? Será que ela andaria pelo corredor na ponta dos pés e fugiria pela porta nas horas que antecedem o amanhecer, subindo em uma carroça que vendia arenques? Era uma época emocionante e perigosa para se viver. Ficar ou partir: essa era uma decisão que, de qualquer maneira, implicava consequências cruciais.

Lutero era o homem do momento. Nenhum outro reformador estava preparado para elevar tanto as apostas e convocar os monges e freiras a abandonarem seus mosteiros e se casarem. Com certeza era uma reforma que passaria pelo teste do tempo, com um elenco revolucionário muito distinto. Kimberly Kennedy escreve:

> Em 1530, a Confissão de Augsburgo, a principal declaração de fé dos luteranos, afirmava e tornava oficial a rejeição de Lutero aos votos monásticos [...] Destarte, o monasticismo, apesar de seu início promissor, grandes heróis, e realizações impressionantes, serviu, em primeiro lugar, para obscurecer as verdades realmente importantes da fé cristã. Ele ludibriou o ignorante [...] assim como os convertidos sinceros, em uma disciplina corrupta que não era diferente de "uma prisão cuidadosamente planejada," enquanto pregava que sua "manifestação" austera era a forma mais elevada de vida e serviço cristão.[19]

Enquanto pregava as bênçãos de Deus sobre padres, monges e freiras que se casavam, o próprio Martinho Lutero fez votos de permanecer solteiro. Ninguém o atrairia para o leito conjugal. Ninguém — até que uma freira fugitiva, ainda apaixonada por outro homem, fez uma proposta boa demais para ser recusada.

## CAPÍTULO 3

# "Uma Carruagem Cheia de Virgens Vestais": A Fuga do Convento

Nenhuma freira moderna seria pega fugindo de um convento no meio da noite, escondida entre barris de arenque e transportada em uma carruagem puxada por vários cavalos por uma estrada suja e esburacada. Fugir em um conversível, com os cabelos ao vento (embora pudessem ser curtos): essa seria a maneira de partir. Pelo menos foi assim para Patrícia O'Donnell-Gibson (que mora hoje com seu marido no sul de Michigan, como vimos no Capítulo 1). Para Catarina von Bora, entretanto, uma carruagem puxada por cavalos era o único conversível disponível. Diferentemente de Catarina, Patrícia entrou para o convento aos dezessete anos, por vontade própria. As histórias de freiras missionárias devotas despertaram seu próprio senso de chamado. Só que não demorou para ela perceber que a vida na clausura não servia para ela. Depois de seis anos, e com o conhecimento de sua madre superiora, Patrícia deixou sua vida como freira para trás.[1] Para Catarina, os riscos eram mais altos, e o choque cultural muito maior.

Enviar uma menina para o convento muito nova, supondo que ela declararia seus votos no meio da adolescência, não leva automaticamente à maturidade espiritual. De fato, há amplas evidências de que muitas freiras em toda a Idade Média descobriram que o monasticismo não era necessariamente o caminho para se encontrar união com Deus. Martinho Lutero sugeriu, com cinismo, que "se um dia um monge for para o céu pelo mosteiro, serei eu."[2] Insinuava, assim, que ninguém o tinha superado no desempenho das obras zelosas de um monge — obras que, no fim, não contariam para nada.

Catarina não deixou reflexões assim tão negativas de seus anos como freira. De fato, mais tarde, ela insinuaria que estava mais próxima de Deus quando era freira do que vivendo no mundo. Aliás, o único vestígio de insatisfação é que ela apenas concordou com o plano de fuga. Não há indícios de que tenha instigado a conspiração, nem mesmo que estivesse no comitê de planejamento. Ao contrário de Lutero, que foi acusado de ser um revolucionário religioso, ela pode ter se unido à fuga apenas pelo seu anseio de liberdade, e nada mais.

Sabemos que ela respeitava Magdalene von Staupitz, a mais antiga das freiras fugitivas. Já em 1516, "Magdalene tinha recebido alguns dos escritos de Lutero e absorvido com interesse as doutrinas da Reforma",[3] escreve J. H. Alexander. Ela parece ter sido a instigadora da trama e, de alguma forma, convenceu secretamente onze freiras mais jovens a se unirem ao plano de fuga. Magdalene devia conhecê-las bem. Se uma só delas tivesse mudado de opinião, todo o esquema poderia ter dado errado.

Há alguns anos, entrevistei Kenneth Lanning, que estava, então, chefiando uma força-tarefa do FBI que investigava alegações de assassinato em um ritual satânico. Muitos dos relatos apresentavam conspirações fantásticas envolvendo dezenas de pessoas. É possível manter segredo de um crime envolvendo uma pessoa, disse-me ele, mas quando duas, três ou uma dúzia de pessoas estão conspirando, as chances de segredo se reduzem de forma progressiva e drástica. No caso das freiras fugitivas, temos uma dúzia na conspiração. Essa história é realmente maravilhosa. Doze freiras — que se comprometeram como virgens, casadas com Jesus — permaneceram de boca fechada e nenhuma voltou atrás, nenhuma desistiu.

Imaginamos facilmente que as freiras planejaram sua fuga e se esgueiraram no meio da noite, resumindo tudo como uma brincadeira emocionante e divertida. Esquecemos como sua conspiração foi realmente assombrosa, assim como a fuga bem-sucedida. Essa foi, de fato, uma das escapadas mais impressionantes da história. Pergunto-me como elas conseguiram planejar e executar essa conspiração clandestina com tanta perfeição? Na maioria dos relatos desse feito intrépido, os homens de fora recebem o crédito, enquanto o esquema executado com inteligência pelas freiras é ignorado. Um site resume essa "manobra extraordinária" como uma atividade passiva de "retirar as senhoras clandestinamente".[4] Acho difícil.

Outro mistério é: por que nenhuma daquelas freiras não registrou posteriormente o que havia acontecido nas sessões secretas de planejamento e na noite da fuga? Ou talvez alguma delas tenha contado? E se existisse realmente um pedaço de papel contendo duas entradas de diário escritas por Catarina, uma sem data, e outra datada de 5 de abril de 1523? Seria uma descoberta muito valiosa. Com certeza nos aprofundaríamos em cada palavra. E eis o que temos. Primeiro, um lamento antes de sua fuga: "Meu espírito se entristece ao pensar no fim de meus dias nesse lugar sombrio — morta, mesmo ainda estando viva."[5] E o segundo, uma reflexão detalhada sobre a fuga:

> Era a véspera da Páscoa no ano de 1523 [...]
>
> O crepúsculo caiu devagar sobre a terra [...]
>
> A noite estava úmida e fria. Um vento gelado levou as nuvens para a frente da lua, cuja luz pálida jogava sombras fantasmagóricas sobre a terra. Na floresta as árvores gemiam e chiavam, com seus galhos agitados pelo vento.
>
> Uma grande carruagem, lotada de barris, movia-se lentamente pela estrada [...]
>
> A coruja gritou novamente. Não se ouvia nenhum outro som, além do estalar dos galhos ao vento. Com uma pressa descontrolada, [nós] deslizamos para baixo, e nos arrastamos pelas paredes [...]
>
> Depois de poucas horas, quando o céu começou a ficar rosado no leste, e o primeiro raio do sol oriental iluminou a terra, a nova vida [nos] despertou com uma força irresistível e, a uma voz, a tensão exultante irrompeu de [nossos] lábios:

> "Cristo o Senhor se levanta
> de sua prisão de martírio,
> Regozijemos-nos todos nisso,
> Cristo é nossa alegria e nosso consolo,
> Kyrie eleison [Senhor, tem piedade]."[6]

Infelizmente, essas são as palavras traduzidas de Armin Stein, tiradas de seu romance fictício da era Vitoriana, e dificilmente as palavras diretas em alemão de Catarina. Desconsidere os galhos rangindo, as corujas uivando, as rodas barulhentas da carruagem e as sombras fantasmagóricas. De fato, na hora que as freiras cansadas chegaram em Torgau, estavam assustadas e sujas, e tudo o que elas deviam querer eram um banho e uma cama. E, infelizmente, não descobrimos nenhum pedaço de papel que nos forneça sequer uma pista da dificuldade por que passaram. E mesmo que tenham sido escritas, devemos lembrar que as palavras escritas pelas mulheres não tinham valor algum e muitas vezes encontravam seu destino em meio ao lixo.

As freiras, sem dúvida, aprenderam tanto sobre Martinho Lutero e a Reforma no meio dos parreirais, quanto as pessoas comuns nas ruas. Por iniciativa própria, aparentemente Magdalene tinha feito contato com Lutero, solicitando-lhe ajuda na execução de seu plano de fuga. Ele havia convocado esse mesmo tipo de atividade subversiva, provavelmente sem imaginar que as pessoas esperariam que ele se envolvesse nessa conspiração para cometer um crime capital. Embora Lutero tenha insistido que os membros da família devessem ser aqueles a libertarem suas filhas, argumentando que era "uma ação piedosa e perfeitamente segura", isso era, de fato, uma atividade muito perigosa; um ano depois da fuga dessas freiras, um homem em outra parte da Alemanha foi executado por esse crime.[7]

Agora Lutero, tendo ele próprio acabado de escapar de uma pena de morte (escondendo-se no Castelo de Wartburg por quase um ano), estava arriscando a vida novamente. Como voltou para o Mosteiro Negro e enfrentava uma agenda frenética, ele agora se sentia obrigado a estabelecer um plano para que alguém de fora ajudasse as freiras fugitivas. Será que alguma vez ele meneou a cabeça e disse suspirando: *Bom Deus, onde foi que me meti?* Será que ele sabia exatamente onde ficava o convento? Contaram para ele que ficava em um lote de terra isolado, à distância de mais de 110 km de estradas ruins em um terreno cheio de florestas? Só que aquele era um mundo pequeno. Ele conhecia bem o irmão da freira que iniciou a fuga e, por acaso, conhecia um vendedor confiável que fazia entregas naquele mesmo lugar.

Leonard Koppe era um mercador e conselheiro municipal que residia em Torgau, cidade localizada entre o convento e Wittenberg. Ele concordou, com a ajuda de um sobrinho e de um amigo, em correr o risco de sequestrar as freiras, embora precisasse de uma certa persuasão por parte de Lutero. Martinho Lutero insistiu que as freiras deveriam, se desejassem, apenas ter a permissão de sair do convento de maneira honesta e ordeira. Era, portanto, um ato cristão de misericórdia sequestrar uma freira, o que se tornou uma parte central de sua reforma. Os católicos, no entanto, consideravam a quebra de votos um pecado mortal, e o sequestro, um crime capital.

Embora tivesse sido uma história muito menor de conspiração, o sequestro de Clara de Assis é uma comparação interessante. Clara nasceu uns trezentos anos antes de Catarina. Era uma filha da nobreza de 17 anos que, clandestinamente, fez planos para ser sequestrada por Francisco, que era mais de 12 anos mais velho. Embora ela não tenha se escondido em um carregamento de barris de arenque, nem fugido na Páscoa, escapou no Domingo de Ramos.

Partindo em direções opostas, as duas jovens foram coniventes com esquemas furtivos — Catarina abandonando a vida na clausura, e Clara a abraçando. Nos séculos seguintes, os nomes Francisco e Clara foram ligados um ao outro, como se *São* e *Santa*, respectivamente, fosse o primeiro nome deles. E também foi assim com Martinho Lutero e Catarina von Bora, embora sem qualquer associação com a santidade. Apesar de seu envolvimento no sequestro de uma jovem, é interessante que Francisco, atrás apenas da Virgem Maria, é provavelmente o santo — e a estátua de jardim — mais popular de hoje.

Se perguntássemos a cada uma das doze freiras que fugiram do convento de Marienthron seu motivo para a fuga, será que teriam concordado com Lutero que era impossível serem castas no convento? Ou será que simplesmente admitiriam que desejavam sair da vida sombria e monótona que estavam vivendo — que a grama era mais verde do outro lado do alto muro, e que elas queriam fazer parte da ação e ansiavam ter uma família para si? Sacolejando pelas estradas de terra, entretanto, o futuro pode ter parecido muito incerto — sentimentos de empolgação se misturavam ao medo e a ponderações.

Para os protestantes hoje, se contemplarem esse episódio da Reforma, trata-se de uma grande história de salvação. Se olharmos para Martinho Lutero como a figura de Cristo, as freiras representam os doze discípulos: Magdalene von Staupitz (a figura de Pedro), Else, Lanita, Ave, Margarete, Fronika, Margarete, Catarina, Ave e outras três tão obscuras que permanecem sem nome. Como essas freiras, os doze homens dos Evangelhos não eram muito fiéis e, muitas vezes, eram dominados pelo medo e pela incerteza.

Escondidas dentro da carroça de arenque coberta, as freiras não conseguiam se imaginar como os doze discípulos. Elas estavam, talvez, ao mesmo tempo envergonhadas e aliviadas por encontrarem um porto seguro, primeiro em Torgau, e, no dia seguinte, em Wittenberg. Como é que uma freira, vestida com seu hábito completo (ou de camisola), desce graciosamente de uma carroça com laterais altas? Que espetáculo! Um espetáculo capturado em Wittenberg por um estudante que escreveu a seu amigo: "Uma carroça cheia de virgens vestais acabou de chegar na cidade, todas mais interessadas no casamento do que na própria vida. Que Deus lhes conceda maridos para que não aconteça coisa pior."[8]

O termo "virgens vestais" deve ter sido utilizado para adicionar um toque de humor, mas essas freiras não eram nada parecidas com as beldades romanas antigas — virgens que cuidavam do fogo perpétuo de Vesta, a deusa da lareira e do lar. Catarina, assim como a maioria das mulheres naquela carruagem, logo perderia sua virgindade e se tornaria uma *deusa* da lareira e da sua casa: uma mulher com os pés muito bem assentados no chão.

As notícias tinham acabado de chegar quando a revolução começou. Tanto os líderes católicos, quanto o povo, reprovaram o sequestro das freiras. Na verdade, essa revolução continua ainda hoje. O site Catholic Apologetics Information [Informações Apologéticas Católicas] contém um artigo escrito por Michael Baker, intitulado "[Como] era realmente Lutero, afinal de contas?" no qual ele menciona uma citação comum de Jacques Maritain, um filósofo católico francês do século XX:

> Depois de um sequestro de freiras que aconteceu na noite do Sábado de Aleluia de 1523, Lutero chama o cidadão Koppe, que organizou a façanha, de "ladrão abençoado," e escreve para ele: "Como Cristo, você tirou essas pobres almas da prisão da tirania humana. E o fez em um período providencialmente indicado, naquele momento da Páscoa quando Cristo destruiu sua própria prisão." Ele próprio estava cercado de freiras que foram restauradas à natureza. Sua [esposa] Catarina von Bora era uma delas. É curioso observar que o preço normal dessa guerra contra a virgindade cristã é um desprezo fundamental pela condição feminina.[9]

"Uma Carruagem Cheia de Virgens Vestais": A Fuga do Convento

Em uma carta para George Spalatin, vários dias depois, Lutero descreveu as freiras como um "grupo miserável". Solicitando ajuda financeira, ele continuou: "Sinto muita pena delas [...] Este sexo, que é tão fraco por si mesmo e que é unido pela natureza, ou melhor, por Deus, ao outro sexo, perece quando é tão cruelmente separado."[10] (Ele ainda não conhecia a força de Catarina.) Depois que chegaram em segurança, Lutero agradeceu a Koppe, comentando que sua parte no resgate das freiras seria lembrada por muito tempo.

Lemos sobre a fuga antes do amanhecer, mas parece que sabemos pouco sobre aquelas que foram deixadas para trás. Logo depois, entretanto, a madre superiora e o abade contataram o Príncipe Frederico, o Sábio, reclamando que seus súditos tinham sido responsáveis por arruinar o convento. Ele respondeu em 13 de junho: "Já que não sabemos como isso aconteceu e quem incitou as moças do convento a essa empreitada, e já que nunca lidamos com isso ou com questões similares antes, deixemos como responsabilidade delas mesmas."[11]

Foi considerada uma tragédia o fato de que o convento em Nimbschen tivesse "perdido metade de suas residentes em dois anos" (doze na Páscoa de 1523, e mais três no Pentecoste; e ainda outras que seguiram logo depois). A situação causou estragos nesse pequeno convento e em outros lugares: "No final de 1525 havia apenas vinte freiras em Nimbschen [...] Por todo o país, o 'êxodo' havia começado."[12] E, com o êxodo, apareceram histórias exageradas de abuso monástico.

De fato, ao longo dos séculos, relatos de freiras libertadas das prisões dos conventos só se comparavam às alegações de freiras sequestradas que eram relutantes a fugir. Por gerações, as histórias se multiplicaram e, no processo, criaram uma séria tensão religiosa — e não apenas na Europa. Em 1834, a história da Irmã Maria João, que tinha supostamente tentado escapar, incitou o incêndio de um convento em Boston. Dois anos depois, surgiu um livro *best-seller* que alegava ser a história real de uma freira de Montreal: *Awful Disclosures of Maria Monk, or, The Hidden Secrets of a Nun's Life in a Convent Exposed* [As terríveis revelações de Maria Monk, ou, Os segredos ocultos da vida de uma freira em um convento expostos]. Os conventos eram piores do que prostíbulos comuns — havia declarado Lutero.

A Maria fictícia é retratada de hábito completo e segurando seu bebê. Não é que freiras nunca tivessem tido filhos. Só que essas histórias sensacionalistas acenderam o fogo da ira.

O relato bem real de Margaret de Prestewych data do final do século XIV. O cenário era Lichfield, Inglaterra, mais de um século antes do nascimento de Catarina. Eileen Power escreve: "É satisfatório saber que ao menos uma moça forte conseguiu apresentar seus protestos e fugir de sua prisão." Aos oito anos, ela foi colocada em um convento agostiniano contra sua vontade. "Ela permaneceu lá, como em uma prisão, por vários anos", insistindo que não estava disposta a fazer os votos que a excluiriam da herança a qual tinha direito. Quando chegou o dia, "ela fingiu estar doente e ficou na cama. Só que isso não impediu que ela fosse carregada para a igreja" por aqueles que obteriam vantagens com a perda do direito de herança dela. Foi "abençoada por um monge, apesar de seus gritos e protestos". Ela fugiu "sem licença e retornou ao mundo, o qual nunca havia deixado em seu coração. Casou-se e, em 1383, com o consentimento do papa, foi oficialmente liberada da ordem.[13]

A fuga de Catarina não se deu de maneira tão dramática, e nos dois anos seguintes, enquanto morava em Wittenberg, seu caminho foi se escurecendo. E por que alguém se importaria com ela em particular? Catarina era apenas uma das nove freiras "miseráveis" tentando fazer a vida no mundo exterior, já que outras três já haviam desembarcado da condução em Torgau. Por um tempo, ela morou na casa do abastado escrivão de Wittenberg. Aqui, sabe-se pouco dela, além de um romance que deu errado.

A família com quem ela vivia tinha amigos, os Baumgärtner, em Nuremberg, cujo filho Jerônimo havia estudado na Universidade de Wittenberg, aos pés de Filipe Melâncton e de Martinho Lutero. Jerônimo voltou para a cidade no final da primavera de 1523 para visitar alguns amigos, inclusive a família com quem Catarina estava morando. Com idades próximas — Jerônimo era um ano mais velho — eles passaram tempo juntos. Palavras eram ditas, sim, mais do que palavras — deliciosos sussurros e planos futuros de uma vida juntos. Ele tinha de voltar para a casa de seus pais, mas prometeu voltar logo para Wittenberg.

Há biógrafos sérios e simples engraçadinhos que afirmam que Catarina tinha uma aparência comum, era orgulhosa e de difícil convivência. Parece que Jerônimo não pensava assim, ou acreditava que esses detalhes pequenos não anulavam seus outros bons atributos. Ele voltou para Nuremberg para compartilhar as boas notícias.

Entretanto, quando Papai e Mamãe Baumgärtner souberam dos planos, ficaram realmente preocupados com a escolha de seu filho — uma freira fugitiva sem posses ou mesmo dinheiro suficiente para se manter? Mesmo naquela idade, a aprovação dos pais era um pré-requisito. Então, será que ele voltou para Wittenberg para esclarecer as circunstâncias? Será que enviou a Catarina uma carta gentil e sensível explicando como suas mãos estavam atadas?

Na verdade, Jerônimo era um vigarista. Ele nem mesmo respondeu às várias cartas de Catarina. O que ela poderia fazer? Pedir socorro a Martinho Lutero, que enviou uma carta, datada de 12 de outubro de 1524, para Jerônimo. Prestigiado professor e singular reformador, o envolvimento de Lutero, com certeza, teria algum peso: "Se você quer sua Catarina von Bora, é melhor fazer alguma coisa rapidamente, antes que ela seja dada a outra pessoa que a queira"[14] — como se houvesse uma fila de candidatos solteiros à sua porta. Se o ciúme não mexesse com Jerônimo, talvez o argumento da piedade fizesse efeito: Lutero escreveu que ela estava com o coração partido e ainda apaixonada por Jerônimo. Se não por pena, com certeza o aluno prestaria atenção ao seu distinto professor, que se agradaria muito com o casamento deles.

Enquanto isso, Catarina havia deixado a casa da família de amigos de Jerônimo (que, aparentemente, não interveio ao seu favor) e se mudado para outra a pouca distância da cidade de Wittenberg. E não sabia que estava morando com um homem que se tornaria um artista famoso, Lucas Cranach, o Velho. Cranach era nobre e próspero, lembrado hoje como um artista importante do século XVI. Mas, para o povo da região de Wittenberg, ele era vereador, prefeito por três vezes, e CEO de um próspero ateliê de arte anexo à sua casa, grande e remodelada. Quem diria que sua arte seria amplamente divulgada na internet cinco séculos depois?

Por volta de 1510, Cranach tinha se casado com Barbara Brengbier, filha de um notável prefeito, e, nos anos seguintes, ela daria à luz dois filhos e três filhas — tendo Martinho Lutero como padrinho tanto do filho mais velho como da filha mais nova. Acolhida na casa de Cranach, Catarina tinha muito trabalho a fazer, e mergulhou rapidamente no cuidado da casa e das crianças. Naquela época, as cinco crianças tinham entre três e doze anos.

O historiador Steven Ozment extrai uma anedota interessante de uma das obras de Cranach, pintada logo depois de Catarina se tornar a Senhora Lutero. O cenário é um batismo:

> Espremidas ao redor da pia batismal estão algumas das mulheres mais importantes de Wittenberg, tanto entre as vivas quanto entre as mortas. Misturadas à multidão estão as esposas dos pastores e teólogos da cidade: Catarina Lutero e a falecida Barbara Cranach, Katherine Jonas, que ainda vive, e Walburga Bugenhagen.
>
> A mais importante, ainda que menos vista, daquelas mulheres é, surpreendentemente, Barbara Cranach († 1541). O observador contempla apenas suas costas imponentes, vestida da cabeça aos pés com peles e brocados de uma pessoa rica. Se pudermos acreditar nas fofocas locais, ela ganhou esse lugar anônimo porque reclamou muitas vezes que seu marido "nunca a havia retratado em um quadro". Seja qual for a verdadeira história, sua insistência parece ter [dado errado] porque "o retrato franco [dela] feito por seu marido como um cabide de roupas ainda a deixava não convenientemente representada em uma obra de arte e, portanto, não verdadeiramente pintada pelo seu marido."[15]

E nos perguntamos: como será que Bárbara tratava Catarina, a pobre freira? Não há evidências de que ela tenha recomendado Catarina para ser esposa de seu bom amigo Martinho.

Será que Lutero havia sido dissimulado em sua alegação a Jerônimo de que havia outros que a queriam? Poderia ele estar se referindo a si mesmo? Alguns especulam que sim. De fato, Catarina era um bom partido. Embora ela "não fosse uma beleza normal", de acordo com James Anderson, "tanto Erasmo como [o jesuíta] Maimbourg [...] a elogiavam por possuir [...] uma dignidade, sem afetação, em sua aparência e maneiras que, à primeira vista, impunham respeito."[16] De uma carta escrita por um observador da época, descobrimos que Lutero "tomou uma esposa da conhecida família Bora, uma garota de aparência elegante, de 26 anos, mas pobre."[17]

Não sabemos exatamente quando Lutero começou a contemplar a ideia de se casar. Só que, em uma carta para George Spalatin, na primavera de 1525, ele escreveu: "Não se admire que um apaixonado famoso como eu não se case. É estranho que eu, que escrevo com tanta frequência sobre matrimônio e me misturo com mulheres, não tenha ainda me transformado em uma mulher, sem falar em não ter casado com uma." Ele brinca sobre ter perdido duas potenciais "esposas" para outros. "Eu mal posso me segurar à terceira com meu braço esquerdo, e ela também pode ser facilmente tomada de mim."[18]

Em todo esse tempo, nada de notícias de Jerônimo. Será que o povo de Wittenberg se surpreendeu quando soube que, dois anos após ter abandonado Catarina, ele estava se casando com uma jovem fútil e desesperada para se casar, Sibylle, de quatorze anos, linda e rica? O rompimento com Catarina acabou sendo prejuízo para ele, e lucro para ela — embora a futura esposa de Lutero ainda não estivesse pronta para reconhecer isso.

Os esforços de Martinho Lutero para encontrar um marido para Catarina tiveram ajuda de outros, incluindo seu colega Nicolau von Amsdorf, que quase parecia estar leiloando Catarina e as outras freiras, em vez de apenas arranjando casamentos. Para Spalatin, ele tinha recomendado "a de melhor berço entre elas", irmã de seu tio Dr. Staupitz, que era muito estimado por ele e por Lutero. "Mas", continuou ele, "se você quiser uma mais nova, poderá escolher a mais bela delas."[19]

Com a ajuda de outros, Lutero conseguiu encontrar maridos para as freiras que desejavam se casar — todas, menos Catarina. Em sua cabeça, depois do fracasso de Jerônimo, qualquer bom cristão serviria, até mesmo o velho pastor Casper Glatz. Só que Catarina não estava pronta para ser empurrada para os braços de um homem por quem não tinha sentimento algum, principalmente ainda estando presa ao homem que amou. Quando Amsdorf tinha escrito antes para Spalatin pedindo ajuda financeira, ele tinha elogiado as freiras que não tinham "nem sapatos nem roupas" como sendo "bonitas, boas, todas de boa família, e nenhuma delas com cinquenta anos."[20] Catarina estava com vinte e poucos anos, e tinha deixado claro para Lutero que Casper, muito mais velho, não lhe serviria.

Já um casamento com Nicolau Amsdorf, entretanto, era outro assunto. E então passamos para o próximo episódio da novela "As the World Turns"

[Conforme o mundo gira]. Ela o considerava um esposo adequado e sugeriu seu nome, acrescentando que, se ele não estivesse disposto a dar esse passo, ela estaria disposta a considerar o próprio Martinho Lutero — outro ancião, dezesseis anos mais velho que ela. Essa é uma virada surpreendente nos acontecimentos. Se ninguém antes tinha reconhecido a verdadeira coragem dessa ex-freira, tudo ficaria bem óbvio quando ela mesma propôs casamento, não para um, mas para dois homens, ambos figuras renomadas da época. Era um movimento ousado, e funcionou.

Neste ponto, as rodas estão em movimento. Será que havia sido uma jogada agressiva da parte dela? Será que ela estava ciente das preocupações dele, na época? Algum dia soube que ele se casou com ela por pena? Anos depois, em 1538, ele supostamente vangloriou-se que sua primeira escolha de esposa (treze anos antes) não era Catarina, mas Eva Schönfeld, que fora roubada por um médico prussiano. Quando, porém, Catarina ficou sem nenhuma outra perspectiva adequada de marido, ele concordou em se casar com ela por pena. Embora Catarina fosse arrogante e orgulhosa, ele logo percebeu que ela era uma esposa mais confiável.[21]

Embora possa ter se casado com Catarina por pena, Lutero foi desafiado a se casar por outros motivos, como ele confessou de maneira divertida: para "agradar seu pai, irritar o papa, fazer os anjos rirem e os demônios chorarem, e selar seu testemunho."[22] E ele foi muito encorajado por amigos também, incluindo sua ardente defensora Argula von Grumbach, que estava convencida de que seu casamento acabaria com os rumores escandalosos. Só que Lutero estava reticente, como escreveu para George Spalatin mais tarde, em 1524:

Agradeço a Argula por aquilo que me escreve em relação ao meu casamento. Não me surpreendo com tal fofoca, pois tem circulado todo tipo de relatos sobre mim. Agradeça a ela em meu nome, e diga a ela que estou nas mãos de Deus, uma criatura cujo coração ele pode mudar e mudar de novo, matar e restaurar à vida a cada hora e momento. Só que enquanto eu estiver em minha disposição atual, não devo me casar. Não que eu não sinta desejo, pois meu coração não é de madeira nem de pedra; mas me inclino contra o casamento porque estou na expectativa diária da morte e da punição cabidas a um herege.[23]

Embora pouco se saiba sobre Catarina entre os anos de 1523, quando ela fugiu do convento, e 1525, quando se casou com Lutero, aqueles anos, no entanto, não foram de maneira alguma vazios. Parte desse tempo foi tomado por uma montanha-russa de emoções. A maioria de nós sabe como é esperar por cartas no correio e então sermos rejeitados por alguém que amamos — talvez até mesmo alguém que sabemos não ser a pessoa certa para nós. Podemos sentir a traição dura e, mesmo assim, termos vontade de voltar no tempo para abraçá-la.

Estremecemos quando imaginamos como era difícil usar vestidos e sapatos desgastados enquanto ela vivia na casa luxuosa de Cranach. Será que a dona da casa era altiva e crítica, despudorada em seus vestidos caros de brocado? Como desejamos ler um diário no qual Catarina derramasse seu coração. Queremos saber como ela se sentiu quando percebeu que estava, de fato, sendo leiloada como noiva, talvez para algum esquisito cujas credenciais ministeriais não chegavam à altura do que ela esperava de um marido em potencial. Será que ela se retraiu quando ouviu as piadas e comentários maliciosos de *alte Jungfer*, uma "solteirona", "encalhada", "balzaquiana"? E existe também aquela ideia de que, mesmo antes de fugir, ela já estivesse de olho no grande reformador como potencial marido.

Lembro-me de meu primeiro ano no Seminário Teológico, na metade da década de 1960, quando a maioria das jovens alunas eram acusadas de se matricular com o propósito de ganhar seu "grau de esposa". É claro que ríamos, mas eu sabia instintivamente que era um termo pejorativo, depreciativo das mulheres. Agora, quando contemplo Catarina, às vezes me vem à mente aquela mesma mentalidade de "grau de esposa". "Pessoalmente", escreve Glenn Sunshine, "suspeito que ela estava esperando se casar com Lutero desde antes da fuga do convento."[24]

Esse tipo de especulação é condescendente. Catarina era uma freira enclausurada e protegida cuja fuga noturna estava centrada na busca pela liberdade — e segurança. O seu destino era um mundo assustador em rápida mudança e revolução. Mesmo hoje, a relocação de uma freira de um convento isolado para a vida no mundo exterior envolve um choque cultural. E era diferente a vida diária de uma freira fugindo de um convento no século XVI, quando isso era um crime sério. Não deveria passar pela sua cabeça se prender a Martinho Lutero, ele próprio fugindo da lei, quando ela e as outras freiras planejavam sua fuga. Elas não estavam inclinadas a se graduar com um "grau de esposa".

Outra difamação era a repetida tese de que Catarina não era uma jovem bonita, como Preserved Smith e outros enfatizaram. "O retrato de Catarina" — escreve Smith — "não corrobora com a conjetura de Erasmo de que o monge tinha se deixado levar por uma garota maravilhosa e encantadora (uma "mire venusta" em latim)."[25] Smith, à distância de séculos, julgou que ela era familiar:

> Ela era de um tipo comum entre os alemães, em cujas feições a perspicácia, o bom senso e bondade muitas vezes passavam uma expressão agradável de pessoa familiar — embora nem mesmo isso possa ser visto na pintura de Cranach. Seu escasso cabelo avermelhado está penteado para trás em sua testa alta; as sobrancelhas sobre seus olhos azuis escuros se inclinam sobre um nariz bem achatado; suas orelhas e bochechas são proeminentes.[26]

É claro que a beleza está nos olhos de quem vê. Olho para o mesmo quadro de Cranach e me pergunto sobre o próprio artista. E é claro que seu retrato de Martinho não mostra exatamente um homem muito bonito.

Todavia, chega de falarmos sobre a aparência de Catarina. A seu favor, Smith vai adiante e, ao menos parcialmente, redime-se — em uma questão muito mais significativa do que a aparência:

> "Catarina foi, algumas vezes, reprovada por seu orgulho e avareza. Todavia o fato de que uma órfã, sem amigos, dinheiro ou beleza, tivesse algum orgulho é mais passível de louvor do que de culpa."[27]

Embora Lutero possa ter insinuado em 1525 que Catarina tivesse pretendentes, ela não tinha. De qualquer forma, era espirituosa, enérgica, competente e um bom partido, mas suas opções eram reduzidas: Amsdorf ou Lutero. No final, foi Lutero que apareceu na casa de Cranach para providenciar que ela fosse sua esposa e para fazer isso assim que possível. Ela não era tão ingênua para não perceber que a decisão dele não era por amor — e talvez nem a dela fosse.

Se estivéssemos sentados à mesa com os colegas de Lutero três dias depois do casamento, poderíamos falar com Filipe Melâncton. Perguntaríamos a ele por que seu amigo tomou aquela decisão súbita. Seus pensamentos estão escritos em uma carta para Joachim Camerarius:

> Em 13 de junho, Lutero, inesperadamente e sem informar a nenhum de seus amigos o que estava fazendo, casou-se com Bora [...]
>
> Essas coisas aconteceram, acho eu, mais ou menos dessa maneira: O homem é certamente flexível; e as freiras usaram suas armas contra ele com sucesso; então, é provável que sua sociedade com as freiras suavizou ou até mesmo inflamou este homem nobre e de bom humor. Dessa maneira, ele parece ter caído nessa mudança prematura de vida. O rumor, entretanto, de que ele a tivesse desonrado antes do casamento é uma mentira manifesta [...] Tenho esperança de que esse estado de vida possa lhe dar alguma sobriedade, para que ele descarte essa brincadeira baixa que muitas vezes censuramos.[28]

Resumindo suas observações: Bora utilizou suas artes mágicas para inflamar um homem nobre, capturou-o para ser seu marido, deu-lhe sobriedade e o livrou das brincadeiras baixas. Motivos bons o suficiente para o grande reformador se casar.

O casamento de Lutero seria corretamente aclamado como uma marca profunda no progresso da Reforma. Mas, certamente, não foi a primeira marca. Como observou o teólogo luterano Justus Jonas, o casamento público de Bartolomeu Bernhardi em 1521, logo depois da Dieta de Worms, levou à "decisão de milhares de padres e monges de se casar."[29]

Bernhardi era um defensor fervoroso de Lutero, tendo sido seu aluno em Wittenberg, mas a torrente matrimonial não começou até 1523. No final daquele ano, quase cem padres, monges e freiras tinham se casado publicamente, sendo que a maioria deles não tinha conexão direta com Lutero, nem com Wittenberg. Outros clérigos antes já tinham se casado, mas, raramente, em uma celebração pública.

No entanto, o significado do casamento de Martinho Lutero seria difícil de exagerar. No mesmo dia em que Melâncton redigiu sua carta sobre Lutero ter "caído nessa mudança prematura de vida," Lutero escreveu para seu amigo Spalatin: "Fechei a boca de meus caluniadores com Catarina von

Bora [...] Eu me tornei tão barato e desprezado com esse casamento que espero que os anjos riam e os demônios chorem ali."[30]

Será que Catarina percebeu o significado profundo do seu casamento? Não há evidências de que tenha percebido. Ela havia fugido do convento sem nenhum plano futuro específico e, dois anos depois, descobriu ser a última freira sobrando. Lutero era um dos dois homens que ela aceitaria, já que foi rejeitada por aquele que realmente amou.

Uma nota sobre os dois anos de provação de Catarina antes de se casar está relacionada a Jerônimo, o vigarista que não teve nem mesmo a decência de terminar oficialmente o relacionamento com ela. Martinho tinha lhe dado uma chance porque sua primeira responsabilidade era honrar seus pais. A forte oposição deles ao casamento do filho com uma freira fugitiva foi maior que qualquer bondade que Jerônimo pudesse ter demonstrado a ela. Em anos seguintes, Martinho contatou seu antigo aluno sobre outras questões e, em uma ocasião, ele acrescentou a uma carta um comentário de que estava enviando saudações fraternas de Catarina, "sua antiga paixão."[31] Entre outras qualidades positivas, Catarina von Bora tinha classe.

## CAPÍTULO 4

# "Uma Vida Amarga":
# A Vida Diária na Antiga Wittenberg

Perdida nos anais da história e para todos os efeitos práticos, anônima, Catarina era a autodescrição de "uma mulher pobre com somente um pequeno campo", forçada a "ganhar uma vida amargurada".[1] Seu destino na vida era o típico de muitas, senão da maioria, das mulheres no início da Alemanha moderna, e não somente das viúvas. A maioria das famílias era pobre, se fossem contadas entre os camponeses ou artesãos. Se o marido fosse velho ou enfermo, a responsabilidade de ganhar o pão era relegada à sua esposa. Isso seria essencialmente verdadeiro para a viúva Catarina, embora antes de Martinho morrer, ela desfrutasse de uma vida comparativamente confortável. Porém, ao seu redor havia mulheres que apenas batalhavam e levavam "uma vida amarga".

Eu cresci pobre. Minhas primeiras memórias são de uma casa em uma fazenda isolada, sem eletricidade e nenhum encanamento interno, minha primeira educação foi em uma escola doméstica de um cômodo. Quando o ônibus atolava em um profundo monte de neve, lembro que meu pai chegava com uma tropa de cavalos para levar o motorista e as crianças para casa — todos nós enrolados debaixo de cobertores. De certa forma, posso relatar a vida cotidiana do século dezesseis com mais facilidade do que alguns colegas que cresceram em lares abastados no Norte de Grand Rapids. Eu consigo escutar os cavalos e sentir os sulcos profundos do momento em que Catarina e suas irmãs freiras cavalgavam sacolejando pela noite em direção a Torgau.

Porém, mesmo com todas as dificuldades que enfrentei como criança, nunca teria usado a frase "vida amarga". Tampouco a vida de Catarina foi severa, pelo menos até seus últimos anos, quando os estragos da guerra, do clima e das enfermidades físicas vieram cobrar seu preço. Contudo, para a maioria das famílias, que viviam nas cidades pequenas e no interior das florestas onde hoje é a Alemanha, a vida era sombria — ainda mais para as mulheres cujos dias de trabalho se estendiam desde o raiar do dia até bem depois do anoitecer. As conveniências modernas estavam disponíveis somente se você fosse um membro da realeza ou, de alguma outra forma, rico. Porém, para o restante da população, o trabalho doméstico era penoso, e contratar um servo não era financeiramente viável. Mesmo uma moradia decente não possuía um conforto aceitável.

"No Egito antigo, as pessoas ricas tinham banheiros e toaletes apropriados em suas casas", escreve Tim Lambert. Contudo, à medida que avançamos na história, vemos uma séria regressão em relação aos banheiros. "Na Idade Média, os toaletes eram simples buracos no chão com acentos de madeira sobre eles". [2]

Na época em que nasci, no norte rural de Wisconsin, as famílias de fazendeiros já tinham, havia muito tempo, progredido o suficiente para colocar uma pequena casa sobre o buraco que escondia um assento com uma abertura arredondada (às vezes, duas), deixando espaço suficiente para um catálogo da "Sears & Roebuck" (muito superior às folhas de verbasco, utilizada pelas pessoas na Idade Média). Lambert escreve: "Nos castelos medievais, o toalete era chamado de 'guarda-roupas' e era simplesmente um eixo vertical com um assento de pedra na sua parte superior. Alguns 'guarda-roupas' desaguavam no fosso". [3]

As instalações nos conventos e mosteiros eram frequentemente comparadas a essas dos castelos. Às vezes, "os monges construíam lavatórios de pedra ou madeira sobre rios". [4] Alguns sistemas de encanamento eram ainda mais sofisticados: "No Castelo de Porchester, no século XII, os monges construíram calhas de pedra que levavam os dejetos até o oceano. Quando a maré entrava e saia, descarregava o esgoto". [5] Catarina teria sido acostumada a mais do que simplesmente um buraco no chão, e quando ela se juntou a Martinho no Mosteiro Negro, o encanamento poderia ser comparado ao de outros precários mosteiros daquele tempo.

A vida era dura naquela época — especialmente em uma vila que já foi afastada. Wittenberg nos dias modernos recebe seus hóspedes como uma pitoresca e limpa cidade turística. Ela é charmosa, calorosa e hospitaleira para os viajantes. O TripAdvisor lista os dez melhores restaurantes, todos novos em folha desde 1517 — na verdade, novos desde que a Alemanha Oriental se abriu para o Ocidente em 1989. Outro site lista os dez melhores hotéis. Por mais que desejemos visitar locais históricos reais, sabemos muito bem o que quinhentos anos podem fazer a uma pequena cidade conhecida por seu extraordinário reformador. Se Martinho Lutero nunca tivesse pregado suas teses na Igreja do Castelo, nem se estabelecido naquela cidade, poderíamos considerá-la, hoje, mais descuidada do que era quando ele ali viveu.

Como seria a vida cotidiana em Wittenberg depois de Catarina chegar com as outras oito freiras fugitivas? Ela teve grande sorte por ter sido hospedada, na maioria das vezes, em mansões, pelo menos assim consideradas pelos padrões locais. E ela, rapidamente, começou a conhecer o pequeno vilarejo, incluindo os campos, os bosques e riachos das proximidades. Escritores atuais descrevem, de várias maneiras, como era aquela cidadezinha em 1520. O problema é que hoje, tanto as pessoas da cidade como as de fora, descrevem-na com um propósito, à exceção de Filipe Melâncton, que se refere a Wittenberg como não mais do que uma vila composta por cabanas de barro com telhados de colmo e casas tortas, sem qualquer evidência de vaidade ou planejamento urbano.[6] O fato de ele ter sido um humanista universitário que residiu em cidades de verdade pode ter influenciado sua avaliação bastante negativa, mas Melâncton não tinha nenhum motivo específico para recriminar, nem nenhuma motivação para desprezar a pequena cidade com ironias.

Até mesmo Lutero é citado dizendo: "Aqui em Wittenberg não existe mais do que um cadáver miserável; estamos aqui sentados em Wittenberg, como se esse fosse um lugar miserável".[7] Seu curioso exagero era, sem dúvida, influenciado por um dos seus dias ruins. Porém, a cidade, mesmo nos seus melhores dias, depois de ter deixado para trás as longas noites letárgicas medievais, não era uma vila que poderíamos hoje suportar sem fazer uso de algumas sérias leis sanitárias. A descrição de Roland Bainton serviria para quase qualquer cidade do século XVI. Cidades grandes eram, sem dúvida, até piores:

> Não se pode negar que ele (Lutero) não era exigente, nem sua geração. A vida por si só cheirava mal. Ninguém podia andar ao redor de Wittenberg sem encontrar os odores dos chiqueiros, das vísceras e do abatedouro. E mesmo os mais gentis não eram reticentes sobre os fatos da experiência diária. Catarina, quando questionada sobre a congregação em um dia que Lutero foi incapaz de comparecer, respondeu: "A igreja estava tão cheia que fedia". "Sim", disse Lutero, "Eles tinham esterco em suas botas".[8]

Um dos inimigos de Lutero depreciou a cidade quase tanto como o próprio reformador, chamando-a de "miserável, cidadezinha suja" que empalidece em comparação a Praga. Não era mais do que "um punhado de camponeses, rudes, meio congelados, sem alegria e cheios de lama".[9] Como um vilarejo como esse poderia, em algum momento, imaginar-se a si mesmo desafiando as autoridades de Roma?

É impossível se fazer um relato objetivo da Wittenberg do século XVI, mas ela possuía algumas qualidades favoráveis. Era uma cidade fortificada com muralhas de pedra, dando-lhe uma aparência de solidez, porém pequena, com um fosso rodeando as muralhas. Em 1485, quando Frederico III, o Sábio, sucedeu seu pai, ele fez de Wittenberg a capital do seu eleitorado e fundou uma universidade em 1502. Essa cidade fortificada ostentava não somente um moinho, mas também sua força motriz proporcionada pela água corrente, um grande projeto de engenharia concluído algumas gerações antes. De fato, era bastante incomum encontrar um vilarejo com dois riachos de alto fluxo, atravessando a cidade. Havia seus perigos também, quando estudantes bêbados festeiros cambaleavam em direção ao campus tarde da noite.[10]

De fato, Wittenberg era uma cidade universitária, com todas suas malandragens que apareciam em seus atrativos noturnos. Havia cerveja em grande quantidade — também prostitutas — para manter a alegria dos alunos inquietos. Lutero não se divertia com esse tipo de comportamento, associando-o com a pouca moral perpetuada pela Igreja Católica, certamente

"Uma Vida Amarga": A Vida Diária na Antiga Wittenberg

não pelos reformadores. Ele estava ciente de que ouvia mais do que boatos sobre as façanhas de fanfarrões — sabia, de fato, que estudantes da universidade estavam procurando os serviços de prostitutas, que exerciam seu comércio "nas imediações do mercado de porcos da cidade". Lutero era rápido ao fazer uso da sua pena. O ensaio por ele redigido recebeu por título: "Contra as prostitutas e os alunos gordos".[11]

Na virada do século, quando correu a notícia sobre os planos de Frederico para uma nova universidade, rapidamente a cidade aumentou seu número de moradias. E já em 1504, o concílio local escreveu um novo código para providenciar habitação aos estudantes, especificando que todos que possuíssem terrenos desocupados deveriam construir uma casa dentro de um ano.[12] No começo de 1521, o corpo estudantil — apenas masculino — chegou a três mil alunos, ou seja, havia mais estudantes do que moradores da cidade. Muitos deles tinham vindo para se assentar aos pés de Martinho Lutero, embora houvesse outros professores, incluindo Filipe Melâncton, cuja reputação rivalizava com a do grande reformador.

Quando Catarina chegou em 1523, entretanto, as matrículas dos alunos haviam diminuído. O temor pelas suas próprias vidas devido à Dieta de Worms e à reclusão de Lutero no Castelo de Wartburg contribuiu para essa redução. Ainda assim, os estudantes eram a maior presença visível da população da cidade. Catarina, provavelmente, tinha conhecimento de que eles zombavam dela e das outras oito freiras "miseráveis" que, desajeitadamente, ergueram-se da carroça, e ela, possivelmente, não teria apreciado ser identificada como uma entre as virgens que tinham acabado de chegar à cidade. As freiras fugitivas certamente teriam sido motivo de piadas, estivessem os estudantes bebendo ou não.

Por ser uma mulher tão capacitada, é duvidoso que Catarina nunca tenha pensado sobre os privilégios do gênero masculino e a falta de educação superior para as mulheres. Entretanto, ela estava, sem dúvida, completamente ciente do pressuposto renascentista, segundo o qual os meninos mereciam uma boa educação. "Um pai que não providencia para que o seu filho receba a melhor educação em tenra idade", escreveu Erasmo, "Não é nem homem, nem tem nenhuma ligação com a natureza humana".[13] E sobre as filhas? O seu futuro marido faria com que algum progresso fosse feito nessa direção.

O crescimento da universidade expôs a escassez de casas para os professores. Assim como é verdade hoje, é difícil para uma escola de ensino superior atrair professores distintos sem que as moradias disponíveis sejam adequadas ao seu prestígio. A avaliação de Gottfried Kruger sobre Wittenberg, antes e durante o tempo em que Catarina lá residiu, faz-nos acreditar que, ao se instalar, ela deve ter ficado impressionada. Apesar da impressão negativa, Wittenberg, em 1520, era, em muitos aspectos, uma cidade universitária respeitável, e não mais um vilarejo desprezível, indigno de reconhecimento.[14]

Wittenberg, como todas as cidades da época, oferecia pousadas para os viajantes. Elas eram normalmente casas apertadas, sujas, malcheirosas e cheias de doenças. Não podiam ser confundidas com a mais espaçosa, bem cuidada pensão Mosteiro Negro onde Catarina serviu como dona de casa durante seus vinte anos de casada, bem como nos anos de sua viuvez.

Um escritor viajante do começo do século XVI oferece um vislumbre das acomodações características — uma pousada do interior "não era pior do que a maioria das pousadas em terra alemã". Não havia nenhum costume de receber os hóspedes. "Logo na chegada iniciávamos o ritual necessário para garantir uma cama", escreve ele. "Paramos do lado de fora, no jardim, e gritamos por um tempo interminável. Deus nos livre do responsável pela pousada nos cumprimentar, porque para nós, alemães, é degradante fazer contato com hóspedes pagantes". Finalmente "a cabeça de alguém surge numa pequena janela e você pergunta sobre hospedagem. Se eles não têm nenhuma, logo dizem. Porém, se têm, não respondem sua pergunta, mas simplesmente se retiram e serpenteiam para fora um pouco mais tarde, fingindo indiferença".[15]

Não havia ninguém que oferecesse água ou alimentasse os cavalos. Os hóspedes tinham de fazer isso por eles mesmos e "então entrar em uma sala comum, que é realmente comum, pois todos os hóspedes estão lá, nas suas botas, com sua bagagem e poeira da estrada. Provavelmente havia ali oito ou nove pessoas". Alguns dos viajantes são "definitivamente doentes, mas esses são hospedados com todos nós. Homens, mulheres, crianças, ricos e pobres, doentes ou saudáveis, todos dividem o mesmo ar fétido, pois os alemães consideram o auge da hospitalidade receber seus hóspedes com

"Uma Vida Amarga": A Vida Diária na Antiga Wittenberg

um banho". O lugar fedia aos céus, "e todos os homens ali presentes tinham suas roupas sujas com suor". Mesmo assim quando um dos companheiros de viagem "se atrevia a abrir a janela um pouco, um terrível clamor de indignação era ouvido".[16] Assim, eles se acalmavam entre grunhidos e roncos, tosses ásperas e vômitos — era só mais uma noite na estrada.

Durante as primeiras décadas do século XVI, Wittenberg era mais bem entendida como um centro crescente de erudição, atividades judiciais e comércio. Apesar de ter sofrido uma queda temporária na população estudantil em 1520, a cidade estava se tornando um agitado centro urbano, particularmente em comparação à sua longa noite como uma cidade medieval atrasada. Preserved Smith oferece uma visão geral das mudanças rápidas que estavam ocorrendo:

> Wittenberg se situa ao longo da curva interior sinuosa e turbulenta do Elba, no meio de uma planície arenosa, nem fértil, nem bonita. Inundações frequentes e a má drenagem tornavam a cidade insalubre. Antes do final do século XV, ela não passava de um mero vilarejo, com mais ou menos trezentas e cinquenta casas baixas, feias e feitas de madeira e algumas poucas construções públicas... Frederico, o Sábio, ansioso para construir uma capital igual à Leipzig, adornou a cidade com uma nova igreja e uma universidade. O crescimento do ensino evangélico fez de Wittenberg uma das capitais da Europa, e seu crescimento e aperfeiçoamento manteve o ritmo da sua mais exaltada posição.[17]

Se qualquer um dos muitos estudantes da cidade alguma vez prestou atenção à freira fugitiva Catarina, não deixaram nenhum registro a seu respeito. Ela poderia ter passado, facilmente, despercebida enquanto se apressava até o mercado ou parava para consertar os sapatos. Embora, por algum tempo, tenha morado na maior e mais aprimorada casa da cidade pertencente ao artista Lucas Carnach, ela era, provavelmente, tratada como não muito mais que uma serva. As suas roupas do dia a dia eram, provavelmente, grosseiras e simples.

Saias longas eram o padrão para todas as mulheres, algumas vezes parcialmente puxadas para cima e amarradas com um cinto quando trabalhavam na privacidade de um jardim isolado nos fundos da propriedade. As calças não eram o padrão, tornando mais fácil para um bandido cheio de brutalidade assaltar e estuprar uma mulher desavisada. A cobertura para a cabeça (ou o cabelo trançado para as meninas) não era apenas um sinal de submissão, mas também um indicativo de que a mulher estava propriamente vestida, para nunca ser confundida com uma prostituta. No inverno, uma capa era adicionada às roupas. Para mulheres como Catarina, um cinto com uma bolsa de couro contendo dinheiro e outros itens pequenos era um acessório essencial enquanto resolviam suas questões pela cidade. Os tecidos brilhantes eram normalmente pertencentes às ricas mães de famílias.

De fato, para ricas e perfumadas mulheres renascentistas, vestidos, sapatos, perucas e joias eram por si só obras de arte. Porém, quando visitamos a Alemanha do século XVI, as mulheres de classe baixa eram, normalmente, consideradas trapos velhos até seus trinta anos. "As mulheres da era pré-industrial — filhas, criadas domésticas, esposas, viúvas e solteironas independentes", escreve Sheilagh Ogilvie, "aparecem repetidas vezes em documentos locais como responsáveis por sua própria subsistência, tendo como salário 'uma vida amarga'".[18]

Pode ser natural supormos que as mulheres daquela época se casavam cedo, sofriam no parto e morriam jovens, e que cumpriam turnos de quatorze horas de trabalho diário na casa, ano após ano. Porém, Ogilvie sustenta que esse não era sempre o caso, especialmente na Europa Ocidental e Setentrional, "onde o casamento era tardio, a vida celibatária era tida em alta conta, o serviço por ciclos de vida era generalizado, e havia muitas mulheres que cuidavam de pousadas. As mulheres podiam herdar terras, eram enviadas para escolas e autorizadas a tomar parte no mercado de trabalho".[19] Embora esta visão geral esteja baseada em pesquisas da época logo depois da morte de Catarina, seu início pode ser evidenciado pela sua própria vida — na sua insistência de permanecer solteira ao invés de se casar com alguém que não estimasse e também no seu comportamento independente depois do casamento. Nas cidades alemãs pré-industriais, "as mulheres podiam trabalhar fora de casa como criadas domésticas ou mesmo empregadas, ganhando salários em tarefas que não eram restritas a atividades reprodutivas".[20]

O casamento e a gravidez, no entanto, logo restringiriam Catarina. Estatísticas nos dizem que o parto era perigoso para mães e crianças naquela época, e as pragas se alastravam pela cidade, pequenas vilas, e pelo interior em intervalos regulares. Joel Harrington destaca que a vida era precária mesmo antes de um bebê ter nascido — estimava-se que uma entre três gestações não chegava a termo. Havia ainda as chances quanto à possibilidade ou não de uma criança sobreviver até os doze anos de idade. "Os primeiros dois anos da vida de uma criança eram os mais perigosos", de acordo com Harrington — devido aos "frequentes surtos de varíola, tifo e disenteria que se revelavam particularmente fatais para as vítimas mais jovens".[21]

Além dos reais flagelos, de doenças e problemas significativos das negligências médicas nos anos iniciais, havia também superstições que, facilmente, manteriam uma mãe e esposa como Catarina acordada durante a noite. Histórias de horror sobre acontecimentos inexplicáveis estavam pelo ar em todos os lugares, não somente nas classes baixas, mas também entre os mais brilhantes e mais nobres de Wittenberg. Kaspar Peucer, genro de Filipe Melâncton, pesquisou esse fenômeno e publicou suas descobertas em "Comentário sobre os vários tipos de divinações". Nesta série de notas, ele apresenta todos os tipos de inexplicáveis maravilhas, incluindo um parto múltiplo em 1531 em Augsburgo: "três descendentes, o primeiro uma cabeça envolta em membranas, o segundo uma serpente com duas pernas, o corpo e os pés de um sapo e o rabo de um lagarto e o terceiro um porco perfeitamente normal".[22]

Por que um filósofo e teólogo racional do século XVI como Peucer e outros como ele fariam tal afirmação? Euan Cameron, em seu livro "Europa encantada", procurou dar uma explicação:

> Eles confrontam os fatos brutais de crianças que caem adoentadas e morrem, vacas que misteriosamente paravam de produzir leite, cavalos fugindo ou sofrendo de inexplicáveis exaustões, as tempestades de verão vindo do nada para devastar as colheitas e de pessoas pouco educadas persistindo em acreditar na existência de uma enorme e amorfa variedade de criaturas espirituais, semivisíveis ou invisíveis que poderiam influenciar suas vidas. Autores eclesiásticos lutam para dar sentido a esses mistérios e, mais que isso, para analisar a exótica variedade de remédios e profilaxias que as pessoas tradicionalmente usavam contra eles. A crítica às superstições apresentava a teologia pastoral na sua

forma mais prática, específica e aplicada. Além disso, tão logo os teólogos pastorais começavam a entrar em contato com a ampla cultura dos partos, bem como dos hábitos intelectuais de sua formação profissional, a análise da "superstição" os desafiava a navegar repetidamente por seu próprio caminho que envolvia, de um lado, seu costume e instinto e, de outro, sua formação intelectual. Ocasionalmente... a máscara caía. Às vezes, caía por completo.[23]

Catarina parece não ter sido suscetível a este tipo de temor supersticioso. O seu mundo era todo muito real, e suas preocupações eram baseadas na realidade. Talvez seus anos no convento tenham-na feito concentrar sua atenção mais no temor a Deus do que em espíritos sinistros das florestas nos arredores. Porém, o convento também oferecia à mulher outros benefícios para a saúde. Para freiras celibatárias, o parto não era uma causa de morte, nem eram longos os dias de trabalho árduo. E doenças contagiosas algumas vezes passavam por cima dos telhados isolados dos conventos. O pesado isolamento, no entanto, também guardava perigos terríveis. Os conventos eram muitas vezes alvos fáceis para bandidos bárbaros. Apesar das muralhas e docas, uma freira que se arriscava sozinha até o jardim poderia ser atacada e arrastada para dentro da emaranhada floresta. De fato, esse era o próprio crime que os católicos alegavam ter ocorrido quando Leonard Koppe raptou Catarina e suas irmãs freiras do convento Marienthron.

Crimes de todos os tipos eram frequentes durante a Idade Média e a ilegalidade continuou sem redução durante a Alemanha do século XVI. E não era somente um baderneiro grosseiro agindo sozinho. Milícias guerreiras e saqueadores podiam invadir cidades e deixar em seu caminho apenas restos carbonizados. De fato, o medo da tocha era uma das mais terríveis características da vida naquela época. Corpos mutilados eram deixados sozinhos nas ruas para serem disputados pelos urubus. A desordem estava por todos os lugares naqueles dias, quando a ciência forense era desconhecida e a investigação criminal dependia grandemente de testemunhas oculares. Com muita frequência, crimes graves não eram punidos, enquanto inocentes eram considerados culpados. As penalidades eram severas.

Catarina estaria bem ciente de como as punições para crimes capitais eram cumpridas. "Uma xilogravura de 1540, atribuída a Lucas Cranach o Jovem", escreve C. Scott Dixon, "Retrata os restos carbonizados de quatro criminosos, cada um amarrado a um poste de madeira, com o texto ligeiramente alterado de Romanos 13:4 [...] Os poderes soberanos não são para ser temidos para aqueles que fazem o bem, mas sim por aqueles que fazem o mal". Dixon continua afirmando que Lutero, "[...] ao limitar os poderes do reino de Cristo a preocupações puramente espirituais" concedeu "uma força sem precedentes de dominação, no período inicial do estado moderno".[24]

"Enquanto João Calvino ficou satisfeito em reconhecer o carrasco como 'instrumento de Deus'", escreve Joel Harrington, "O sempre efervescente Lutero foi adiante ao ponto de oferecer um endosso de celebridade para a profissão: 'Se você perceber que existe uma falta de carrascos [...] e se acha qualificado, deveria oferecer seus serviços e almejar a posição para que a autoridade essencial do governo não possa ser desprezada, nem se tornar enfraquecida'".[25]

O crime estava aparentemente em todos os lugares na Alemanha do século XVI. Isso era especialmente verdade para os viajantes, que tinham, com frequência, suas posses roubadas e eram abandonados à morte. A segurança se encontrava em viajar com um grupo de pessoas. Quando viajava, Martinho Lutero (para desgosto de sua esposa) era, muitas vezes, acompanhado por outras pessoas que, simplesmente, gostavam de estar em sua companhia.

Harrington escreve: "Os caminhos bem viajados e as picadas do interior, muitas vezes, também em nada ajudavam. As estradas e florestas logo na saída de uma cidade, junto com todas as fronteiras territoriais, eram especialmente perigosas. Lá, um viajante poderia ser vítima de grupos de bandidos liderados por foras da lei como Cunz Schott, que não somente batia em inúmeras vítimas e as roubava, mas também fazia questão de colecionar mãos dos cidadãos da sua inimiga autodeclarada: a cidade de Nuremberg".[26]

Além dos bandidos bem reais, alguns conhecidos pelo nome, existiam outras forças trabalhando para assustar os viajantes em plena luz do dia: "Forças hostis, naturais e sobrenaturais, epidemias misteriosas e mortais, seres humanos violentos e malévolos, queimadas acidentais ou intencionais — todas assombrando a imaginação e a vida cotidiana das primeiras pessoas da Idade Moderna".[27]

O Imperador Maximiliano I muito ou pouco reconheceu o caos violento que prevaleceu em todo seu reinado, proclamando em sua Trégua Perpétua de 1495: "Ninguém, independente de sua classe, patrimônio ou posição, deve reger contenda, indiciar a guerra, roubar, sequestrar ou assediar aos outros [...] nem deve entrar em nenhum castelo da cidade, mercado, fortaleza, vila, vilarejo ou fazendas contra a vontade do outro, ou usar a força contra este, ilegalmente a ocupando, ameaçando-os com incêndios ou prejudicar ao outro de qualquer outra maneira".[28]

Havia uma trégua apontada na direção certa, mas que, provavelmente, não tinha mais força do que uma declaração de missão da igreja teria hoje em dia. Seu significado encontra-se na representação da vida diária.

Talvez o crime mais confidencial daquela época fosse o aborto e assassinato de bebês. Os próprios luteranos estiveram envolvidos em uma situação que ilustra o atentado por trás da cena de induzir um aborto. Em uma carta de Wittenberg para um juiz de Leipzig, datada de 20 de janeiro de 1544, Martinho informou ao seu "bom amigo" que ele havia descoberto que uma mulher identificada como Rosina von Truchses estava morando como uma hóspede. Mas na verdade, disse ele, a mulher era uma "infame mentirosa" com uma identidade falsa, e que tinha "agido como prostituta nas minhas costas e enganado sutilmente a todos com o nome de Truchses".[29]

Tendo sido ele mesmo enganado, Martinho estava agora alertando o juiz: "Eu a recebi em minha própria casa com os meus próprios filhos. Ela teve amantes e engravidou e pediu para uma das minhas empregadas domésticas para pular sobre seu corpo e matar o bebê por nascer. Ela escapou graças à compaixão da minha Catarina, de outra maneira ela não teria enganado mais a nenhum homem, a não ser que o Elba secasse".[30]

O que Lutero faria para evitar que ela nunca mais enganasse nenhum homem, ele não especifica, embora termine seu justo discurso com essas palavras: "Eu temo que se um inquérito fosse feito, ela seria considerada merecedora de morte mais de uma vez [...] estou escrevendo para alertá-lo [...] contra essa prostituta maldita, mentirosa e maluca".[31] Essas eram, sem dúvidas, palavras de um homem em um tempo violento. Também é interessante observar que a mulher escapou com a ajuda de Catarina. O que aconteceu com o bebê por nascer não se sabe. O aborto e assassinato de bebês eram, muitas vezes, considerados questões mais relegadas ao mundo confidencial das mulheres.

A Wittenberg do século XVI e todo o restante da Europa nesse sentido eram um mundo dominado pelos homens. Embora se esperasse que permanecesse fiel à sua esposa, o homem tinha uma liberdade sexual bem maior do que ela, e mesmo a Zurique protestante possuía seu bordel. O sexo ilícito era comum entre todas as classes sociais. Um dote pago pela família da noiva era uma prática comum dentre as classes mais altas, fazendo com que os pais sempre se alegrassem com o nascimento de um menino. O fracasso em ficar grávida, normalmente, era creditado à mulher — ou à feitiçaria. O marido, no entanto, às vezes era zombado por sua masculinidade insuficiente. Além disso, acreditava-se firmemente que a mulher não possuía parte alguma na concepção, exceto a de providenciar a incubadora para a "semente" masculina.

Foi durante essa época que os mais primitivos preservativos eram usados. Feitas em casa ou fabricadas no subsolo, bolsas de linho embebidas em produtos químicos e depois secas eram as mais eficazes disponíveis. Até a metade do século XIX não havia preservativos de borrachas disponíveis. Só que esse tipo de controle de natalidade era usado apenas por maridos adúlteros ou jovens homens solteiros. Para casais casados, os filhos eram altamente estimados.

Desde pequenos, os filhos eram duramente disciplinados e esperava-se que trabalhassem longos dias junto a seus pais. Reformistas e humanistas, no entanto, enfatizavam a educação e a participação das crianças em músicas e jogos. Lutero amava cantar e jogar com seus filhos, Catarina também, quando ela tinha algum momento livre em sua agenda agitada.

A hora das refeições era um evento importante para os alemães do século XVI, e uma caçarola de carne — ou carne assada — era a entrada preferida. Em Wittenberg e em qualquer lugar dentre as densas florestas da Europa, a caça selvagem e as aves estavam facilmente disponíveis. O peixe era uma alternativa nutritiva, e é claro, pão e vegetais frescos de uma horta bem cuidada faziam um forte e completo jantar. Leite e cerveja eram bebidas comuns, e uma boa refeição poderia ser completada com *lebkuchen* (pão de especiarias) ou pães de mel.

Para a maioria das mulheres havia pouco tempo para relaxar. Podemos nos alegrar ao pensar em Catarina sentada em uma poltrona, debruçada sobre um livro, mas isso seria altamente improvável. Não que esse tipo de passatempo não estivesse disponível para ela. Tendo crescido na década de 1520, Teresa de Ávila confessou que, como menina, ela havia sucumbido à leitura dos romances: "Estava tão excessivamente absorta nisso que acredito que, se não tivesse um livro novo, jamais me sentia feliz".[32] Havia livros devocionais e livros de mão sobre boa educação de filhos, mas é improvável que a ocupada Catarina teria conseguido tempo para lê-los.

No entanto, ela estava completamente ciente dos livros e folhetos e também ativamente envolvida na publicação e promoção dos escritos de seu marido. Dentre os dois, era ela quem tinha perspicácia para os negócios. Com a invenção da imprensa de tipos móveis, o negócio de livros disparou com a virada do século XVI. A maioria dos panfletos e livros disponíveis era comercializada por vendedores ambulantes de livros e, depois disso, na versão inicial de uma livraria móvel, uma carroça puxada por burros fazia circuitos regulares de cidade em cidade.

Se ela tinha pouco ou nenhum tempo sobrando em seus dias para a leitura, podemos nos perguntar por que não tirou pelo menos alguns momentos privados do seu dia a dia para escrever. Além disso, escrever e, especialmente, publicar os escritos eram as atividades mais empolgantes daquele tempo e, no convento, Catarina, com certeza, conhecia freiras que eram escritoras. Uma irmã de um convento em Bruxelas, no final do século XV, tinha conseguido roubar tempo suficiente de seus afazeres diários para escrever duas páginas por dia. E Teresa de Ávila encontrou tempo, no meio das suas viagens e agenda ocupada, para escrever sua autobiografia: *A vida de Teresa de Jesus*.

Todavia, as mulheres, geralmente, eram desestimuladas a escrever. "Muitas delas escolhiam o anonimato ao empreenderem como autoras do século XVI", escreve Susan Broomfall: "[...] as mulheres eram elogiadas a contragosto, isso quando recebiam algum tipo de elogio". Dos escritos de Marie de Gournay, era dito: "Ela estava familiarizada com todos os tipos de linguagens aprendidas, escrevia mal em sua própria língua, mas já era uma grande coisa para uma mulher o simples fato de saber escrever".

Poder-se-ia esperar que Marie fosse uma mulher orgulhosa e forte de espírito como Catarina era acusada de ser. Havia muitas mulheres desse tipo nas ruas e nos caminhos da Alemanha do século XVI, e essa era a única maneira de prosperar naquela cultura que era mesmo politicamente incorreta e que considerava um esporte ridicularizar a mulher. Catarina retirou-se de "uma vida amarga" por intermédio de uma forte determinação e de uma audácia desavergonhada. Ela se levantou e se afastou, assim como outras mulheres da época.

Em seu livro, *Mulheres e filhas na Literatura Germânica Medieval*, Ann Marie Rasmussen conta histórias de mulheres do século XVI que "recorreram a táticas embaraçosas e ao escárnio público para fazer valer suas reivindicações". Em um caso "uma criada doméstica seduzida (ou estuprada) [...] pulou sobre o carro do casamento de seu sedutor e se recusou a descer até que tivesse recebido pagamento". A mulher que já era objeto de zombaria virou a mesa sobre o homem ofensor. Esse é apenas um exemplo do empoderamento feminino que não era totalmente incomum na época da Reforma.

Embora nunca de uma maneira tão insolente, a autoconfiança de Catarina também estava exposta para todos verem. A velha Wittenberg era um mundo dos homens, e de sua maneira, ela pularia dentro da carroça do casamento, dominada pelos homens, e afirmaria seu legítimo lugar.

## CAPÍTULO 5

# *"Tranças no travesseiro":*
# *O Casamento com Martinho Lutero*

Quatro dias depois do seu casamento com Catarina, Martinho Lutero enviou uma mensagem para Leonard Koppe dizendo que ele esteve "envolvido nas tranças de sua concubina".[1] Embora Lutero estivesse aparentemente fazendo uma brincadeira, essa era uma frase estranha diante do fato de que seus inimigos disseram a mesma coisa — espalhando rumores antes do casamento de que o reformador estava levando uma freira para a cama. Para outro amigo, Lutero escreveu: "De repente e enquanto eu estava ocupado com outros pensamentos distantes, o Senhor me mergulhou dentro do casamento".[2] Em ambos os comentários, ele vê a si mesmo como passivo, colocado em ação por outros: *envolvido em* e *mergulhado*. Da maneira como ele conta a história, Catarina e o Senhor são os responsáveis. Sem dúvida, Lutero estava ainda, de certa forma, inseguro sobre seu próprio matrimônio.

"Os casamentos forçados se tornando relíquias de outros tempos" era a manchete principal no *USA Today* de 26 de abril de 2014. Só que quando eu era uma jovem adulta em 1960, este tipo de casamento rapidamente planejado era mesmo um escândalo — que expunha uma noiva gestante e um pai furioso, embora, provavelmente, ameaçasse o jovem com uma espingarda de verdade se ele se recusasse a se casar com sua filha.

Tal desgraça, no entanto, não era nada se comparada com aquele sério e escandaloso casamento no verão de 1525. De fato, iniciar um casamento em meio a um alvoroço público não era o ideal. Porém, foi exatamente assim que aconteceu com Catarina. Seu marido estava acostumado a estar debaixo dos holofotes, e um "casamento escandaloso" era um dentre muitos insultos contra ele desde 1517. Essa situação, no entanto, era diferente. Ele sabia muito bem que haveria séria censura mesmo dos seus próprios amigos. "Se não tivesse me casado rápido e secretamente e levado comigo alguns de minha confiança", escreveu ele mais tarde, "todos teriam feito o que podiam para me impedir, para o choro de todos os meus melhores amigos: 'Não esse, mas outro'".[3] Saber somente disso já seria suficiente para chatear Catarina, sem mencionar uma campanha de difamação pública que, em retrospectiva, foi o escândalo sexual do século (a não ser que incluamos toda a vergonha, corrupção e execuções associadas aos casamentos do Rei Henrique VIII).

É difícil compreender o espírito religioso e social da época na Alemanha do século XVI. Celebramos o aniversário de quinhentos anos de 1517 e fazemos o possível para enxergar como era a paisagem naquela época. Porém, mesmo os historiadores mais conceituados estão muito longe disso. Hoje, o casamento de um monge com uma freira, tendo ambos abandonado a vida na clausura há cerca de dois anos ou mais, dificilmente seria motivo de tumulto. O que acharíamos mais chocante sobre o casamento de Martinho e Catarina seriam as circunstâncias em torno da consumação. Qualquer reserva antes do casamento não se estende ao leito conjugal. De fato, o que a noiva e o noivo, normalmente, gostariam de desfrutar como um momento íntimo aconteceu bem diferente. Justus Jonas, o amigo mais próximo de Martinho Lutero, descreveu a cena no dia seguinte: "Eu estava presente ontem e vi o casal no seu leito conjugal".[4] Enquanto eu assistia a esse espetáculo, não consegui conter as minhas lágrimas. E quanto a Catarina? Como ela se sentiu sobre essa invasão de privacidade? Se ela fosse algum tipo de meretriz do século XVI, teria sido diferente. Há muito me pergunto se a própria Catarina poderia conter as lágrimas durante este "espetáculo". Seria o suficiente para fazer qualquer noiva chorar.

Muitos têm insistido que essa era a prática da época, não apenas para casamentos reais, mas em qualquer situação em que fosse importante ter provas de que o casamento teria sido consumado. Patrick O'Hare — escrevendo em 1916 —, um dos mais severos críticos de Lutero, no entanto, culpou o reformador, não o costume, pela "vulgaridade de levantar as

"TRANÇAS NO TRAVESSEIRO": O CASAMENTO COM MARTINHO LUTERO

cobertas do leito conjugal e abrir os sagrados segredos ao olhar dos outros".[5] Tais reivindicações por mais de três séculos depois do fato perdem sua ferroada. Porém, naquele tempo, as humilhantes acusações eram, sem dúvida, muito doloridas.

Lutero estava esperando ser censurado, especialmente sobre seu casamento com uma freira. Isso porque ele foi um crítico exigente alguns anos antes. "Deus dos céus!", gritou ele em uma carta para George Spalatin, "Será que os moradores de Wittenberg darão mesmo esposas para os monges?", acrescentando, "Eles não vão me forçar a ficar com uma".[6] Agora, com sua aparente ânsia indevida em tomar uma esposa para si, ele simbolizou para alguns as profundezas da imoralidade que eram previstas. O seu casamento — diziam eles — provou que sua reforma era subscrita pelo diabo.

Todavia, por que ele manteve seu casamento em segredo somente para seus amigos mais íntimos? Os seus inimigos tinham uma resposta rápida: ele já a tinha levado para a cama, ela já estava grávida. Seria o anticristo a nascer dessa união? E eles não estavam dizendo que essa freira iria, provavelmente, dar à luz um porco ou um sapo? Boatos se espalhavam. E não somente sobre os dois. E o que dizer dos seus pais?

De onde viriam tais perguntas e reivindicações? De artesãos do interior, sem educação com histórias supersticiosas? Talvez. Só que Johannes Cochlaeus, um estudioso de latim na universidade, foi o autor do influente e indecente *Comentário acerca dos atos e escritos de Martinho Lutero*. Aqui ele afirma que a total impiedade de Lutero resulta de sua ascendência — seu pai culpado de assassinato, sua mãe de vender a si mesma por sexo. Acrescentando que o pai do reformador na verdade não era Hans, mas um espírito demoníaco, um *incubus*.[7]

O Rei Henrique VIII, líder supremo da Igreja da Inglaterra, também se juntou ao coro das críticas. Henrique, dentre todas as pessoas, ainda nem tinha tido o primeiro de seus quatro casamentos anulado, nem sua segunda e quinta esposa executadas. A sua reputação ainda estava intacta quando contrastou a vida santa dos Pais da Igreja com a vida dissoluta de Lutero. Então, em 1527, ele patrocinou uma peça de teatro zombando do casamento do padre e da freira — um irmão monástico e a irmã do convento cometendo incesto.[8]

Thomas More, que seria apontado como o lorde chanceler de Henrique em 1529 (apenas para ser executado por ordem do rei em 1532), apontou uma pena afiada semelhante para o reformador, à medida que o ódio católico de Lutero foi mais criativamente exemplificado nos escritos de More, que, de acordo com Helen L. Parish, "teve um prazer evidente na polêmica capital proporcionada pela vida pessoal de seu oponente". Ele acusou o reformador de suja e carnal relação sexual — até mesmo de incesto, porque, como um irmão monge, levou uma irmã freira para sua cama.[9]

Depois que Lutero tinha decidido se casar, no entanto, não havia nenhuma razão para que devesse demorar. Catarina era a única freira fugitiva que restara, e tinha deixado claro que Martinho seria um marido apropriado para ela. Ele tinha certamente percebido a essa altura que ela seria uma esposa competente e fiel. Esse era um casamento de companheirismo e conveniência para ambos. Catarina entrou no casamento, assim como Martinho, sem o coração batendo de paixão. Ela acreditava que ele seria um marido decente, mesmo que entre eles não houvesse um romance abrasador como o que Catarina tivera com o homem que tinha partido seu coração.[10] De sua parte, mais tarde Lutero escreveu: "Eu nunca amei Catarina, pois suspeitava que ela fosse orgulhosa (como é), mas Deus quis que eu tivesse pena da pobre menina abandonada".[11]

Que Lutero seria denunciado pelos críticos católicos isso já era esperado, mas ele parecia estar surpreso que muitos dos seus companheiros reformadores também estavam chateados e aparentemente chocados. Em defesa própria ele escreveu:

> O relato é verdadeiro de que eu repentinamente casei-me com Catarina para silenciar as bocas que estão acostumadas a brigar comigo. Espero viver um bom tempo ainda, para agradecer ao meu pai, o qual me pediu que casasse e deixasse a ele descendentes. Além disso, confirmarei o que tenho ensinado através do meu exemplo, pois muitos ainda estão com medo, mesmo diante da grande luz presente do evangelho. Deus o quis e promoveu o meu ato, pois eu nem amava nem era apaixonado por ela, mas a estimo em alta conta.[12]

Deus o quis e promoveu o meu ato. Apesar de o casamento de Martinho e Catarina não ter sido forçado, sua cronologia guarda todas as características de um matrimônio assim. De fato, ele seguiu seu próprio conselho de "que o casamento deveria ser publicamente proclamado na igreja e fisicamente consumado o quanto antes possível".[13] A sua preocupação era vencer seus censores: "Pois é muito perigoso adiar o casamento por muito tempo, já que Satanás ama levantar obstáculos e causar problemas com as más-línguas e calúnias e com os amigos de ambas as partes". A última frase é interessante, implicando que Catarina, assim como Martinho, pode ter tido amigos que se opuseram à união. É bem conhecido que existiam aqueles ao lado dele que, como Lutero disse, "teriam certamente impedido o casamento".[14]

Então, sem perder tempo, Martinho foi até a casa de Cranach, como estava acostumado a fazer muitas vezes. Dessa vez, no entanto, estava executando a decisão mais importante de sua vida. De fato, estava aceitando a proposta de casamento que Catarina já havia feito por intermédio de Nicolau von Amsdorf. Ele e Catarina tiveram uma séria discussão e o assunto foi resolvido. Não existe nenhuma evidência de que eles já tivessem conversado pessoalmente de verdade antes disso. Mesmo aberto como Lutero era em suas cartas sobre assuntos particulares para seus amigos, esses momentos nunca foram descritos. Nós certamente esperamos que ele não tenha insinuado a ela que estaria "demonstrando misericórdia a uma moça abandonada". Contudo, estaríamos deixando nossa imaginação voar se pensássemos nele tomando-a em seus braços e apaixonadamente sussurrando seu nome. E como ela respondeu ao pedido de casamento? "Tudo bem, se é isso que você quer"? Esse não foi um pedido instantâneo feito em um celeiro, mas a intimidade viria em breve.

A cerimônia de casamento teria sido considerada irregular de acordo com os padrões do século XVI — e pelos próprios padrões de Lutero. Era um final da tarde de terça-feira, 13 de junho de 1525, e o cenário, o Mosteiro Negro Agostiniano (agora a casa de Lutero). Não houve nenhum prévio anúncio público de casamento. Ao invés disso, o noivado se tornou legal e foi imediatamente seguido pela cerimônia de casamento. Sem mais delongas, os recém-casados seguiram para seu leito nupcial, acompanhados por testemunhas. Justus Jonas serviu como escriba, pronto para compartilhar a notícia de que tinha visto seu melhor amigo tendo relações com a noiva. Toda a experiência difícil — do noivado até o arrastar-se para fora da cama

— provavelmente envolveu menos de meia hora. E felizmente, para o bem de Catarina e das testemunhas, a cama não era a mesma descrita por Lutero: "Antes de me casar, a cama não foi arrumada por um ano inteiro e se tornou suja de suor".[15]

Por que — nos perguntamos — Lutero fez este adendo à sua cerimônia de casamento? É duvidoso, como alguns sugeriram, que este fosse um antigo costume alemão e um requisito necessário. É mais provável que o reformador quisesse que a prova da consumação fosse amplamente anunciada. Ele havia dito, talvez de forma ofensiva, menos de duas semanas antes, que pensava poder ser da vontade de Deus que se casasse — mesmo que esse fosse somente um *casamento de José*.[16] Crença católica, com certeza, de que o casamento dos noivos Maria e José nunca teria sido consumado. Poderia Lutero, depois de sugerir o contrário, desejar que este não fosse conhecido como um "casamento de José"?

Possivelmente, Martinho se lembrava de ouvir a história contada por Gregório de Tours, um bispo do século VI, para quem o matrimônio ideal era um casamento de celibato. Ele relatou como o noivo estava com sua noiva na cama quando ela começou a chorar. Quando ele perguntou o que estava errado, ela respondeu: "Eu estava determinada a preservar o meu pobre corpo para Cristo, intocado pelas relações sexuais com o homem [...] No momento em que [...] Eu deveria ter colocado a estola de pureza, este vestido de casamento me traz vergonha em vez de honra". Ainda que chocado pela notícia, o marido cedeu ao seu desejo: "Se você está determinada a se abster de ter relações sexuais comigo, então concordo com o que você deseja fazer". Então, a última linha impetuosa de Gregory: "De mãos dadas eles foram dormir", vivendo assim segundo o modelo do bispo para o casamento. "E, muitos anos depois disso, eles dormem todas as noites na mesma cama, mas se mantêm castos de uma maneira que podemos apenas admirar".[17]

Lutero deixou claro como cristal que esse não era o tipo de casamento no qual ele estava entrando, e tinha provas positivas. Seu amigo próximo e colega Filipe Melâncton, no entanto, não estava impressionado nem com o casamento do reformador com Catarina, nem com a prova da sua consumação. Lutero sabia tão bem disso que não o convidou nem para o noivado, conjugado com o casamento restrito, nem para a celebração pública. Suspeitando que Lutero tivesse se casado apenas por luxúria, Melâncton lamentou que "nesses tempos infelizes, onde bons e excelentes homens por todos os lugares estão em aflição, ele não somente deveria ser incapaz de simpatizar com eles, mas não deveria demonstrar qualquer interesse sobre os males abundantes em todos os lugares, e sobre diminuir sua reputação justamente quando a Alemanha está especialmente necessitada de seu bom julgamento e bom nome". [18]

A explosão de injúria deve ter convencido Melâncton de que devia estar correto. O poderoso oponente de Lutero, o duque George, censurou o casal, dizendo que o monge e a freira estavam fazendo um festival de sexo ilícito.[19] E o exemplo de Lutero estava sendo repetido em todos os mosteiros da terra. Os boatos estavam correndo de um lado a outro de maneira excessiva. Estavam dizendo que quando eles escutaram os sinos de casamento, "Os monges e freiras lascivos colocaram muitas escadas contra as paredes do mosteiro e fugiram juntos em massa".[20]

Os sinos de casamento, que sinalizavam o início da cerimônia pública, tocaram às 10 horas do dia 27 de junho. Martinho e Catarina andaram até a igreja com a família e amigos, e muitos viajaram de fora da cidade. Acompanhados por gaiteiros e simpatizantes, foi uma grande celebração. Quando a curta cerimônia terminou, os noivos e seus convidados retornaram para o jantar no Mosteiro Negro. Os amigos, a pedido de Martinho, tinham trazido cerveja e caça selvagem. Seguiu-se a dança festiva na prefeitura e depois um banquete à noite. Foi um longo dia, e o casal estava, sem dúvida, aliviado quando os convidados foram embora.

Na lista estavam a família e amigos de Lutero, incluindo seus pais idosos, Margarethe e Hans Lutero. Para João von Dolzig, Lutero escreveu:

> O choro estranho, sem dúvida, chegou aos seus ouvidos, em relação a ter me casado. E embora esta seja uma notícia curiosa para mim e eu mal possa acreditar nisso, os depoimentos das testemunhas, no entanto, são tão insuportáveis, de que devo demonstrar respeito por eles, dar crédito a eles, e, por conseguinte, na próxima terça-feira, com meu pai e minha mãe e outros amigos, selo e confirmo o casamento por meio de uma colação. Eu, portanto, respeitosamente

peço a você, que se não for inconveniente, gentilmente providencie para mim alguma caça selvagem, e que você mesmo esteja presente, aumentando a nossa alegria, ajude a marcar a nossa aliança e afins.[21]

Se Catarina pensava que a crítica e o escárnio, agora, iriam se desvanecer, estava enganada. Continuaram não somente nos cochichos, mas também no clamor público. Aos olhos de muitas pessoas, ela sempre seria a freira fugitiva que havia abandonado seus votos. De fato, logo depois de eles terem se casado, a esposa de um conselheiro de Wittenberg, Klara Eberhard, foi convocada à corte porque "ela falou palavras ociosas, insultando, e expulsando Lutero e Catarina de um casamento". Ela foi multada, mas o estrago já havia sido feito.[22]

Um panfleto amplamente divulgado resumia os pecados de Catarina: "Ai de você, pobre mulher decaída" e de sua "vida condenável e vergonhosa". Chegou a Wittenberg vestida como uma "corista", vivendo em pecado com Lutero, "abandonando a Cristo" e quebrando seus votos. "E através de seu exemplo, tem reduzido muitas moças piedosas [...] a um estado lamentável".[23]

Tais polêmicas pessoais impressas devem ter feito Catarina se recolher e, sem dúvida, ela nunca se acostumou com isso. Um ajuste ainda maior teria sido aprender a conviver com seu marido grosseiro. Ele admite não tê-la amado nas primeiras fases do seu casamento, e não é difícil de imaginar que sua linguagem rude muitas vezes era cortante. Com certeza, ela era forte e confiante, mas não há razão para acreditar que não fosse sensível às palavras pouco amáveis e à linguagem corporal mal-educada.

Teria ela se perguntado se seu casamento iria mesmo durar? Não se deve presumir que freiras que se amarravam logo depois de deixar o convento desfrutassem, automaticamente, de casamentos gratificantes. Muitas freiras que fugiam de suas vidas no convento permaneciam solteiras, algumas casavam e depois se separavam ou eram abandonadas por seus maridos. Quando dezenas e dezenas de freiras enclausuradas, do Convento de Santa Catarina, sofreram assédio sob a reforma de Ulrico Zuínglio em Zurique, somente três delas renunciaram aos seus votos e uma casou-se rapidamente, mas algum tempo depois, ela fugiu de seu marido e foi acolhida por um convento em Kreuzlingen.[24]

Outra questão que pode ter perturbado Catarina era a da relação sexual. *O que ela sabia e quando ela soube?* Os historiadores investigativos se perguntam. Ela poderia ter recebido algumas dicas de Barbara Brengbier, esposa de Lucas Cranach, na casa de quem ela morou, exceto pelo fato de que o tempo entre o pedido de casamento surpresa e a consumação do matrimônio tenha sido demasiadamente curto. Não devemos presumir, no entanto, que as freiras estavam completamente alheias em relação a tais assuntos. De fato, é possível ela ter lido as palavras de outra freira alemã que escrevera sua *Liber subtilatum* aproximadamente quatro séculos antes. Um dos mais estranhos escritos de Hildegard está relacionado às mulheres, sexo e sobre como os bebês são concebidos:

Quando uma mulher está fazendo amor com um homem, um sentido de calor em seu cérebro, que vem acompanhado de um deleite sexual, comunica o sabor daquele deleite durante o ato e convoca a emissão da semente do homem. E quando a semente tiver caído dentro do seu lugar, aquele calor intenso que desce do seu cérebro atrai a semente para si mesma e a segura, e logo os órgãos sexuais da mulher se contraem, e todas as partes que estão prontas para se abrir durante o período de menstruação agora se fecham, da mesma forma que um homem forte consegue segurar algo em seu punho fechado.[25]

Qualquer educação sexual que Catarina possa ter recebido no convento é, sem dúvida, pequena em comparação com os trabalhos de serviço doméstico e na horta da família. Os campos e bosques pertencentes ao Convento de Marienthron incluíam inúmeras propriedades para ele transferidas por escritura. Duas das fazendas afastadas eram próprias para vasto pastoreio e exigiam dezenas de trabalhadores rurais. Tais operações agrícolas forneciam carne e grãos para as freiras. A pequena agricultura e horticultura dentro das muralhas davam à comunidade um senso de autossuficiência.

Apesar de Catarina, assim como as outras freiras, não ter sido dada ao trabalho no campo, ela deve ter tido muitas oportunidades de observar as vastas atividades rurais, incluindo a criação de animais, o plantio, a colheita e as expectativas quanto aos trabalhadores contratados – educando-a para seus próprios empreendimentos futuros.[26] Ela teria desenvolvido habilidades em gerenciamento de tempo e tarefas domésticas. Roupas sujas, potes e louças não eram simplesmente deixados largados. Os pisos eram limpos e os jardins cuidadosamente cuidados. Martinho sabia bem que uma esposa retirada do convento tinha vantagens em relação a moças comuns da cidade ou do interior. A vida altamente organizada do convento era, em vários sentidos, um excelente treinamento para jovens mulheres. E, apesar de não ser uma vida fácil, certamente não levava consigo os longos dias de trabalho árduo que uma menina em circunstâncias pobres teria suportado em casa. Para estas, não haveria livros, aulas de latim, canto em grupo, nem tempo para sentar à parte para o luxo da oração e meditação.[27]

Aparentemente, o estilo de vida de Catarina sofreu com o casamento. Ela pode ter passado longos dias executando as tarefas domésticas em Cranach, mas a casa era muito confortável e as refeições, sem dúvida, saborosas e nutritivas. Como as coisas eram diferentes na sua nova casa! O mosteiro agostiniano estava em mau estado e os móveis que restaram eram desgastados e praticamente sem valor. Quando partiram, os monges haviam dividido a mobília, levando-a embora. Um item em particular, aparentemente, não lhes havia seduzido: "O colchão da cama de Lutero não tinha sido ventilado [...] por um ano, de modo que estava apodrecendo pela umidade do suor".[28] Da luxuosa mansão de Cranach para isso! Porém, Catarina devia certamente saber onde estava entrando, e agora ela era quem comandava o lugar. Ela teria comentado: "Preciso treinar o Doutor de forma diferente, para que ele faça o que eu quiser".[29] Foi acusada de ser exigente e, aparentemente, uma de suas primeiras exigências foi encomendar roupas de cama e colchões novos de um fornecedor fora da cidade.[30]

O que ela, provavelmente, não percebeu antes do casamento que seu marido era totalmente incapaz em relação a assuntos financeiros. Dentro de meses, seus recursos estavam tão escassos que eles mal podiam fazer frente às despesas. Em meio a tal pobreza, ele avalizava empréstimos para amigos e acabou devendo (por causa da inadimplência deles) uma soma significativa de dinheiro. Ele empenhou alguns dos seus presentes de casamento, mas, mesmo assim, a dívida só foi paga pela metade. Parte do problema era que na passagem de monge para pregador, sua remuneração para ministro do púlpito continuou a mesma – nenhuma. Finalmente em 1528, talvez pela insistência de Catarina, ele pregou um sermão caracterizando a si mesmo como um pedinte e ameaçou abandonar o púlpito.[31]

Tão desanimadoras eram as finanças de Lutero que ele, a certa altura, decidiu que durante a noite iria trabalhar como carpinteiro. Encomendou um torno para madeira de Nuremberg, apesar do fato de eles precisarem, desesperadamente, de cada florim extra para as despesas domésticas. Quando o equipamento foi entregue na sua oficina algum tempo depois, Lutero percebeu que exigia habilidades que ele não tinha. De fato, Lutero como um artesão nunca se tornaria parte da tradição da Reforma.[32]

As finanças não eram a única preocupação de Lutero na metade da década de 1520. A própria Reforma experimentava muitos contratempos. "Longe estavam os horizontes, aparentemente, sem limites dos primeiros anos, os eternos e surpreendentes triunfos na adversidade", escreve Andrew Pettegree. "Os anos de adversidade de meados da década de 1520 haviam mudado tudo isso: as limitações do movimento de Lutero [...] tinham sido cruelmente expostas. Os inimigos de Lutero na velha igreja eram agora irreconciliáveis e se juntavam a um número cada vez maior de pessoas cujas esperanças de compartilhar da nova liberdade evangélica haviam sido cruelmente destruídas".[33]

Porém, foi durante esses anos difíceis de contratempos e de dificuldades financeiras que sua vida familiar começou a se firmar, com sua própria sequência de contratempos. De fato, antes deles terem celebrado seu quarto aniversário de casamento, Catarina tinha dado à luz três vezes e lamentado gravemente a morte da sua segunda filha, Elizabeth, aos oito meses. O ano era 1528, o mesmo no qual um panfleto obsceno foi amplamente divulgado e ela também recebeu uma carta pessoal de um clérigo católico bem conhecido: "As palavras (foram) escritas em 10 de agosto de 1528, por Joachim von der Heyden para Catarina von Bora, em consequência de ela ter se refugiado em Wittenberg como uma dançarina e vivido com Lutero em uma imoralidade aberta e descarada antes de tomá-lo por seu marido".[34] O escritor passou a relatar que "a mulher Bora", que aparentemente tinha aprendido sobre "ser da vida" com outras mulheres, "é descrita como lábios amargos envolvendo-o pela sua infidelidade e arrastando-o para longe com ela".[35] Em meio à sua pobreza e tristeza, Catarina não conseguia fugir das línguas viciosas e agitadas de Wittenberg e de outros lugares.

E a pressão negativa continuou muito depois de sua morte e por indivíduos que sabiam que não deviam rejeitá-la, como se seu papel no casamento fosse insignificante. Soren Kiekegaard, certa vez, sugeriu que Catarina não tinha nenhum valor real – que "Lutero poderia muito bem ter se casado com uma planta".[36] Que Lutero não estava apaixonado por ela no momento do casamento é sabido por todos, e que ele se casou, em parte, para demonstrar seu apoio ao casamento clerical, é certamente verdade. Porém, fazer tal referência a respeito de Catarina é um absurdo. Kierkegaard, filósofo do século XIX, tem sido acusado por alguns de ser um misógino. Sendo isso verdade ou não, ele, certamente, julgou errado a influência monumental que Catarina teve sobre Martinho.

É tentador imaginar como poderia ter sido o casamento de Lutero, se ele tivesse tentado colocar suas doutrinas de superioridade masculina em prática. Poderia ele ter sido interpretado em termos shakespearianos? Como nos conta a história, a Catarina casada é muito diferente da ousada mulher solteira que ela foi outrora. Antes era uma mulher independente, assertiva e arrojada, de sangue nobre, que se transformou em uma esposa submissa e condescendente, embora somente depois de seu marido calculista e conivente empregar seus esquemas psicológicos para domesticá-la. Se o grande reformador jamais imaginou que sua esposa fosse uma megera, ele certamente estava consciente de sua incapacidade de domá--la, assim como a pena de Shakespeare domesticou sua Catarina na sua obra *A megera domada*.

Na prática, a visão de Lutero sobre o casamento era de mutualidade. Nunca pareceu ter nem mesmo tentado domar sua esposa; no entanto, ele certamente reconhecia personalidade e diferenças psicológicas. O reformador gostava de brincar com as provações dos casamentos, e imaginava que tudo começou com Adão e Eva, que brigaram por aproximadamente novecentos anos a respeito de quem foi o culpado por eles terem comido o fruto proibido.[37] Para Adão e Eva, houve aparente igualdade na disputa. Assim também foi com Martinho e Catarina.

Historicamente — bem como nos tempos atuais —, as esposas têm sido consideradas de menor valor que os maridos. Podemos imaginar que o caminho em direção à igualdade foi aberto uniformemente para frente. Porém, pode-se argumentar que a mulher desfrutava de mais igualdade na Alemanha reformadora do século XVI do que dentre seus sucessores religiosos, tanto os puritanos, como os vitorianos. Ao contrário de muitas mulheres vitorianas, que eram identificadas apenas como Senhora tal-e-tal (irritando os historiadores), Catarina von Bora e as mulheres do século XVI geralmente eram conhecidas por seus próprios nomes. Muitas eram conhecidas por terem atitude. A prepotência ou contrariedade delas costumava ser considerada mais divertida ou incômoda do que pecaminosa (tal como no meio puritano) ou indecente (tal como as vitorianas). Generalizações, na verdade. Porém, o caminho em direção à igualdade da mulher não foi aberto com progresso constante.

Não há dúvidas de que Catarina recebeu pouca misericórdia em comparação a Martinho, o que não necessariamente aumentou durante seus vinte anos de casamento com ele. De fato, ela era respeitada e considerada por muitos, por bem ou por mal, como a pessoa que resolvia as questões de negócios e da casa. No entanto, a viuvez diminuiu seriamente seu prestígio social. E, nas gerações seguintes, ela passou a ser consideravelmente subestimada. No entanto, seu casamento com Lutero mudou profundamente o ponto de vista das crenças e práticas da Reforma. Como Martinho Lutero seria lembrado hoje se tivesse permanecido um homem solteiro, se não tivesse tomado aquela decisão monumental de se casar com Catarina von Bora? E ficamos curiosos para saber se qualquer outra mulher teria mesmo servido como parceira tão competente, tanto no casamento, como no ministério de Lutero.

Hoje, em uma época de boas relações entre católicos e protestantes, gostamos de enfatizar o que temos em comum. Porém, o catolicismo romano está e estava errado em relação ao casamento clerical. A implicação de que a verdadeira santidade requeira o celibato tem levado a sérios abusos sexuais dentro do sacerdócio. Com certeza, os protestantes tiveram seus próprios escândalos sexuais, mas isso não tem sido fomentado por uma falsa exigência de celibato clerical.

O casamento de Martinho e Catarina acabou sendo tudo, menos um escândalo, como seus inimigos reivindicavam ser. De fato, mais do que qualquer outro ato, exceto o anúncio das noventa e cinco teses, seu casamento definiu a Reforma. O papel de Catarina não pode ser superestimado. É verdade que o casamento deles é o mais importante da Reforma. "Isso, é claro, talvez seja o acontecimento mais evidente", escreve Elizabeth Plummer, "nos múltiplos retratos conjuntos de Martinho Lutero e Catarina von Bora produzidos entre 1525 e 1529, que mostravam os dois como um casal típico da (sua) posição social".[38]

Um casal típico do século XVI? Dificilmente. E Catarina, uma típica esposa protestante? De modo algum. Ela era demasiadamente confiante e independente. Ela seguia sua vida simplesmente considerando que era igual ao seu marido, e de qualquer homem neste quesito. Diziam por aí que ela era mandona, dominadora, determinada a enfrentar seu marido. Ela é quem mandava — dizem eles — e tomava as decisões finais de família. Eles podem até tê-la chamado de uma filha de Eva ou uma Jezabel. Com certeza, eles não a descreviam como uma doce, suave e submissa dama — a doce e frágil esposa do grande reformador. E aqui confronto a frase tão citada de Laurel Thatcher Ulrich: "Mulheres bem-comportadas raramente fazem história".[39]

Se Catarina, como veremos adiante, tivesse sido "bem-comportada", ela teria, de fato, feito história e teria sido mais frequentemente referendada pelos colegas de seu marido e por outros que a conheciam. Se ela fosse uma esposa cristã ideal para o grande reformador, os biógrafos não teriam dificuldade para encontrar fontes. Como descobrimos, no entanto, ela foi praticamente eliminada da história pelos seus contemporâneos.

---

CAPÍTULO 6

---

# "Nem Madeira nem Pedra":
# Um Marido Reformador

"Pela graça de Deus", escreveu Martinho Lutero em seu comentário sobre Gênesis 2:22, "todos declaram que é algo bom e santo viver com uma esposa em harmonia e paz".[1] Lutero, com todas suas falhas e estilo bombástico, exemplificou como era viver com uma esposa em tal harmonia e paz. De fato, ele fez um esforço conjunto para isso acontecer, ao mesmo tempo em que, muitas vezes, levava Catarina à loucura: "Deus colocou dedos em nossas mãos", declarou ele, certa vez, "para que o dinheiro escorregasse por meio deles, e Deus pudesse nos dar ainda mais".[2] Então, novamente, ele comentou com um amigo: "Eu mesmo já remendei quatro vezes essas calças. Eu as remendarei novamente antes de ter outras".[3] Ele era, ao mesmo tempo, descuidado com dinheiro e econômico. Em relação ao remendo, Catarina ficava furiosa porque o material era cortado das calças de seu filho. Em muitos aspectos, Lutero, como marido, parecia ser ignorante e um homem sem muita noção da realidade. No entanto, se o compararmos com os outros maridos de seu tempo, percebemos que Catarina poderia ter se saído ainda pior.

Se eu tivesse sido uma freira do século XVI transportada em uma carroça para Wittenberg, teria vislumbrado um casamento com Martinho Lutero? Tenho efetivamente contemplado essa questão. Alguns podem considerá-lo um partido completo – o maior pensador religioso desde Paulo, Agostinho e Tomás de Aquino. Ele foi um homem que, mais do que qualquer outro, procurou caminhar em meio à grande oposição seguindo os passos de Paulo. Porém, como marido? Eu duvido. Tampouco teria vislumbrado um casamento com o próprio Paulo se fosse uma de suas admiradoras no século I. Tal possibilidade nunca teria me ocorrido, se não tivesse me familiarizado com os escritos da reconhecida Henrietta Mears — fundadora da Gospel Light Publishing e uma professora bíblica e mentora altamente estimada de centenas de jovens, inclusive Billy Graham e Bill Bright. Quando um de seus "meninos" brincava com ela sobre não ser casada, ela respondia que nunca havia encontrado alguém que pudesse segurar uma vela para o apóstolo Paulo.[4]

Como Lutero, Paulo tinha problemas, pelo menos se levarmos a sério sua confissão em Romanos: "Sabemos que a Lei é espiritual; eu, contudo, não o sou, pois fui vendido como escravo ao pecado. Não entendo o que faço. Pois não faço o que desejo, mas o que odeio", "Pois o que faço não é o bem que desejo, mas o mal que não quero fazer, esse eu continuo fazendo", "Miserável homem que eu sou!" (Romanos 7:14-15,19,24). Quais eram os pecados dele? Fomos deixados a imaginar. No caso de Lutero, ele pecou ousadamente, como, em certo momento, ele instruiu outro a fazer: "Seja um pecador e peque ousadamente, mas acredite e regozije-se em Cristo ainda mais corajosamente".[5] Até mesmo Paulo ficaria chocado, particularmente, se ele tivesse levado ao pé da letra as palavras do devoto católico senhor Thomas More. James Reston Jr. oferece seu brilhante resumo:

> Em um panfleto de mais de trezentas páginas chamado Responsio ad Lutherum, publicado em 1523, [More] chamou a Lutero de: "um porco, um tolo e um mentiroso" um "desajeitado", "alcoólatra", "um bobo bufão" e "um péssimo padrezinho". Os escritos de Lutero, escreveu o criterioso Senhor Thomas, vêm de trechos que ele recolheu em bordéis, barbearias, bares e latrinas. Em seus cadernos, o monge escrevia qualquer coisa que ouvia quando um cocheiro dizia "ribaldarias", quando um servo falava "de forma insolente", ou uma prostituta "de maneira despudorada", um cafetão "de forma indecente", ou um guarda de banho falava "imundícies", ou mesmo um coletor de excrementos "obscenidades". E ainda, como se não tivéssemos captado seu ponto de vista suficientemente, More perdeu inteiramente sua compostura literária e advocatícia quando escreveu: "enquanto seu reverendo paternal estiver determinado a falar essas mentiras sem vergonha, os outros estarão permitidos em nome da sua majestade inglesa, a vomitar em sua excrementícia boca paternal, que

é realmente um poço de excremento de todos os tipos de excremento, toda a lama e fezes que sua podridão condenável tem vomitado".[6]

Deixando de lado o desprezo de More e o comportamento bruto de Lutero, o reformador verdadeiramente era, em muitos aspectos, um grande homem. Porém, isto não significa, necessariamente, que homens ótimos se tornem ótimos maridos. A família Lutero, no entanto, parece ter tido um daqueles casamentos singulares que, como dizemos, foi algo celestial.

Ele tinha, verdadeiramente, seus pontos positivos como marido, particularmente para alguém que ainda não tinha emergido da grosseria medieval (e nós lhe damos um desconto por conta disso). Ele rapidamente reconheceu a capacidade de Catarina e, algumas vezes, expressou efetiva adoração por ela. Isso talvez seja mais claramente visto em seu profundo respeito pela carta de Paulo aos Gálatas, referindo-se a ela como "minha Catarina von Bora".[7] Novamente ele confessou: "Eu dou mais crédito a Catarina do que a Cristo, que fez muito mais por mim".[8]

Do mesmo modo, Lutero promoveu romance. Mais do que isso, ele o patrocinou e negociou. No início da década de 1520, enquanto esteve confinado no Castelo de Wartburg, Lutero escreveu para um de seus apoiadores, Nicolau Gerdel:

> Beije e beije novamente sua esposa [...]. Deixe-a amar e ser amada. Você é privilegiado em ter superado, por meio de um casamento honrável, o celibato que é preso aos fogos e aos pensamentos impuros. Esse estado infeliz de uma pessoa solteira, masculina ou feminina, revela a mim a cada hora do dia tantos horrores, que nada soa tão mal em meus ouvidos como o nome monge, freira ou padre. A vida de casado é um paraíso, mesmo onde tudo o mais esteja em falta.[9]

Não havia precedentes bíblicos para "o celibato", mas havia para beijar e beijar novamente a esposa. "A Bíblia não nos fala que Isaque acariciava Rebeca? (vide Gênesis 26:8)", perguntou Lutero, certa vez. De fato, Lutero parecia extremamente ousado: "Temos permissão para rir e nos divertir e abraçar as nossas esposas, quer elas estejam despidas ou vestidas", e se está depressivo e "consegue achar ajuda para si mesmo pensando em uma garota, faça-o".[10]

O fato de Lutero ter sido transformado de um monge em um marido tão afetuoso é algo nada menos que incrível. Tudo o que ele aprendeu na sua primeira infância, na fé católica, considerava a gratificação sexual como um pecado. "Quando eu era um menino", ele escreveu, "a fraca e impura prática do celibato tinha tornado o casamento tão vergonhoso que acreditava não poder nem mesmo pensar sobre a vida das pessoas casadas sem estar pecando. Todos estavam completamente persuadidos de que qualquer um que pretendesse levar uma vida santa e aceitável a Deus não poderia se casar".[11]

Porém, muita paixão, ele sabia, não era uma boa coisa: "Tenho observado muitos casais se unindo em tão grande paixão que eles estão preparados a devorar um ao outro por amor, mas depois de meia hora, um deles foge do outro". Alguns casais duram mais tempo — aqueles "que se tornaram hostis um ao outro depois de terem cinco ou seis crianças e ficaram ligados ao outro não meramente pelo casamento, mas também pelos frutos da sua união. Ainda assim, deixam um ao outro".[12] O casamento era um pouco diferente do que é hoje. Porém, para o casal Lutero, o matrimônio era uma fonte de amor profundo e duradouro, até que a morte os separasse.

Uma razão pela qual Martinho pode ser visto como um marido modelo para Catarina é que ele a servia. Lemos repetidamente sobre ele render-se aos desejos dela e sobre ele ter grande admiração por um modo de vida humilde. De fato, um importante aspecto dos fundamentos teológicos de Lutero era sua ênfase sobre o sagrado na vida cotidiana. William Lazareth observa que tanto trabalhando nos campos como sobre um forno quente, esses eram os ordinários e humildes deveres que serviam como contexto na vida de Jesus.[13] A vida cotidiana de Martinho Lutero ilustra sua teologia: "A fé de Lutero era simples o suficiente para crer que depois de um dia consciente de trabalho, um pai cristão poderia voltar para casa e comer sua linguiça, beber sua cerveja, tocar sua flauta, cantar com seus filhos e fazer amor com sua esposa — tudo para a glória de Deus!"[14]

Aqui Lutero é representado como um típico marido alemão e pai, que volta para a casa para o jantar depois de um dia de trabalho. Porém, Lutero também costumava representar, com frequência, uma típica *hausfrau* (dona de casa) alemã. Qualquer mulher hoje poderia desejar que seu marido tivesse a perspectiva moderna sobre a paternidade de Lutero — e não somente para aliviar uma mulher sobrecarregada, mas porque isso estava na base de sua própria teologia:

> Agora observe que quando aquela meretriz inteligente, a nossa razão natural [...] lança seu olhar sobre a vida matrimonial, ela torce o nariz e diz: "Ai, eu preciso balançar o bebê, lavar suas fraldas, arrumar sua cama, sentir seu mau cheiro, ficar noites acordado com ele, tomar conta dele quando ele chora, curar suas coceiras e feridas e, além disso tudo, cuidar da minha esposa, trazer provisão para ela... O quê? Deveria eu fazer de mim mesmo tal prisioneiro? Ó pobre e miserável companheiro [...]
>
> O que, então, a fé cristã nos diz sobre isso? [...] Ela diz, Ó Deus [...] Confesso a vós que não sou digno de balançar um pequeno bebê, ou lavar suas fraldas, ou ser confiado ao cuidado de uma criança e de sua mãe [...] Ó, quão contente eu farei tais coisas, embora esses deveres devessem ser ainda mais insignificantes e desprezados.[15]

Essas palavras são surpreendentes para o século XVI e para um antigo monge. O casamento era uma parceria pura e simples — vontade de Deus. Nenhum homem cristão deveria sequer imaginar que sua esposa sozinha é responsável pelos "insignificantes e desprezados" deveres de trocar fraldas e ficar acordada por noites. Fingindo falar como um católico diligente, Lutero declara sarcasticamente: "Fora, fora com tal miséria e amargura! É melhor permanecer livre e levar uma vida pacífica e despreocupada. Vou me tornar um padre ou uma freira e obrigar meus filhos a fazerem o mesmo."[16] Sim, filhos. A frase está carregada de sarcasmo.

Lutero não apenas dividia com Catarina os afazeres domésticos e o cuidado com as crianças, mas também agia de modo diferente do seu normal para oferecer pequenos gestos de consideração, e ela, em troca, fazia o mesmo por ele. Em uma ocasião, quando ela expressou seu desejo ardente por laranjas, ele encomendou-as de Nuremberg, sabendo que elas não estavam disponíveis em Wittenberg. E por que não? "Por que não deveria estar alegre em fazer sua vontade, pois não lhe era ela mais valiosa que o rei da França ou de Veneza?"[17]

Mesmo antes de ele colocar seus olhos em Catarina, Lutero honrava os valores da família. Era difícil desobedecer ao seu pai terreno e seguir o que acreditava ser o chamado do Pai celestial – o chamado para se tornar monge. Porém, enquanto estava freneticamente perseguindo essa vocação, ele não diminuiu os valores da família. Ao final dos seus vinte anos, quando visitou Roma, seus pais estavam em sua mente. Mais tarde, Lutero confessou que passou horas rezando missas pelos seus pais, quase que desejando que morressem para que ele pudesse salvá-los do purgatório. Ele teria sido especialmente abençoado, como é grandemente crido, se tivesse participado de uma missa de sábado na Igreja de São João. As filas, no entanto, eram muito longas. Então, mais tarde, ele lembrou: "Em vez disso, preferi comer um arenque defumado".[18]

Alguns podem ser tentados a pensar que Lutero escreveu essa reflexão um tanto irônica para enfatizar a intensidade da sua devoção como monge. Quando escreveu isso, certamente havia desenvolvido uma reduzida perspectiva da pocilga moral que encontrou em Roma e de todos seus rituais frequentes e relíquias em tamanha quantidade que era impossível contar. Em sua última linha, "Em vez disso, preferi comer um arenque defumado", ele aparenta ser quase um morto entregando os pontos. Se realmente pensasse que poderia tornar sua mãe abençoada, ele teria esperado, independentemente de quão longa fosse a fila.

Sinceramente, Lutero amava seus progenitores e pode ser dito que reverenciava seu pai. Só que sua mãe foi devidamente reconhecida, apesar de ele não ter facilmente esquecido da austeridade com que era disciplinado quando criança. A última carta que escreveu para a mãe durante a última doença dela é marcante, e a referência a Catarina e aos seus filhos fala por si só. Depois de dar à sua mãe uma prolongada bênção, pedindo a Deus que lhe concedesse uma fé forte, acrescentou: "Todos os meus filhos e minha Catarina oram por você. Alguns choram, alguns comem e dizem: a vovó está muito doente".[19]

Em junho de 1530, quando Martinho estava longe, Catarina recebeu uma carta do companheiro de viagem de seu marido. Ela trouxe a triste notícia de que o pai de Lutero havia morrido. Depois de Martinho receber a notícia, seu amigo relatou que "ele me disse, 'Meu pai está morto'. E pegou seu saltério e foi para seu quarto e chorou tanto que por durante dois dias ele não conseguiu trabalhar".[20]

O grande coração de Lutero certamente não era limitado ao amor por sua família. Era generoso também com amigos e estranhos, e particularmente preocupado com as pessoas das camadas mais pobres da sociedade. Isso fica evidente nos seus trabalhos de tradução e catecismo. Ao contrário dos eruditos medievais que escreviam para outros colegas, Lutero concentrou-se, em grande parte, nas pessoas que não possuíam escolaridade, como está manifesto em seu *Catecismo menor*. Quando viajava e visitava paróquias, ficava atônito com a ignorância bíblica e doutrinária. "Que múltipla miséria eu vi! As pessoas comuns, especialmente nas vilas, não têm nenhum conhecimento das doutrinas cristãs e, vejam só, muitos pastores são totalmente incapazes e incompetentes para ensinar".[21]

As suas preocupações também se estendiam às necessidades físicas dos pobres. Quando um amigo advogado ajudou a buscar justiça para uma pobre mulher, Lutero lhe escreveu agradecendo, dizendo que ele, um dia, receberia uma rica recompensa por não responder favoravelmente apenas aos seus apelos, mas também por lhe enviar um barril de sua própria cerveja. Um presente tão refinado — acrescenta Lutero — poderia ter sido, mais apropriadamente, entregue aos pobres. Desmerecedor como ele era, no entanto, não teria problemas para achar um bom uso para isso.[22]

A bondade de Lutero também era vista em suas cartas que, muitas vezes, incluíam conselhos pastorais. Para os amigos e conhecidos, escrevia em um estilo muito pessoal, confessando suas próprias lutas e oferecendo palavras de compaixão e consolo. Em uma ocasião, estando em contato com uma antiga freira, Elizabeth von Canitz, a quem ele esperava que fosse organizar uma escola para moças, escreveu: "Escuto muito que o maligno está lhe assolando com melancolia. Ó minha querida mulher, não deixe que ele a assuste, pois qualquer que sofra por causa do diabo aqui, não sofrerá por ele lá. Esse é um bom sinal".[23]

Ele não se envergonhava em admitir que, às vezes, o conselheiro era quem mais precisava de aconselhamento, e este próprio fato revela muito sobre Lutero como marido. Em uma ocasião, com estudantes à mesa, ele confessou: "Eu, Doutor Lutero, tenho passado por tão grandes tentações e *Anfechtungen* (dúvidas) que elas consomem todo o meu corpo, então eu mal consigo respirar e ninguém pode me consolar". Seria ele o único — ele se perguntava — que experimentava tal tristeza?[24]

Catarina era competente na arte de curar as pessoas do vilarejo e, não surpreendentemente, seu paciente mais complicado era seu próprio marido. Além dos seus humores negros e ataques horríveis de dúvidas (*Anfechtungen*), ele esteve, durante a maior parte da sua vida de casado, enfraquecido por uma doença após a outra — doenças exacerbadas por excessos e problemas circulatórios.[25] A depressão e o desespero espiritual, no entanto, não eram novos para o Lutero casado. O quanto Catarina conhecia de seus problemas passados não se sabe, mas enquanto ele esteve no Castelo de Wartburg (quando ela ainda estava no convento de Marienthron), ele sofria espiritual, psicológica e fisicamente. Ele escreveu para Melâncton:

> Eu me vejo insensível, endurecido, afundado na ociosidade, infelizmente! Raramente em oração e não deixando escapar nenhum gemido pela Igreja de Cristo. Minha carne insubmissa me queima com fogo devorador. Em resumo, eu... sou devorado pela minha carne, pela luxúria, indolência, ociosidade e sonolência. Teria Deus se voltado contra mim porque você não tem mais orado por mim? Você precisa se colocar no meu lugar, você cheio dos dons de Deus e mais aceitável aos olhos dele. Aqui, já se passou mais de uma semana desde que coloquei uma pena sobre o papel, desde que orei ou estudei ou fiquei irritado pelas preocupações carnais ou por outras tentações.[26]

No Castelo de Wartburg, e durante toda sua vida, os humores depressivos de Lutero eram exacerbados pela sua forte crença em um diabo muito pessoal e real. O fato de que ele pode ter atirado um pote de tinta no diabo, não chega nem ao começo da revelação da sua luta com um submundo subversivo e sedicioso da escuridão do espírito. Ele quase parece revelá-la em repetidos relatos que poderiam ser resumidos em "Atos do Diabo". Este personagem do mal sempre presente, uma vez consumiu mais da metade de uma carroça carregada com feno de um pobre camponês, e sem nenhuma boa razão aparente, ele azedou leite e manteiga.[27]

Alguns destes "Atos" eram extraídos de suas memórias de infância. Em um caso, uma mulher grávida tinha parido um rato do campo porque a família capturara um desses roedores noturnos e amarrado um cinto ao redor de seu pescoço para assustar outros do seu gênero. Quando o roedor apareceu ao toque de sinos e assustou a mulher, seu bebê por nascer se transformou, magicamente, na própria criatura da qual ela queria se livrar. Tais alegações eram consideradas verdadeiras e, muitas vezes, somavam-se aos medos muito reais das mulheres grávidas.[28]

Podemos nos perguntar se Catarina, mulher muito pragmática, desviava o olhar deste tipo de história. Sabemos que seu marido a chamou, em uma ocasião, para ajudar a expulsar o diabo. "Tente o mais forte que puder desprezar esses pensamentos enviados por Satanás", ele escreveu em 1530 para Jerônimo Weller, que vivia próximo a Wittenberg. "De todas as maneiras fuja da solidão, pois ele fica espreitando, principalmente, as pessoas que estão sozinhas. Esse diabo é conquistado pelo desprezo e zombaria, não por resistência e argumentação". Suas próximas palavras são um pouco desconcertantes: "No entanto, Jerônimo, brinque e jogue com a minha esposa e com os outros, de tal maneira você irá despistar seus pensamentos diabólicos e tomar coragem".[29]

O que isso diz sobre a sobrecarregada Catarina com suas tarefas domésticas e com seus pequenos aos seus pés? Parece que ela estaria preparada no momento que fosse notificada para rir e jogar com um vizinho seriamente depressivo (que já tinha participado de jogos de tabuleiro com ela anteriormente). Martinho, porém, também tinha outras indicações: "beba mais ou brinque e fale absurdos ou faça outras coisas alegres. Algumas vezes devemos beber mais, praticar esportes, divertir-nos a nós mesmos, sim, e até mesmo pecar um pouco para humilhar o diabo".[30] Ele estava completamente convencido de que uma caneca da cerveja de Wittenberg faria maravilhas, bem como a contemplação de uma garota bonita, ou o canto de alguma canção calorosa (e, muito provavelmente, vulgar) de bar. Como um último recurso, ouça um pregador conhecido pelo seu humor e sagacidade.

Apesar dos bebês de rato do campo e do leite coalhado, Lutero era capaz de ter uma série de pensamentos mais racionais. Ao contrário de Filipe Melâncton, ele não agia baseado na astrologia.[31] Embora fosse facilmente influenciado por superstições e alegações absurdas que se espalhavam em boatos, Lutero admitiu que, muitas vezes, era enganado e não se orgulhava desse fato.[32]

Há uma história contada muitas vezes sobre Catarina e sua habilidade de acalmar seu marido durante seus humores sombrios. Minha versão favorita é encontrada em uma edição de 1884 da *Revista da Escola Sabatina*, editada por Willian Keddie:

Lutero, certa vez, estava profundamente irritado pela maldade desse mundo e pelos perigos que cercavam a Igreja. Em uma manhã, viu sua esposa vestida de luto. Surpreso, ele perguntou a ela quem tinha morrido. "Você não sabe?", ela respondeu. "O Deus dos céus está morto". "Como você pode dizer tamanho absurdo, Catarina?" Lutero replicou: "Como pode Deus morrer? Ele é imortal, e viverá por toda a eternidade". "Isso é realmente verdade?", perguntou ela. "Com certeza", ele disse, ainda não percebendo qual era o objetivo dela. "Como você pode duvidar? Tão certo como existe um Deus nos céus, também é que ele jamais pode morrer". "E ainda", disse ela, "embora você não duvide disso, está sem esperança e desanimado". A pequena estratégia de sua esposa atingiu o efeito desejado de restaurar a certeza e confiança de Lutero em Deus. [33]

Embora essa revista fosse "concebida para o uso de professores, eruditos adultos e pais", as crianças, sem dúvida, ouviram a mesma história sobre Catarina, que foi passada adiante até o século XXI. E essa é a mesma história de que a minha cunhada imediatamente se lembrou, quando soube que estava escrevendo este livro: "Ó, você já escutou a história sobre Catarina vestida de luto?"

As doenças físicas de Lutero, bem como sua depressão, eram sérias, e suas recorrências espantavam as luzes do dia de Catarina. No final do outono de 1528, ele estava seriamente debilitado por uma doença hoje conhecida como doença de Ménière, uma lesão no ouvido interno que se manifestava com vertigem e tinido (tontura e zumbido nos ouvidos). Ele sofria também com úlceras, indigestão, constipação e outras doenças, especialmente quando mais novo. Nos últimos dez anos de sua vida, Lutero teve pedras nos rins, gota, artrites, hemorroidas, problemas no coração e, se isso não fosse o suficiente para abatê-lo, foi atormentado com catarro, uma inflamação no

"Nem Madeira nem Pedra": Um Marido Reformador

nariz e na garganta. Catarina procurou tratá-lo com todo tipo de remédios que sabia que podiam ajudar, e ela se preocupava.

Além de cuidar das suas necessidades físicas e emocionais, Catarina proporcionava muita estabilidade para sua casa. Seu bom humor e hospitalidade faziam maravilhas a ele, assim como às crianças e à rotina da vida familiar. Eles aproveitavam os entretenimentos comuns da juventude: jogos de cartas, xadrez, recreação com bola ao ar livre, danças e teatros. Ele aprovava as atividades que envolviam interação entre meninos e meninas, aquelas que iriam lhes preparar para a vida adulta. O namoro, no entanto, era severamente restringido. Ele acreditava que um companheiro deve ser aprovado pelos seus pais — sem namoro e casamento sigiloso. A leitura era outra atividade que ele, vigorosamente, apoiava. Histórias como as *Fábulas de Esopo* eram divertidas, como também moralmente edificantes.

Outro aspecto da vida familiar envolvia os animais de estimação, especialmente seu amado cachorro Tolpel, muitas vezes mencionado nas *Conversas à mesa* de Lutero. Como objeto de aprendizado, Martinho uma vez comparou seu cachorro engolindo restos de comida de debaixo da mesa com sua própria apatia na oração. A história também conta que uma criança uma vez perguntou se o cachorro dela iria para o céu. Ele se agachou e comentou, enquanto acariciava o cachorro: "Fique quieto, *bundchen*, e durante a ressurreição você também receberá uma cauda de ouro".[34]

Como pai, Lutero, às vezes, admitia sua própria maternidade e, na carta a seguir, podemos ver este seu lado paternal feminino. Enquanto estava longe de casa, por alguns meses, em Coburgo, escreveu para o jovem Hans. Lutero não o estava admoestando por agir como ele mesmo, muitas vezes, tinha agido. Ao contrário, ele se comunica com um menino de seis anos por intermédio de uma deliciosa história:

Graça e paz em Cristo, meu querido e pequeno filho. Ouço com grande prazer que você está aprendendo suas lições muito bem, e orando, com tanta fidelidade. Continue a assim fazê-lo, meu filho, sem cessar. Quando voltar para casa, levarei para você um bom presente da feira. Conheço um belo pomar, onde existem muitas crianças ótimas, que usam casaquinhos finos, e elas vão debaixo das árvores e ajuntam belas maçãs e peras, cerejas e ameixas; elas cantam e correm ao redor e são tão felizes quanto possível. Algumas vezes, cavalgam em pequenos pôneis, com freios de ouro e selas de prata. Perguntei ao homem que é dono desse jardim: "Quem são estas criancinhas?" E ele me disse: "São criancinhas que amam orar e aprender e são boas". Quando eu disse: "Meu querido senhor, tenho um menininho em casa, seu nome é Hans Lutero, você o deixaria entrar nesse pomar, para também comer algumas dessas boas maçãs e peras, cavalgar nesses pequenos pôneis e brincar com essas crianças?" O homem disse: "Se ele ama orar e aprender suas lições e é um bom menino, ele pode vir".[35]

A família era o centro da reforma de Lutero. Outros reformadores vieram, mas nenhum deles enfatizou o assunto do casamento e da família. De fato, nenhum reformador anterior havia levantado a questão da família como ponto focal da criação e das Escrituras. Ele manteve-se como o gigante dos valores familiares.

Catarina claramente está ao seu lado neste respeito — acrescentando carne e sangue à sua teologia. Sem ela, os ensinos de Martinho sobre casamento e família seriam não muito mais do que um esqueleto. E nenhuma outra mulher poderia ter moldado tão profundamente a mente e os hábitos diários dele. Esse é um ponto crítico. As palavras de Lutero imitavam as tradições medievais. O marido domina sobre a esposa e a família. Porém, para Catarina e Martinho, a mutualidade brilhava em cada aspecto de sua vida diária. Com certeza, Lutero, ocasionalmente, lembrava aos seus amigos e a ela de que ele era o cabeça, talvez até o homem da casa. Certamente. Ela não tinha problemas com isso – desde que ele não interferisse nos planos dela.

Quando procuramos resumir Martinho Lutero como marido e homem de família, suas ações falam mais alto do que suas palavras. Suas palavras são aquelas de liderança masculina e submissão feminina. Das suas cartas e comentários feitos por outras pessoas, percebemos que Lutero era, notavelmente, dependente de Catarina. Ele confiava nela e tinha certeza de que seu juízo não podia ser comparado ao de qualquer outra pessoa. Dirigindo-se a ela como Herr Käthe (senhor Käthe) ele, "conscientemente trocava o papel masculino pelo feminino".[36]

Lutero tinha uma atitude mais aberta em relação ao sexo do que seus colegas católicos. Porém, isso não significa que qualquer coisa era permitida.

Ele tinha certos padrões, embora ele mesmo não seguisse tais regras em seu próprio casamento: "Eles não devem se despir para o sexo, não devem tentar despertar um ao outro indevidamente, não devem transformar o leito conjugal em 'uma pilha de esterco e uma banheira de porcas' recorrendo a técnicas e posições incomuns".[37]

Em outro lugar em sua coluna de conselhos, ele estava mais despreocupado em relação às relações íntimas entre marido e mulher. Quando era tomado por ataques de desespero, ele, às vezes, "abraçava sua esposa nua na cama", escreve Richard Marius "e essas depressões enviadas pelo diabo fugiam para longe". Ele estava convicto de que sua habilidade de prevalecer sobre Satanás era gentilmente auxiliada por estar na cama com Catarina.[38]

Fora sua noite de casamento quando Justus Jonas, e talvez outros, testemunharam Martinho e Catarina consumando o matrimônio, Lutero mantinha normalmente os lábios cerrados sobre a vida sexual com sua esposa. Ele, no entanto, escreveu uma carta muito íntima para ela quando estava doente, menos de duas semanas antes de morrer. O assunto era sua impotência e ele sugeriu que Catarina confidenciasse isso a Filipe Melâncton, que poderia aconselhá-la, tendo ele aparentemente já falado anteriormente sobre esse assunto particular com seu amigo de confiança. Ao lermos as entrelinhas da carta de Lutero, podemos deduzir que a intimidade sexual foi um aspecto importante do seu casamento até quase o fim.[39]

Martinho e Catarina são um estudo interessante de opostos, mas uma das suas maiores diferenças está relacionada às amizades. Comparada ao seu marido, Catarina tinha muito poucos amigos. Biógrafos têm procurado defender o contrário, embora a argumentação seja frágil. Porém, não há dúvidas de que seu marido tinha amigos muito próximos e não como os colegas masculinos de hoje que se reúnem apenas para assistir futebol, jogar golfe ou basquete. Ele tinha amigos íntimos com quem se correspondia e mantinha estreita confiança.

Ele também tinha parceiros de bebidas, embora aparentemente nunca saísse cambaleando pela cidade com eles. De fato, era no Mosteiro Negro que se achava a cerveja de Catarina: a melhor produzida na cidade. Ele gostava de impressionar seus parceiros de bebida dizendo que só ele poderia ser o dono da sua própria cerveja. Ele gostava de encher sua caneca de cerveja para a glória de Deus, brindando o Pai Nosso se ela estivesse cheia até em cima, e o Credo Apostólico se não estivesse bem cheia – e se a prudência prevalecia, enchia somente até a marca dos dez mandamentos.[40] Ele, aparentemente, conseguia aguentar até o fim do Pai Nosso sem cair.

Então, como poderíamos fazer uma síntese de Martinho Lutero? Para aqueles à mesa em uma noite, ele oferece uma curta autobiografia resumida que indica as voltas e mais voltas de sua vida — que nem astrólogos poderiam ter previsto. Ele escolhe enfatizar seu passado humilde, descrevendo seu pai, avó e bisavô; todos como camponeses. Fala sobre como seu pai queria que ele se tornasse um advogado. Porém, para grande desgosto de seu pai, tornou-se um monge: "E então puxou os cabelos do Papa e se casou com uma freira apóstata. Quem poderia ler isso nas estrelas?"[41]

Como marido e pai, Lutero colocou seus ensinos da Reforma em prática. A sua ênfase na família, tanto na sua casa, como na teologia bíblica, tem resistido ao teste do tempo. Porém, não há nenhum Martinho Lutero Júnior que tenha se destacado entre seus filhos ou descendentes — nenhum filho para acender outra Reforma. Nenhum homônimo para dar sequência ao seu legado — isto é, não até outro menino ser chamado de "Martinho Lutero Júnior" em 1934, quando o pregador batista Michael King estava visitando a Europa e ficou profundamente comovido com a história de Martinho Lutero. De fato, tão comovido que mudou seu nome de Michael para Martin Luther e, ao mesmo tempo, trocou o nome do seu filho para Martin Luther King Jr.

Justamente aquele menino de cinco anos, um dia, tornar-se-ia um pregador e promoveria outra reforma que, como a primeira, continua a reverberar pela vida religiosa e civil. A sua filosofia espelha as próprias concepções filosóficas de Lutero: "Existem algumas coisas tão caras, tão preciosas, algumas coisas tão eternamente verdadeiras, pelas quais vale a pena morrer. E digo a vocês que se um homem não descobriu algo pelo que daria sua vida, ele não está pronto para viver".[42]

# CAPÍTULO 7

## "De Catarina Nasce uma Pequena Pagã": Como ser Mãe na Casa Paroquial

Meu bebê. "*Meu*... O meu coração se aqueceu no instante em que eu o vi" — escreve Sue Hubbell. "Era algo não civilizado, grosseiro, inquestionável e irracional. Comecei a entender o que estava acontecendo quando [...] estávamos em uma viagem de acampamento em família e, durante a noite, fomos acordados por uma velha ursa [...] O seu filhote havia se perdido no outro lado da nossa barraca. A mamãe ursa estava agitada, brava e nervosa, e [...] era perigosa". Hubbell fala acerca dos seus próprios instintos maternais e, depois, comenta: "Eu precisei aprender a manter a velha mamãe ursa sob controle."[1]

As mamães ursas não são necessariamente criaturas muito amáveis. Elas podem não ser conhecidas por assar *cupcakes* e cantar musiquinhas de ninar. A minha mãe era, em certo sentido, uma mamãe ursa, e eu também posso ser assim descrita. O mesmo ocorria com Catarina. Ela era protetora e austera. Tendo crescido em uma fazenda como uma dentre cinco filhos, eu me identifico de várias formas com os filhos de Lutero. A minha mãe tinha uma personalidade forte e comandava a família, às vezes com mão de ferro. Ela trabalhava nos campos e nos jardins, enquanto cuidava da casa cheia de filhos. Fazia conservas de frutas e vegetais, matava galinhas, costurava e remendava roupas e cortinas, e sempre era ativa na comunidade e, mesmo não sendo particularmente religiosa, participava dos cultos toda semana. Era uma mãe austera cuja devoção incondicional aos filhos normalmente parecia ser tudo o que lhe importava.

Catarina von Bora trazia essas mesmas qualidades para a vida de mãe, a faceta mais importante da sua vida. Nós facilmente nos concentramos no seu papel como esposa do grande reformador em função de ele ter sido uma figura tão central no cristianismo e ela, verdadeiramente, desempenhou um grande papel nesse contexto. Porém, sua atenção principal estava concentrada nos filhos, desde a época da sua gravidez, em 1525, até sua morte, em 1553. Uma das razões por que seu papel como mãe é deixado de lado é que nenhum dos seus filhos se tornou famoso — pessoas que se destacassem. Desde os tempos bíblicos, adentrando ao século XX, o teste da maternidade sempre foi este tipo de feito materno.

Catarina fica bem atrás, quando comparada a Susanna Wesley, o modelo supremo de mãe cristã. Em verdade, Susanna foi a mãe de todos os *reality shows* — uma versão do século XVII do seriado *19 kids and counting* [19 filhos e contando], que mostrava a labuta diária de uma família com vários filhos. Catarina tinha somente seis, mas, se considerarmos todos os órfãos e outras crianças que viviam debaixo do seu teto, ela não estava muito atrás de Susanna. Existem outras similaridades importantes, entretanto. Ambas eram casadas com ministros do evangelho e comandavam uma casa paroquial com fazenda e propriedade que tinham dupla jornada, à medida que também funcionavam como lar-escola. Ambas eram peritas em jardinagem, em ervas medicinais e na criação de animais. As duas foram acusadas de serem orgulhosas e ambas retrucavam aos seus maridos.

Catarina, entretanto, não era o tipo de mãe que passava muito tempo em casa. Ela costumava se ausentar por dias, ou até semanas, para lidar com os negócios das suas propriedades, deixando Martinho, por vezes, encarregado de cuidar dos filhos. Susanna ficava descansando enquanto seu marido viajava, e foi acusada por muitos de ser bastante ociosa no trabalho da casa. Susanna pregou numa ocasião em que seu marido estava viajando, algo que Catarina jamais teria feito. E, ao contrário de Susanna, Catarina não redigiu regras de criação dos seus filhos, tampouco escreveu cartas que hoje estejam disponíveis para os nossos olhos curiosos. Porém, a principal diferença era que Susanna, ao contrário de Catarina, foi mãe de dois filhos famosos: John e Charles Wesley. John falava da sua mãe como uma "pregadora de justiça" que exerceu uma profunda influência sobre seu ministério.

"DE CATARINA NASCE UMA PEQUENA PAGÃ": COMO SER MÃE NA CASA PAROQUIAL 109

Se nós pudéssemos colocar Catarina e Susanna lado a lado, creio que elas descobririam que tinham muitas coisas em comum e muito a conversar. Será que Susanna confidenciaria a Catarina que, apesar da sua fama de mulher-maravilha, seu marido a abandonou durante um período e seus filhos, um após o outro, tiveram problemas sérios na vida adulta, inclusive instabilidade mental e casamentos esfacelados — até mesmo seu filho John? Será que Catarina compartilharia suas próprias dificuldades com os filhos e seus medos com relação ao bem-estar físico e mental do seu marido?

Apesar dos 170 anos que separavam suas datas de nascimento (1499 —1669), as condições de vida não haviam mudado significativamente. Essa é uma questão decisiva quando consideramos Catarina e outras figuras históricas. Se dermos um salto para 170 anos depois do nascimento de Susanna, chegaremos em 1839, onde encontraremos Catherine Mumford, uma menina de dez anos que, mais tarde, se casaria com William Booth. Ela também teria muitos filhos — e também seria uma mulher que retrucava ao seu marido. Aqui, novamente, descobriríamos uma mulher de classe média baixa que não vivia de forma muito diferente de Catarina e Susanna, lutando do nascente ao poente, e contando com poucas das tecnologias que facilitam a vida do mundo moderno. Na verdade, a Revolução Industrial estava levando as famílias às cidades, e isso fazia com que o padrão de vida, normalmente, decaísse sobremaneira.

Porém se dermos outro salto adiante de mais 170 anos (na Alemanha, Inglaterra ou na América do Norte), veremos uma explosão vertiginosa de progresso para mães e filhas. Educação, transporte, comunicação, inovações médicas, bens manufaturados de baixo custo — todas essas coisas estão atreladas ao louco conceito da igualdade de gênero. Se uma mulher contemporânea se sentasse com Catarina, Susanna e Catherine, seria como que olhar de fora para dentro. Elas teriam pontos de convergência entre si, ao passo que nós seríamos vistos como alienígenas de um futuro longínquo.

Todavia, as mulheres contemporâneas — e eu me incluo nelas —, desejam reivindicar Catarina como sua propriedade pessoal. "Irmãs de Catarina Lutero", um website que conta com a contribuição de várias pessoas, entende que Catarina, nos dias de hoje, apoiaria os papéis tradicionais de gênero. Numa postagem intitulada "Por que não sou uma pastora", Katy Schumpert escreve:

Espero que quando você ler o título deste artigo, diga a si mesmo:

"Bem, é claro que ela não é uma pastora — ela é uma mulher!" Porém nesta zona cinzenta e nos últimos dias em que vivemos, onde descartamos todos os "papéis tradicionais de gênero" ordenados por Deus e que nos foram úteis por tantos milênios, além de cada vez menos gente reagir dessa forma, cada vez mais pessoas vão ficando completamente perplexas diante daquelas que têm este tipo de reação. Eu costumava ser uma delas.[2]

De Catarina, as "irmãs" tiram sua inspiração para a educação de filhos em casa e para serem mulheres do lar, embora ela mesma dificilmente seria considerada uma mulher "tradicional" neste aspecto. Nós a vemos, claramente, dedicando-se ao cuidado dos filhos doentes, do marido e de outros membros agregados da sua família. Essas, porém, são respostas naturais da rotina da vida familiar. Ela era, por natureza, firme e protetora para com seus filhos. O que não vemos é uma maternidade baseada nos papéis tradicionais de gênero — uma forma de criar os filhos, "ordenada por Deus", governada por uma perspectiva bíblica ou teológica.

Para a maioria das mulheres, existe um amor primordial que surge, naturalmente, com o nascimento do filho. Martinho Lutero, ao observar Catarina, comparou-o ao amor que Deus tem pelo pecador — o Criador, que enxerga além dos nossos pecados, exatamente como uma mãe ama seu filho apesar de toda a sujeira das fraldas.[3]

Não podemos fazer uma avaliação de Catarina, como mãe, sem considerar o papel de Martinho como pai. Ao contrário das circunstâncias relacionadas a Susanna Wesley, pouco ficou registrado acerca da filosofia e da prática de Catarina no que tange à criação dos filhos. Ela é superatarefada como mãe, como também é o caso de Martinho como pai, a diferença é que ele é prolífico nas suas palavras. Relata-se que ele disse, em certa ocasião: "Filho, o que você fez para que eu o amasse tanto assim? Seria a bagunça que faz pelos cantos ou a gritaria pela casa toda?"[4] Em 1538, ele comentou: "Cristo disse que deveríamos nos tornar como criancinhas para entrar no Reino do Céu. Querido Deus, será que temos que nos tornar assim tão idiotas?"[5]

Para Catarina, este tipo de observação bem-humorada do marido era habitual, e não há evidência de que ela teria se desentendido com ele por causa disso. Mas, para ela, havia trabalho a fazer. A reputação dele era, em grande medida, baseada nas palavras; a dela, no trabalho. Ela sempre estava na ativa, e o cuidado com os filhos era feito no meio de outras tarefas e sempre, segundo os padrões dos dias de hoje, em condições primitivas. Aquela era uma época em que os cuidados médicos e as questões de higiene ainda não haviam avançado além dos costumes medievais. O parto era algo extremamente perigoso; e tanto os bebês quanto as mães que sobreviviam eram considerados verdadeiramente privilegiados. Catarina, uma noiva saudável em meados dos seus vinte anos, não era exceção. Exceto por um caso, para ela o parto era, essencialmente, algo rotineiro — obviamente rotineiro sem esquecermos que estamos falando do século XVI.

Os registros mostram que ela deu à luz seis bebês nos anos de 1526, 1527, 1529, 1531, 1533 e 1534 (três meninos e três meninas, embora somente uma das suas filhas tivesse ultrapassado os dez anos). Ainda que ela, certamente, não fosse uma recordista dos partos rápidos, podemos imaginar que Catarina sempre esteve ocupada. Considerava-se que a amamentação fosse uma forma natural de controle de natalidade. Ela ainda estava amamentando o pequeno Martinho, entretanto, quando ficou grávida de Paulo. Ao final do processo de criação dos filhos veio a mais complicada de todas suas gestações — a que resultou em um aborto. Quando os abortos ocorrem nos primeiros meses da gravidez, eles nem são percebidos, dessa forma supomos que ela estivesse bem ao longo da gestação. As complicações foram tão severas que ela quase morreu, uma situação que mal permitia ao casal sentir o luto, tampouco reconhecer o pequeno recém-nascido que eles acabavam de perder.[6]

A vida não esperava por Catarina enquanto ela se recuperava. Por certo período, ela rastejou no chão, indo de quarto em quarto, para ter certeza de que cada um dos filhos estava bem. Somente depois de vários meses teve sua saúde plenamente restabelecida. O fato de Catarina já ter mais de quarenta anos à época, e ter passado a idade fértil, provavelmente contribuiu para o aborto e para sua lenta recuperação.

Apesar de algumas mulheres, normalmente, servirem-se de amas de leite, o aleitamento materno era o costume da época. Para Martinho, entretanto, a questão era mais do que uma norma cultural. Tratava-se de uma expectativa originada no próprio ordenamento divino: "É, portanto, cruel e contrário à natureza que a mãe não amamente seu filho, pois Deus lhe deu os seios e o leite para esse propósito; a menos que ela seja incapaz de fazer isto".[7] Fora o aleitamento, havia servas que a ajudavam e, acima de todas as ajudantes, estava a "Tia Lena" von Bora. Os pequenos, aparentemente, eram tão apegados à tia que o próprio pai chegava às raias do ciúme com ela.

Catarina e Martinho não perderam tempo para começar a formar sua família. Hans nasceu em junho de 1526, menos de um ano depois de eles terem se casado. Em uma carta para um amigo, ele anunciou essa grata notícia. Pode ter sido um momento em que ele expressaria toda sua eloquência, exceto pelo fato de que teve de encerrar abruptamente a carta em função dos pedidos de ajuda de Catarina.[8]

Tão logo foi informada, a mãe de Martinho viajou desde Mansfield para ajudar sua nova nora. O nascimento correu bem, mas a amamentação do infante não era adequada. Tal como ocorre com muitas mães na primeira gestação. Martinho lamentou o fato, ao afirmar que Deus deveria cobrar todas as coisas boas que Ele concede às pessoas — uma esposa, um filho, um olho, uma fé, uma mão etc.: "Eu pagaria 100 florins [a Deus] se Ele concedesse mais leite à Catarina".[9]

Martinho não colocava nenhuma culpa sobre ela; pelo contrário: elogiava Catarina pelas suas qualidades maternais, observando que uma mãe, obviamente, poderia cuidar melhor de uma criança com um único dedo do que um pai com pulsos firmes.[10] Martinho era um pai-coruja e costumava fazer menção ao seu primogênito nas suas correspondências. Ele ficou orgulhoso feito pavão ao anunciar: "Os primeiros dentinhos de Hans estão saindo e ele está começando a dar seus primeiros gritos de alegria. Essas são as alegrias do casamento das quais o Papa não é digno".[11] Posteriormente, Catarina acabaria achando as traquinagens de Hans não tão divertidas. "Quando o pequeno Hans", escreve Martin Brecht, "fez seu primeiro cocô

"De Catarina Nasce uma Pequena Pagã": Como ser Mãe na Casa Paroquial 113

sozinho — algo que ele, mais tarde, faria por todos os cantos — o feito do pequeno foi digno de nota em uma das correspondências do seu pai".[12]

Isto deve ter ocorrido mais ou menos na época em que a pequena Elizabeth, sua irmã, nasceu, em 10 de dezembro, quando Hans tinha um ano e seis meses de idade. Aquela era uma época terrível para se dar à luz — no meio de uma peste avassaladora, mas tudo correu bem e Catarina rapidamente se recuperou. No entanto, o luto profundo veio logo depois. A morte da pequena Elizabeth, dez meses mais tarde, foi um momento tenebroso no Mosteiro Negro. Não há qualquer registro acerca da sua saúde débil. A morte, aparentemente, veio de forma súbita. Imagine a comoção que sobreveio à família. A menina estava engatinhando pelo assoalho atrás do seu irmão Hans. Estava começando a se erguer e a dar os primeiros passos, sorrindo e dando suas risadas estridentes. E, de repente, em agosto, ela já havia partido. Martinho ficou perplexo com sua própria dor e profundo sentimentalismo: "quase como uma mulher".[13] O seu único conforto era que sua filha estava passando aos cuidados de Deus, um Pai perfeito. Se Catarina também encontrou este tipo de consolo, não sabemos. E como será que ela seguiu com sua vida? — podemos nos perguntar.

Dois meses depois, entretanto, Catarina volta a engravidar. No dia 4 de maio de 1529, nasceu sua nova filha, Madalena. Aqui, em 1529, é um momento em que ficamos pasmos na nossa caminhada. Ela tem trinta anos, três crianças maravilhosas, uma delas morre, e o que a espera ainda no mesmo ano? Mais filhos e membros agregados à família do que qualquer mulher comum poderia cuidar. O Mosteiro Negro costumava estar completamente lotado de parentes e necessitados, inclusive de meia dúzia de filhos da irmã falecida de Martinho. Havia também parentes de Catarina que chegavam e partiam, sendo que a mais apreciada e permanente era a Tia Lene, a quem Catarina passou a conhecer intimamente quando ambas eram freiras no Convento de Nimbschen. Obviamente, estudantes, pastores visitantes, professores e, por vezes, refugiados compunham a maioria dos residentes que ali buscavam abrigo temporário.[14]

Embora Catarina seja lembrada hoje fundamentalmente como esposa, suas responsabilidades como mãe dessa grande prole eram verdadeiramente impressionantes. Quando Lutero estava residindo em Coburgo, em junho de 1530, ele recebeu correspondências de casa. Sabemos isto somente a partir da sua resposta à Catarina: "Eu recebi a gravura de Lenchen com a caixa. A princípio, não pude acreditar no pequeno cacho — ele me pareceu preto demais". Naquela época, a pequena Madalena (Lenchen) tinha pouco mais de um ano. O seu pai esteve longe de casa e perdeu alguns dos seus momentos mais deliciosos na fase em que ela engatinhava em função dos seis meses em que precisou estar envolvido com a Dieta de Augsburgo — que durou de 23 de abril a 4 de outubro. A carta continua: "Se você quiser parar de dar o peito para o bebê, seria bom fazê-lo gradualmente". Neste momento ele cita Argula von Grumbach que, recentemente, havia compartilhado uma refeição com ele.[15] Será que Catarina realmente precisava do conselho de um nobre homem distante, depois de já ter amamentado três bebês?

Ficamos curiosos em saber se, apesar das negociações complicadas, Catarina não podia estar sentindo uma ponta de ciúmes pela aparente boa vida que o marido estava tendo em Coburgo. Ela ficou em casa durante todos esses meses, responsável pela casa toda, sem a presença dele. Depois do seu retorno, logo voltou a engravidar.

As reflexões entusiasmadas de Lutero quase parecem não levar em conta o custo envolvido na sua família que crescia rapidamente — tanto a família imediata, quanto a família estendida, uma perspectiva que não poderia ter sido expressa por Catarina: "Eu sou rico. O meu Deus me deu uma freira e três criancinhas. Não me importa se tenho muitas dívidas, pois quando a minha *Katya* faz as contas, surge outro filho".[16]

Exatamente dessa forma. O pequeno Martinho, o quarto filho dela, ainda estava sendo amamentado na primavera de 1532 quando Catarina ficou grávida do quinto filho.

Felizmente, ela tinha ajuda em casa: servas e, particularmente, a Tia Lene. Porém, as questões da família ficavam sob sua responsabilidade. Apesar de Martinho não considerar ser o responsável por assumir as tarefas da casa, ele se referia com frequência ao labor e à excelência de Catarina. A responsabilidade era dela, embora ambos disciplinassem os filhos juntos — disciplina que envolvia a "haste e a maçã" lado a lado.[17] Quando Catarina tinha tempo, brincava e cantava com os filhos. Na verdade, eles cantavam como um pequeno coral. Foi exatamente por causa disso que Lutero escreveu o hino de Natal muito conhecido: "Do alto dos Céus eu venho à Terra":

A ti, esta noite, nasceu uma criança
De Maria, uma mãe doce escolhida;
Essa pequena criança, nascida humilde,
Será a alegria de toda a terra...

Ah, querido Jesus, santo menino,
Faz para ti uma cama, macia, pura,
Dentro do meu coração, para que ele possa ser
Para Ti um cômodo tranquilo.[18]

Falando tanto para Catarina como para si mesmo, Lutero escreveu no seu "Prefácio para a missa alemã" que a disciplina e a diversão deveriam andar de mãos dadas. Mesmo não sendo um bom psicólogo infantil, ele desafiava os pais a descerem ao chão e estarem com os filhos em unidade.[19]

Não se pode ter certeza de que Catarina reverenciava o casamento, a família e a casa na mesma intensidade que seu marido. Ambos enfatizavam a importância crítica da criação dos filhos e das boas obras. Martinho repetia o ditado de que os pais poderiam alcançar a vida eterna fazendo muito pouco além de instruir apropriadamente os seus filhos.[20] O cuidado pelos filhos é, na sua concepção, servir *aos menores dentre os homens* — como se eles fossem, os famintos, os que têm sede, os nus, encarcerados e enfermos. "Ah, que casamento e casa abençoados [...] onde pais assim poderiam ser encontrados! Em verdade, isto seria uma igreja real, um convento escolhido, sim, um paraíso".[21] Salvação, paraíso, casamento, lar.

A dor mais profunda que Martinho e Catarina sentiram juntos foi a morte de Madalena no dia 20 de setembro de 1542, depois de ter celebrado seu aniversário de treze anos no mês de maio daquele mesmo ano. Se pudermos confiar na descrição que Lucas Cranach, o Velho, faz da garota, ela era parecida com sua mãe. Embora sua expressão seja séria, podemos imaginar que tenha herdado a mesma perspicácia do seu pai. Todavia, sabemos muito pouco sobre ela, apesar de todas as cartas e das "conversas de mesa" do seu pai famoso. E ela parecia quase ausente das cenas de sofrimento, à medida que a morte se aproximava. Ela respondeu ao pai que estava preparada para morrer e ir para o céu, mas quem era essa doce menina quando estava embalando no colo seu irmãozinho, ou cantando no coral familiar, enquanto seu pai tocava o alaúde? Quem era essa garota quando sua mãe conversou com ela sobre seu ciclo menstrual, ou mostrou a ela, pela primeira vez, como remendar as próprias meias, ou fazer uma formada de *strudel*?

Fora a descrição sofrida do seu leito de morte, sabemos muito pouco sobre essa menina adolescente da velha Wittenberg. Treze anos antes, quando Lutero havia pedido ao seu amigo e pastor Nicolaus von Amsdorf para ser seu padrinho, ele se referiu carinhosamente a ela como uma "pequena pagã" que precisava da ajuda de Nicolau "para ajudá-la a [entrar] na Santa Cristandade por meio do sacramento celestial e precioso do batismo".[22]

Aqui, como em outras partes, o biógrafo de Catarina fica ansioso para encontrar mais alguma informação que surja da sua própria pena. Quais eram suas palavras — ou será que ela perdera sua capacidade de formulá-las — durante aquele período de profundo desespero, quando sua querida filha estava prestes a morrer? E assim aconteceu: Lenchen deu seu último suspiro nos braços de seu pai.

Mesmo na sua dor mais profunda, temos relatos de que Lutero orou e se reergueu após esta perda inevitável. Se fosse vontade de Deus, a menina, então, deveria morrer. Na verdade, o reformador disse a Deus que "a entregaria alegremente" para ele. E para sua filha, segundo relatos, ele teria dito: "Minha filha mais amada, minha doce e rica 'Lenchen', sei que tu ficarias alegremente com o teu pai aqui, só que existe um pai melhor esperando por ti no céu. Ficarias igualmente feliz em ir e estar com ele, não é assim?" Madalena sabia o que Lutero desejava que ela respondesse, e afirmou que queria fazer a vontade de Deus.[23] E, então, alegre em seu espírito, ele a consolou com suas famosas palavras: "Ah, tu, querida Lenchen, ressuscitarás novamente, e brilharás como uma estrela, mais ainda, como o próprio sol!"[24]

Seria difícil imaginar Catarina pronunciando palavras como "alegre em espírito" — ou ver esta expressão sendo colocadas em sua boca. Somente quem perdeu filhos pode entender verdadeiramente sua completa

"DE CATARINA NASCE UMA PEQUENA PAGÃ": COMO SER MÃE NA CASA PAROQUIAL · 117

devastação. Deus deve ter parecido distante ou calado (senão cruel) enquanto ela aguardava ali impotente a chegada da morte da sua filha querida.

Em uma carta para seu amigo íntimo, Justus Jonas, Martinho abriu seu coração ao expressar seus sentimentos, e a profunda tristeza de Catarina — como se eles mesmos estivessem "experimentando a morte". Porém, num aparente esforço para justificar sua dor real, Lutero insistiu que ele e Catarina deveriam estar jubilosos pela menina ter "escapado do poder da carne, do mundo, dos turcos e do diabo". Na realidade, entretanto, eles "não conseguiam fazer isso sem chorar e sofrer intimamente". Ele acrescenta um comentário que, verdadeiramente, demonstra a profundidade da sua dor: "Os traços, as palavras e os movimentos da filha à beira da morte permanecem profundamente gravados no coração".[25]

O que ele confidencia, a seguir, para Jonas, somente Catarina poderia ter imaginado e Lutero, na sua honestidade franca pode dizer: "Nem a morte de Cristo [...] pode apagar tudo isso de forma apropriada. Tu, portanto, agradece a Deus em nosso lugar. Pois, na verdade, Deus fez uma grande obra de graça quando glorificou a nossa carne dessa forma. Madalena tinha (como tu o sabes) um jeito meigo e amável e era amada por todos".[26]

Hans, três anos mais velho que Madalena, havia saído de casa para estudar em Torgau e foi enviado de volta quando parecia certo que sua irmã não se recuperaria mais. Na verdade, ele não conseguiu chegar à sua casa a tempo de vê-la ainda viva, e não retornaria mais a Torgau, por insistência da mãe que não desejava que ele estudasse tão longe de casa. Nos anos que sucederam, Hans continuou seus estudos em Wittenberg, uma decisão que sugere a forte influência de Catarina. Lutero, segundo as convenções da sua época, acreditava que os rapazes deveriam sair de casa para terminar seus estudos.[27]

A compreensão de Catarina como mãe vem, fundamentalmente, por dedução, isto é, até que ela se tornasse viúva. Só então passamos a ouvir, de forma distinta, sua voz e passamos a ter uma sensação de certeza de que ela, mesmo não registrada, sempre falou com um profundo e primordial amor. Ela pode não ter sido sempre a mais doce e terna das mães, do tipo que consolava o filho a cada arranhão nos joelhos, mas protegia vigorosamente os filhos, mesmo nos seus anos de vida adulta.

Hans nasceu em 1526, no ano seguinte ao casamento dos seus pais, e ainda não havia celebrado seu vigésimo aniversário quando o pai, cuja influência extrapolaria sua vida, morreu em 1546. Embora ele não "fosse obviamente tão intelectualmente dotado", escreve Martin Treu, Catarina foi firme e determinada para fazer com que ele concluísse seu curso na Universidade de Königsberg. Com pouquíssimo dinheiro para arcar com as despesas de educação do filho, ela implorou pela ajuda de vários amigos do círculo íntimo do seu falecido marido. Na universidade, ele tornou-se um estudante medíocre, apoiado pelo Duque Albrecht da Prússia. E, como outros antes e depois dele, Hans, "apesar dos seus estudos de longo prazo, jamais conseguiu uma colocação".[28]

Tendo 14 anos quando seu pai morreu, Martinho Jr. era o filho mais problemático de todos os cinco adultos. Ele permaneceu em Wittenberg, perto — pelo menos em proximidade — da sua mãe até que ela morreu em 1552, quando ele tinha 19 anos. Depois disso, sua vida começou a desandar e, com 34 anos, morreu de alcoolismo. Críticos alegam que Catarina teria sido demasiadamente benevolente com os filhos, chegando a ter medo que, fora dos seus olhares, qualquer um deles poderia ficar doente e morrer.

Paulo, que jamais saíra de casa sozinho, não passava de um menino de 12 anos quando seu pai faleceu. Tinha toda sua adolescência pela frente — uma época conturbada para se viver sem a presença de um pai. Todavia, ele se sobressaiu na década seguinte, formando-se em Medicina com 23 anos de idade. Os seus serviços eram requisitados por alguns dos maiores nomes da Alemanha, na sua época: o Duque João Frederico, da Saxônia; o príncipe Joaquim II, de Brandemburgo, e o príncipe Augusto da Saxônia.[29]

A mais jovem dentre os quatro filhos sobreviventes, Margarethe tinha onze anos na época da morte do pai, porém já tinha idade suficiente para se lembrar dos momentos em que a família se sentava reunida à mesa para cantar, ou para ficar com os estudantes à noite, enquanto Lutero falava sobre vários tópicos. Ela se casou com um homem de sangue nobre, e eles moraram perto de Königsberg, onde o irmão Hans estava prosseguindo com seus estudos. Tal como ocorreu com sua mãe, suas gestações se sucediam uma após a outra. Ela morreu quando tinha trinta e poucos anos, de complicações advindas do parto do seu nono filho.[30]

Durante as duas décadas do seu casamento, Catarina pode ter ouvido, repetidas vezes, a perspectiva de seu marido acerca da maternidade. Talvez, em certos momentos, tenha sentido que não estivesse de acordo com padrões bíblicos. Porém, é mais provável que a maior parte das coisas que Lutero dizia, a partir da perspectiva bíblica e filosófica dele, de fato, não encontrasse ressonância nela — as coisas talvez entrassem por um ouvido e saíssem pelo outro. "Gere o filho e faça isso com todas suas forças!", declarou ele. "Se morrer no processo, então siga para a eternidade, melhor para você! Pois, na verdade, você estará morrendo em um trabalho nobre e em obediência a Deus".[31] Ela, obviamente, sabia que o reformador estava só falando da boca para fora e não queria dizer aquilo que estava expressando com palavras. Afinal, ele se preocupava com ela em cada um dos partos — e se desesperou quando quase a perdeu no último parto. Por que diria coisas assim tão impiedosas? Ele, obviamente, não queria dizer aquilo.

"Os homens têm o peito largo e lábios finos e, por essa razão, têm um maior entendimento que as mulheres" — alardeava Lutero. As mulheres têm "peito fino, lábios largos e corpos menores, para que possam ficar em casa, sentadas e para manter a casa, bem como para cuidar e criar os filhos".[32] Isto foi dito em 1531, quando Catarina, que, na verdade, mal tinha tempo para se sentar, estava grávida do seu quarto filho. Que grosseria!

Mas para Catarina, Martinho era um bom marido que, provavelmente, não acreditava nos insultos que ele mesmo falava a respeito das mulheres. Ela estava segura tanto quanto ao alto nível de respeito pessoal de Lutero por ela, como também à estima dele pelas mulheres em geral — uma estima que ele obtinha diretamente dos fundamentos bíblicos.

A maternidade era sagrada na mente de Lutero, e jamais houve uma mãe tão digna de honra como Catarina — salvo se estivéssemos falando de Eva. É interessante como o entendimento que Lutero tinha de Eva evoluiu ao longo dos anos. No ano de 1520, ele apresentou um retrato padrão negativo a respeito dela.

[O jovem Lutero] criticou a primeira mulher: "faladeira e supersticiosa", por ser a primeira a falar com a serpente [...] Ele a imaginava como uma mulher "simples", "fraca" e "pequena", que não deveria ter entrado em uma "disputa" que, desde o princípio, excedia seus limites; antes, deveria ter levado as perguntas do diabo ao homem, seu superior [...] O jovem Lutero também fez uma ligação entre a queda de Eva, neste caso, à sua sujeição à autoridade eclesial do seu marido.[33]

Durante seu casamento com Catarina, entretanto, a visão de Lutero mudou. Ele passou a encarar o texto com menos paixão, e passou a ter uma hermenêutica que não era mais formatada por uma cultura chauvinista. Na verdade, em meados da década de 1530 e início da década de 1540, ele não via mais Eva como inferior a Adão.

O velho Lutero — um homem casado que, agora, era pai de seis filhos — apresentou um retrato surpreendentemente alterado e imaginativo de Eva, tornando-a uma grande santa, uma mulher cuja fidelidade heroica merecia atenção e emulação. Em vez de fraca, supersticiosa e faladeira, ela agora se tornara uma "mulher heroica" [...] que entrou em conversa com a serpente por reconhecê-la instantaneamente como uma das criaturas sobre as quais ela havia sido posta, como uma "parceira no comando" [...] ao lado do seu marido, como comandante e cuidador. Era, além disso, uma excelente filósofa: "em parte alguma, isto é, nem no corpo, nem na alma [...] inferior ao seu marido, Adão".[34]

Eva, agora, era a parceira de Adão, no seu mesmo nível. O simples fato de o próprio Lutero reconhecer isto já é notório. Porém, em um plano mais amplo, Eva é muito mais do que, simplesmente, a mulher de Adão. Eva não era uma mera incubadora de quadris largos. Era a mãe de *todos os viventes* — e ela era a mãe *de toda sua vida*. O mesmo se dava com Catarina. A maternidade era muito mais do que, meramente, dar à luz a filhos. Com esse entendimento, a rendição de Lutero a Eva passa a ser extravagante — superespiritualizando o que Deus estabeleceu como procriação. Este era o velho Lutero, não como Catarina teria descrito a cena bíblica. Todavia, ela teria honrado o esforço dele em honrar Eva e honrá-la ao mesmo tempo: "Quando Eva foi trazida para Adão, ele se tornou cheio do Espírito Santo, e deu a ela o mais santificado e mais glorioso dos nomes. Ele a chamou de Eva, que significa: mãe de todos. Ele não a caracterizou como mulher; mas simplesmente como mãe — mãe de todas as criaturas viventes. Nisso está a glória, e o mais precioso ornamento da mulher".[35]

Tal como Eva, Catarina foi formada por Deus e pelo seu marido, não fundamentalmente como esposa, mas simplesmente como mãe. "Nisso", proclamou Lutero, "está a glória, e o mais precioso ornamento da mulher".

# CAPÍTULO 8

# *"A Estrela da Manhã de Wittenberg"*: *No Trabalho Antes do Sol Raiar*

"Se você quer que alguém faça um discurso", brincou a ex-primeira ministra britânica Margaret Thatcher, "peça a um homem; mas se quer que algo seja feito, peça a uma mulher".[1]

Apesar disso sempre ter sido dito no âmbito da política, o mesmo serviria nos arraiais religiosos em geral e, particularmente, onde vivia Lutero. Martinho era conhecido pelas suas palavras, Catarina, pelo seu trabalho. Na verdade, ela simplesmente admitia que ser uma mãe trabalhadora era seu papel — e trabalhava tanto dentro, como fora de casa.

A rotina diária de trabalho de Catarina, considerando a ausência dos equipamentos modernos, é difícil de ser imaginada. "Quem encontrará uma mulher assim?", pergunta o autor de Provérbios.[2] A resposta óbvia é que ela não pode ser encontrada — a menos que façamos uma viagem no tempo, à Wittenberg do século XVI, ao Mosteiro Negro. Essa mulher não é ninguém menos que Catarina von Bora, como descreve o autor de Provérbios:

> [Ela] escolhe a lã e o linho [...]
> Ela avalia um campo e o compra;
> com o que ganha planta uma vinha.
> Entrega-se com vontade ao seu trabalho;
> seus braços são fortes e vigorosos.
> Administra bem seu comércio lucrativo,
> e sua lâmpada fica acesa durante a noite [...]

Acolhe os necessitados
e estende as mãos aos pobres [...]
Seu marido é respeitado
na porta da cidade [...]
Ela faz vestes de linho e as vende [...]
Cuida dos negócios de sua casa
e não dá lugar à preguiça.
Seus filhos se levantam e a elogiam;
seu marido também a elogia.

(Provérbios 31:13,16–18,20,23–24,27–28)

A passagem, entretanto, parece, no geral, irreal, quase que artificialmente embelezada — especialmente para aquilo que esperamos encontrar na Bíblia. Onde está a dor de parto e morte dos queridos filhos? Onde estão as fraldas sujas e os pensionistas malandros, as palavras duras e os silêncios amuados? No mundo real da poeira e da morte, Catarina se enquadrava na descrição da mulher virtuosa de Provérbios 31, e mais. É verdade que sua lâmpada se apagava durante a noite, mas somente por algumas horas.

Com seis filhos biológicos e vários órfãos, a maternidade, como já vimos, acabou se tornando um emprego de tempo integral. Acrescente-se a isso os parentes adultos, estudantes e estranhos, e chegamos à conclusão de que ela quase não deve ter tido tempo para nada mais. Mas não foi bem assim. Na verdade, Catarina era uma viciada em trabalho, em parte porque ela não podia depender do marido para sua segurança financeira. Lutero já era homem de idade avançada quando Catarina se casou com ele, e a responsabilidade de prover o futuro dos filhos acabaria recaindo sobre ela.

Durante a maior parte da sua vida de casada, Catarina foi responsável por uma pensão. Salvo quando seu marido perdoava suas dívidas, jovens rapazes pagavam por hospedagem e alimentação no seu lar no Mosteiro Negro. Os albergues que oferecem cama e café da manhã, nos dias de hoje, não servem de comparação. Um termo que descreve com mais justiça aquele estabelecimento é *hospício*. O Príncipe Jorge de Anhalt, ao viajar para Wittenberg, foi advertido para não ficar no Mosteiro Negro, que, à época, era "ocupado por uma mistura de rapazes, estudantes, moças, viúvas, velhos e jovens". O autor lamentou isto, principalmente por causa das "muitas perturbações" que interferiam no trabalho do "homem bom, e pai honrado". A edificação de três pisos tinha "quarenta quartos somente no andar térreo" e "era, às vezes, tão caótica que é um milagre Lutero ter conseguido trabalhar ali".[3] No meio desse hospício, Catarina batalhava ao longo do dia, como se tudo fosse normal.

Ela era responsável por todas as refeições, pela limpeza do local, pelo cuidado com os livros e pela lavagem das roupas. Quando estava crescendo, ouvi falar das velhas pensões do passado. Hoje, lamento por não ter feito mais perguntas a respeito delas. Sharon Hunt nos oferece mais informações:

> Nos dias de hoje, as pensões são verdadeiramente uma relíquia. O seu auge foi durante o século XIX e início do século XX [...]. Muitas pensões em bairros habitados por trabalhadores eram sujas e não ofereciam qualquer tipo de privacidade; dormir na mesma cama com estranhos não era incomum. Homens com mais dinheiro para gastar conseguiam assegurar para si quartos limpos e privados, uma melhor alimentação e, até mesmo, água quente para fazer a barba [...]. [A minha avó], relutantemente, abriu a casa para pensionistas quando o meu avô machucou as costas e não pôde trabalhar por um longo período. Com cinco filhos menores de seis anos, duas cunhadas e uma sogra, além dela mesma e do marido para alimentar, ela não teve outra escolha.[4]

A situação de Catarina, provavelmente, não era muito diferente daquela vivida pela avó de Sharon. Logo depois de se casar com Martinho, ela ficou grávida — o que ocorreria mais cinco vezes nos seis anos seguintes. Lutero não podia alegar um ferimento nas costas para explicar a falta de dinheiro, porém, a realidade era que ele não tinha um salário regular. Para complicar ainda mais a situação, o Mosteiro Negro estava bastante deteriorado. Porém, Catarina, uma hábil administradora do lar, era capaz de multiplicar uma pequena quantidade de dinheiro e, ao mesmo tempo, colocar limites para o desleixo financeiro do seu marido.

A referência que Martinho fez a ela como "estrela da manhã de Wittenberg" era apropriada.[5] E, nos seus tempos de convento, ela levantava às quatro da manhã, ou pouco tempo depois, mas não para tomar parte num culto de adoração comunitário. Ela se levantava antes do nascer do sol para trabalhar e, normalmente, prosseguia trabalhando até o anoitecer. Seis horas de sono eram um luxo para ela. A maior parte das tarefas diárias envolviam trabalho manual desgastante, porém não existe evidência de Catarina ter considerado sua labuta enfadonha. Na verdade, às vezes suspeitamos ter uma noção da sua alegria ao supervisionar o trabalho na cozinha e na horta.

É razoável supormos que sua ética no trabalho foi modelada no convento. Na verdade, desde seus cinco anos até sua morte, Catarina morou em um convento — salvo por dois anos, anteriores ao seu casamento, em que viveu em casas particulares. A sua residência, depois de casada, era o velho Mosteiro Negro construído com tijolos vermelhos, cujo nome vinha da roupa negra usada pelos monges. Porém, apesar de viver na clausura, ela podia ser qualquer coisa, menos uma mulher enclausurada.

O que a mantinha dentro daquelas paredes era uma carga de trabalho sempre crescente. Enquanto supervisionava aquela grande casa, ela podia ter sentido como se tivesse quase a autoridade de uma madre superiora sobre um convento fora do controle. Como a madre superiora, ela não poderia simplesmente largar tudo, exceto para viagens de negócio fora da cidade — embora, às vezes, talvez para fugir da pressão. Ela gostava muito do ar do interior nas suas fazendas.

Martin Treu argumenta que Catarina era muito mais do que simplesmente uma *dona de casa*, antes era o que consideraríamos hoje uma "gerente de uma empresa de médio porte com baixo índice de produtividade". [6] Ela, certamente, era muito mais do que uma *hausfrau* do século XVI, mas falar de uma "empresa de médio porte" acaba também não sendo uma descrição justa. Fora as organizações sem fins lucrativos, existem poucos negócios comparáveis, nos nossos dias, que exigem tamanha diversidade de aptidões e conhecimento. Porém, a exemplo de muitas empresas, sua pensão e suas fazendas nem sempre eram empreendimentos que davam lucro. Tampouco *pensão* seria um termo verdadeiramente exato para se descrever o que ali ocorria, porque muitos dos residentes não pagavam nem pelo quarto, nem pela comida.

Talvez a melhor maneira de se descrever a incrível complexidade do seu trabalho seja comparando ao administrador geral de uma fazenda, horta e albergue médico-monástico que abrigava sua família estendida, viajantes e um número significativo de pessoas que dali dependiam para estadias. Tudo isso enquanto ela mesma tinha os seus filhos e recebia órfãos. Na verdade, houve momentos em que até trinta estudantes estavam morando no Mosteiro Negro, pagando pela hospedagem de várias formas.

O seu dia de trabalho era cheio de uma variedade de tarefas especializadas, algumas não consideradas tipicamente como obrigações apropriadas para a esposa de um ministro da Palavra. Ela era, segundo todos os relatos, uma das melhores mestras-cervejeiras de Wittenberg, uma aptidão pela qual seu marido muito a considerava. "Eu preciso ficar aqui mais tempo por causa do piedoso Príncipe", lamentou ele, enquanto estava longe, para longas reuniões. Ele tinha saudades dela, mas era mais do que isso: "Ontem, tive de tomar uma bebida ruim, e não gosto do que não é bom. Fico pensando no bom vinho e na boa cerveja que tenho em casa, bem como na bela esposa, ou devo dizer Senhora? E tu farias bem em me enviar a minha adega completa de vinho e uma garrafa da tua cerveja, do contrário não voltarei para casa antes de a nova cerveja estar pronta".[7]

O trabalho na fazenda por si só é um aspecto fascinante da vida de Catarina, mesmo ela tendo empregados trabalhando para si. O próprio Lutero gostava de cuidar da horta e, normalmente, ajudava no plantio e na colheita de grandes quantidades de vegetais. Ela não fazia da plantação um passatempo. A sua horta supria a família e os residentes com uma variedade de legumes e verduras, dentre os quais estavam os pepinos, melões, sucos, alfaces, repolhos, feijões, várias ervas e muito mais. Ela também era responsável pelos campos de cereais necessários para o trato dos animais, bem como pelos campos de trigo e cevada, itens críticos na produção de cerveja, gênero de primeira necessidade nas refeições.

Além de hortas, parreira, pomar (com maçãs, pêssegos, figos e amêndoas) e de campos, o complexo incluía um estábulo e pastos. Catarina criava galinhas, patos, cabras, cavalos, porcos e abelhas de mel, além de supervisionar um lago de peixes (no qual havia percas, lúcios, trutas e carpas). Ela estava envolvida em todos os aspectos do trabalho — até mesmo no abate do gado. Obtemos estas informações a partir de várias fontes, inclusive cartas do seu marido. Em uma carta de 1535, Martinho escreveu que sua Senhora Catarina estava ocupada com a plantação, preparando pastos e vendendo gado.[8] No fim de maio de 1538, depois de uma chuva intensa,

Lutero comentou com as pessoas à mesa como sua fazenda produtiva era um presente de Deus, como se ele estivesse fazendo chover moedas do céu — moedas na forma de repolhos, milho, cebolas, vinho e leite. "E como mostramos a nossa gratidão?", perguntava ele, sarcasticamente, "Crucificando o Filho Unigênito de Deus?"

Pode ter chovido milho e repolho, todos adquiridos sem custo — exceto, obviamente, pelo trabalho incansável de Catarina. E, segundo Martinho, ela trabalhava muito mais do que os servos. O que seu marido não disse nas suas cartas foi como ela ficou absolutamente furiosa quando percebeu que alguns estudantes estavam invadindo suas hortas ou árvores frutíferas à noite.[10] Os seus empreendimentos agrícolas continuariam a crescer ao longo dos anos e, em 1542, de acordo com uma declaração de imposto de renda, dentre todos os animais, a fazenda se orgulhava de ter várias porcas com seus leitões, uma cabra e dois cabritos, e quatorze vacas, dentre estes estavam incluídos bezerros de um ano de idade.[11]

Com chuvas e bom tempo, podemos imaginar isto como uma cena exótica da fazenda de Winslow Homer, onde Catarina reinava suprema. Só que as secas, as tempestades e os invernos rigorosos poderiam reverter tudo o que ela tinha conseguido com seu trabalho. Saqueadores e pragas devastadoras também provocavam destruição. Teria ela sonhado, em algum momento, em retornar ao convento, onde era somente incomodada pelos chamados à oração que antecedia o nascer do sol?

Alguns escritores afirmam que Catarina era conhecida pelo dom da hospitalidade. Entretanto, esta, provavelmente, não teria sido a expressão que ela teria usado. A esposa de Lutero recebia as pessoas na casa de maneira um tanto abrupta, enquanto cuidava das necessidades de forma eficiente. Percebendo sua vitalidade, ingenuidade e trabalho árduo, a escritora e herborista Sara Hall, de forma correta, descreve-a como "impossível de ignorar", com uma aura de "pura energia".[12] Na verdade, pura energia, talvez mais do que qualquer outra expressão, resuma quem foi Catarina von Bora.

A sua generosidade era, provavelmente, mais apreciada por pessoas que tinham adquirido alguma enfermidade. Ela era uma "mestra de ervas, unguentos e massagens".[13] O filho Paulo, doutor em Medicina, não considerava sua mãe uma médica *plena*, mas, com *metade* do seu conhecimento, era melhor do que muitos dos médicos da época. Lutero, segundo alguns relatos, era o paciente mais adoentado da Reforma, e ela era sua primeira cuidadora. Entre outras administrações, "[...] ela afastava Lutero do vinho e lhe dava cerveja, que servia como sedativo para a insônia e solvente para a pedra [nos rins]. [...] Quando ele estava longe de casa, como ele apreciava [e sentia falta] das suas administrações medicinais!"[14]

Ela era uma distinta jardineira, escreve Steven Ozment, "adquirindo reputação como herborista".[15] Entretanto, não existe registro de receitas dadas a partir de ervas naturais, nem quais plantas da sua horta ela utilizava para promover curas. A cura por meio de ervas medicinais era largamente praticada no século XVI, num período em que a Medicina científica ainda dava seus primeiros passos e, aos poucos, ganhava suas credenciais. As suas aptidões no cultivo de plantas foram, sem dúvida, adquiridas a partir das "grandes tradições da Medicina monástica", escreve Sara Hall.[16] Na verdade, as freiras alemãs conheciam muito bem Hildegard von Bingen, cujos escritos incluíam receitas de ervas para, praticamente, todos os males identificados naquela época. Fora do convento, a maior parte das cidades se gabava de ter uma curandeira — uma mulher especialista em medicina popular. Catarina servia nesta área aos seus familiares e pensionistas, bem como aos vizinhos. "É provável", escreve Hall, "que ela também cultivasse as mesmas ervas que eram, normalmente, plantadas nos conventos e mosteiros: arruda, sálvia, salsinha, hortelã, absinto, borragem, babosa, alecrim, artemísia, poejo, calêndula, gladíolo e manjericão".[17]

Para quem gosta de jardinagem, não é difícil imaginar seus canteiros de flores exuberantes — inclusive as ásteres, rosas, cravos, prímulas e lírios de todos os tons.[18] Ela se orgulhava da sua capacidade de cultivar o açafrão, uma especiaria cara e de difícil aquisição localmente.

Com mais aquisições de terra, a tarefa de supervisão de terras se expandiu, porém, apesar de tudo, sua principal responsabilidade ainda estava dentro do Mosteiro Negro. Entre as gestações, ela ficava sobrecarregada com as tarefas da casa, as quais incluíam a procura por lenha para aquecer aquele enorme abrigo nos meses de inverno. Parte da lenha vinha da sua propriedade em Zöllsdorf. Nessa localidade (bem como em outras), ela, por vezes, entrava em atrito com vizinhos. A lenha era somente uma questão.

As melhores madeiras eram cortadas, porém rapidamente arrematadas por outro comprador antes de Catarina fechar a negociação. Parte dessa madeira deveria ser serrada em tábuas para a reforma do Mosteiro Negro.[19]

A estrutura original foi ampliada no final da década de 1530 para acomodar ainda mais pessoas, e Catarina, como não era de se surpreender, foi a principal contratante para o grande acréscimo e para as reformas que agora incluíam um aposento para banho, uma cervejaria e estábulos para os animais. Segundo Martin Treu, correspondências indicam que Catarina, claramente, era a responsável pela tomada de decisões a respeito das reformas e do uso do espaço. Ela foi a pessoa que, aparentemente, posicionou o espaço vital da família nos fundos da construção, de onde ela podia cuidar dos animais e dos empregados.[20]

Uma nota de rodapé com relação ao projeto de ampliação parece moderna demais, embora, neste caso, não houvesse visitas surpresa de inspetores em busca de violações das normas de construção. Talvez por causa da má qualidade na construção, ou por falhas em alertar aos moradores com sinalização adequada, a escavação para o novo porão veio abaixo. Conta-se que este desastre poderia ter matado tanto o reformador, quanto sua esposa, em 12 de julho de 1532.

Ao longo da década de 1530, estudantes e apoiadores continuavam a disputar um espaço à mesa para ouvir e registrar as palavras do grande mestre. Porém, a casa estava também, às vezes, quase totalmente tomada por pessoas que buscavam somente abrigo. Alguns ficavam ali por longos períodos, inclusive várias das sobrinhas e sobrinhos de Martinho. Do lado de Catarina, os parentes incluíam sua tia que a ajudava no gerenciamento da casa, mas também Floriano, seu sobrinho. Os números variavam, em função dos hóspedes que iam chegando, normalmente sem avisar, mas Catarina poderia contar com aproximadamente quarenta residentes regularmente.[21]

Não havia como o Mosteiro Negro ser autossuficiente com tantos hóspedes, por isso o aumento contínuo de hortas e campos comprados e arrendados. Isto não era o que Lutero desejava, mas Catarina fazia o que era preciso fazer. Ela argumentava e o vencia com seu ponto de vista, relatou ele, "implorando e chorando".[22]

Todavia, mesmo com o aumento das hortas e campos, essa governanta faminta por terras não continuava contente. Ela entrou em contato com um parente distante para alugar sua fazenda — que era muito maior — por um ou dois anos apenas. Ela deixou claro que não desejava comprar a propriedade, aparentemente para calar as más-línguas que espalhavam a fofoca de que ela estaria disposta a fazer praticamente qualquer coisa para aumentar suas terras. Ela era uma negociante firme e consta que conseguia negociar arrendamentos a baixo preço. Apesar de Martinho ter sido chamado para assinar as compras anteriores de hortas, neste caso, ela mesma fez o contato por escrito e finalizou a negociação sozinha.

Só que este arrendamento não satisfez Catarina. Há muito tempo, seus olhos estavam voltados para uma fazenda que ficava a dois dias de distância. A fazenda de Zöllsdorf, anteriormente mencionada, era uma propriedade que ela conhecia bem, que há muito estava na sua família e, mais recentemente, tinha sido transferida para seu irmão. Se tivesse nascido homem, ela mesma poderia ter sido a proprietária daquela fazenda anos antes. Só que agora seu irmão estava financeiramente incapacitado de mantê-la. É fácil imaginar o desespero dela para comprar aquela terra para si mesma, antes que estranhos a adquirissem, mesmo sabendo que a propriedade (que incluía edificações em mau estado de conservação) exigiria melhorias significativas. Mas, além de tudo isso, como ela poderia estar falando sério, se fossem levados em conta a distância e o alto preço? A ideia era absurda. O ano era 1540 e ela estava com a casa cheia de filhos, sendo que o mais novo tinha cinco anos.

Dessa vez, entretanto, seu marido estava ao seu lado. Ela começara a pensar que Wittenberg não era mais seu lar. Os inimigos começavam a se multiplicar mês a mês. Nessa fazenda, ao sul de Leipzig, ele poderia, quem sabe, encontrar paz e tranquilidade. Entretanto, a possibilidade de essa aquisição manter a esposa longe de Wittenberg por longos períodos não correspondia ao conceito ideal de casamento de Lutero. Catarina, porém, era persistente.

Mesmo sendo verdade que ela desejava a terra da família, em parte por razões sentimentais, Catarina também estava motivada por uma crença profundamente enraizada nos seus genes, desde tempos antigos, de que a propriedade de terras é o mesmo que segurança financeira. Se as várias transações financeiras feitas por ela eram igualmente inteligentes, essa é uma questão controvertida por parte dos historiadores. Porém, considerando-se a época, marcada por tempo ruim, guerras e pragas repetidas; segurança não era algo facilmente adquirido — nem mesmo com terras. Todavia, a família Lutero, pelo menos enquanto Martinho esteve vivo, era muito mais financeiramente estável do que as outras famílias de Wittenberg. A principal diferença era que as outras famílias não tinham uma negociadora tão firme para transformar a pobreza em prosperidade. "O crédito da expansão econômica do reformador", escreve Martin Treu, "no fim das contas, é devido somente a Catarina".[23]

Poderíamos imaginar que a edificação da propriedade familiar, junto com as aquisições de terra, já fosse suficiente para uma mulher que cuidava da casa e de fazendas. Porém, se Catarina parece centrada na compra de terras com as quais seu marido não se empolga muito, não devemos nos esquecer dos seus esforços para negociar com publicadores a impressão e distribuição em grande escala das obras de Lutero. Numa ocasião, enquanto ele estava ausente, Lutero enviou uma mensagem para casa. "Catarina recebeu ordem para entrar na oficina de impressão, remover o manuscrito, e reenviá-lo para Rhau", outro publicador.[24] Essa foi uma tarefa que, como podemos imaginar, ela deve ter cumprido com muito prazer.

Mais que Lutero, ela fez um esforço consciente para conseguir uma remuneração justa, até mesmo para as palavras faladas do seu marido. Em certa ocasião, quando Catarina descobriu que os estudantes estavam vendendo as anotações feitas enquanto seu marido falava, ela insistiu que ele deveria começar a cobrar também dos estudantes. Ele redarguiu que já vinha ensinando de graça havia três décadas, e que *não* seria agora que começaria a pedir dinheiro por isso.[25]

A oposição de Martinho à venda que Catarina queria fazer das próprias palavras dele parece ter sido resolvida, mas ela continuou a lutar pelos direitos financeiros do marido. Ela era ávida em servi-lo no seu trabalho como professor, sempre preparada para fazer uma festa, caso sua profissão assim exigisse. Uma ocasião típica fica aparente a partir de uma das suas cartas que reconhecia dois dos seus amigos que recentemente haviam recebido a graduação de doutorado. Presume-se que Catarina também era mestre na cozinha, o tipo de pessoa que estava sempre preparada para fazer um saboroso ensopado, até mesmo com pardais e tudo o mais. E, se o ensopado não estivesse muito bom, quem se importava ao consumir canecas de melhor cerveja que ela mesma produzia?

> Espero que você tenha recebido as cartas e as disputas, com as instruções, enviadas por uma pessoa muito incompetente, para ensiná-la o que dizer na cerimônia de colação de grau de doutorado; e agora a nossa cozinheira-mestra, Catarina, insiste que vocês [...] nos enviem aves e o que puderem encontrar na sua região de criaturas aladas [...]. Só não nos enviem corvos, mas podem mandar pardais em qualquer número [...] e se puderem conseguir uma lebre, ou atirarem em algo fácil, ou comprarem alguns vegetais, enviem-nos também, pois o principal é que todos tenham algo para comer, pois não devemos depender somente da cerveja. Catarina preparou quatorze barris, nos quais ela colocou trinta e dois cestos de malte para se adequar ao meu gosto.[26]

Lutero prossegue apresentando uma visão geral da situação política deprimente e, depois, conclui com seu famoso otimismo e bom humor a respeito da sua "cozinheira-mestra":

> Porém, Cristo vive, portanto regozijemo-nos mesmo em meio à fúria dos demônios e dos homens, desfrutando as boas coisas da vida, até que eles cheguem a um fim miserável, especialmente se vocês nos honrarem com sua preciosa companhia, com seus cativos, que, sob a influência da nossa cozinheira-mestra, ficarão retidos no cativeiro das panelas. Minha Catarina e todos os demais saúdam a vocês, respeitosamente.[27]

A arte cervejeira de Catarina tem chamado a atenção de muitos cervejeiros artesanais dos tempos atuais. E os cervejeiros alemães são particularmente orgulhosos de a terem como parte da sua herança e incluem este fato nos seus anúncios de cervejas leves: "Quem acreditaria que as cervejas leves têm 450 anos de história?", diz o comercial da Würzburger Hofbräu. "A cerveja produzida por Catarina von Bora [uma talentosa cervejeira muito preocupada com a saúde] era bem leve, com menos de dois por cento [...]. A redução do conteúdo de álcool significa [...] fácil digestão, 40% a menos de álcool e calorias quando comparamos com [...] o sabor da Pilsner pura."[28]

Enquanto era anfitriã de grandes reuniões, em meio a todo o restante do seu trabalho, Catarina arrumava tempo para aconselhamento informal. Ela não era terapeuta — tampouco uma autonomeada *coaching* de vida —, mas aconselhava hóspedes que precisavam de ajuda. Na verdade, já no ano de 1528, ela abriu o Mosteiro Negro para uma freira fugitiva, a Duquesa Úrsula de Munsterberg. A exemplo de Catarina, Úrsula tinha sangue nobre e havia sido colocada em um convento ainda em tenra idade — no seu caso, como órfã. Apesar de o Convento Madalena ficar a três dias de viagem, e Úrsula ter saúde frágil, ela estava determinada a seguir para Wittenberg, onde, junto com duas outras freiras fugitivas, encontraria um abrigo seguro, ao lado de Catarina e do grande reformador. Úrsula, acompanhada por Doroteia e Margarete, havia escapado pelo portão do convento e caminhado até uma cidade próxima — e sem nenhuma carruagem prateada puxada a cavalos para carregá-las na calada da noite. Logo depois de elas terem chegado a Wittenberg, Martinho Lutero partiu para participar de reuniões.

As quatro ex-freiras, aparentemente, tinham muito em comum: todas fugiram do território do temido Duque Jorge. Que conversa não deve ter sido — uma freira fugitiva satisfeita, bem resolvida e celebrada encorajando três outras que devem ter se sentido deslocadas no mundo exterior. Não é difícil imaginar Catarina deixando-as à vontade e desfrutando de algumas queixas e brincadeiras das internas.

Ao contrário de Catarina, Úrsula era uma escritora ávida por contar sua história num folheto — a história dos motivos por que ela não conseguiu mais viver sob as regras do convento. Embora a vida no convento, que exigia jejuns e interrupções no sono, tivesse afetado sua saúde, ela conseguiu articular seus argumentos para abandonar o convento em termos teológicos. As suas palavras fazem eco às de Martinho, cujos panfletos haviam influenciado sua fuga. Aqui, ela insistia que a fé em Cristo era a única esperança para a salvação e que a alegação de que os votos monásticos, como o batismo, purificam-nos do pecado não era nada mais do que blasfêmia.[29]

O Duque Jorge, ainda ressentido com a fuga de Catarina e de onze outras freiras de um convento sob sua responsabilidade cinco anos antes,

"A Estrela da Manhã de Wittenberg": No Trabalho Antes do Sol Raiar

ficou furioso com a fuga de Úrsula, particularmente porque ela era uma duquesa de uma família importante. Não menos furioso ficou ele com o que considerava propaganda vil publicada em um folheto que tinha uma nota adicional de Lutero. O que ele deveria fazer? Enviar soldados para Wittenberg e prendê-la? Úrsula aguardou seu tempo e, depois de dois meses, ela e suas freiras irmãs buscaram abrigo em outro local, onde conseguiram moradia segura de forma mais permanente. A saúde frágil de Úrsula, entretanto, persistia, e ela morreu em 1534, deixando todos seus bens terrenos para sua irmã freira, Dorotéa.

Úrsula, Dorotéa e Margarete, seguramente, não foram as únicas a se beneficiarem do ministério bondoso de Catarina. A exemplo da mulher virtuosa de Provérbios 31, Catarina abria os braços para os pobres e enfermos — e não somente a freiras fugitivas. Ela era uma pessoa com quem se poderia contar em momentos de necessidade, mas jamais perdeu sua prioridade número um na vida: o marido — um mestre, pregador, escritor, orador que atraía dezenas de estudantes ao Mosteiro Negro. Não havia competição entre Catarina e ele. Ela o apoiava com sinceridade, sabendo que os estudantes certamente não se reuniam ali para ouvir as "conversas de mesa" dela. O seu marido era a atração — uma valiosa *commodity*. Assim, sua casa era um negócio que também visava ao lucro. Os estudantes não seriam aproveitadores, enquanto ela estivesse ali cuidando das coisas. Catarina conhecia seu lugar. Ela era esposa, mãe e provedora do pão.

Entre todos seus parentes, amigos e pensionistas, Catarina mantinha uma operação eficiente. "Ela costuma parecer avarenta e, até mesmo mesquinha na sua busca por dinheiro, e temos muitas pistas de que os moradores de Wittenberg não gostavam dela", escreve Richard Marius. Ela era uma chefe austera, não somente com os servos, mas também com Lutero. Ele era conhecido pela sua generosidade, ao passo que Catarina "mantinha o olhar no resultado final".[30]

Existe uma antiga história que aprendi quando criança sobre um marido que reclamava do seu trabalho no campo porque era muito mais pesado do que o trabalho da sua esposa em casa. Até que, um dia, ela sugeriu que eles trocassem de papel. Ela, então, terminou todo seu trabalho no campo e, quando chegou a casa, no final do dia, descobriu que tudo havia desandado. Tamanha era a bagunça que seu marido, depois de uma série de contratempos, acabou caindo de cabeça do alto da chaminé dentro de um pote de mingau!

Catarina deve ter sorrido diante dessa história, mas ela, dificilmente, tinha alguma relação com sua rotina diária. Ela fazia o trabalho tanto do marido, como da esposa: alimentava os porcos e galinhas, ordenhava as vacas, batia a manteiga, triturava a ração, limpava a casa, lavava as roupas, preparava as refeições, tudo isso enquanto trabalhava nos campos — e tudo isso era muito apreciado pelo seu marido, que passava seus dias pregando, ensinando, debatendo, participando de reuniões, escrevendo livros, brincando com os filhos e conversando à mesa. Haveria alguma outra história do folclore alemão que pode ser encontrada nesse relato? Caso haja, precisa ser registrada para a posteridade.

---------- CAPÍTULO 9 ----------

# *"Esculpindo da Pedra uma Esposa Obediente": Forçando os Limites de Gênero*

A Reforma abriu caminho para a igualdade de gênero, ao abrir as portas para a mulher no ministério e na vida pública, e as mulheres se levantaram para esta ocasião, livrando-se das suas algemas. Verdadeiro ou falso? Ou será que essa nova fé protestante fechava portas? A era da grande madre superiora governante estaria chegando ao fim? "Teriam os reformadores protestantes, de algum modo, promovido a causa da mulher na igreja e na sociedade?", pergunta Mickey Mattox. "Uma fonte para esse debate é a Teologia de Martinho Lutero e sua própria vida e prática, especialmente no relacionamento com sua esposa Catarina von Bora. Lutero, às vezes, é retratado como um exemplo em termos de direitos das mulheres na Igreja, porém sua voz firme também já foi invocada como um baluarte final contra as reivindicações 'feministas'".[1]

Jamais me esquecerei do dia em que estava lecionando um curso de História da Igreja no Seminário Teológico Fuller no início da década de 1990. Era uma turma grande, formada em sua maioria por homens, mas com cerca de uma dúzia de mulheres. Eu não havia, na verdade, percebido nenhuma divergência de gênero enquanto abordávamos o tema da Igreja Medieval. Tanto os homens, como as mulheres pareciam estar totalmente engajados.

Subitamente, as coisas mudaram no dia em que chegamos a Martinho Lutero e ao ano de 1517 — tanto para mim, como para todas as outras pessoas.

Eu estava com ares de celebração. Quando o relógio bateu às nove da manhã, os estudantes se levantaram e cantaram *Castelo Forte é o Nosso Deus*, enquanto alguns atrasados ainda estavam entrando em sala. As vozes dos homens preencheram cada centímetro quadrado da sala e reverberaram pelos corredores. Se as mulheres participaram desse hino, suas vozes foram suprimidas. A preleção e o debate se seguiram.

Porém, como não tinha percebido o tom exato do humor em sala de aula, *continuei* sem entender o que estava ocorrendo. Não percebi certo mal-estar entre as mulheres — não antes do dia seguinte, até que a maior parte delas teve tempo para conversar entre si. Inicialmente, elas aguardaram pacientemente. Até que falei algo sobre as oportunidades que a Reforma trouxe às mulheres. Só então elas começaram a atirar contra mim, quase como se tivessem suas próprias 95 teses escritas e preparadas justamente para aquele momento. Fiquei estarrecida, por estar completamente alheia ao que ocorria. Não marchamos também ao som do mesmo tambor e não fizemos nossa entrada triunfal dentro da Reforma?

Uma mulher se levantou sozinha, opondo-se às outras moças estudantes. Ela se aproveitava de todas as oportunidades para falar sobre sua própria transição das trevas do catolicismo para a luz da verdade. Mas não deixei nem ela nem os moços protestantes — agora na defensiva — dominarem o debate.

Era crítico permitir que a voz daquelas moças trouxesse o equilíbrio. E eu logo percebi que elas haviam, corretamente, diminuído o tom do meu triunfalismo. Talvez, se eu tivesse feito uma preleção sobre Catarina von Bora, aquelas estudantes tivessem outra reação, especialmente se falasse de algumas das brincadeiras que Lutero fazia sobre o casamento: "Eu sou um senhor inferior, ela é superior; eu sou Arão, ela é o meu Moisés".[2]

É importante notar, entretanto, que uma séria degradação das mulheres era comum tanto entre católicos como entre os protestantes. "Entre 1487 e 1623", escreve Gerhild Williams, "o lugar das mulheres na sociedade do norte da Europa, na família, e até mesmo dentro delas mesmas, tornava-se cada vez mais precário [...]. A polêmica sobre sua inferioridade física, mental e espiritual se tornou tão profunda, que acabou afetando as mentes tanto de homens, como de mulheres".[3]

"Esculpindo da Pedra uma Esposa Obediente": Forçando os Limites de Gênero    139

O espaço aqui não permite uma análise séria do debate de gênero "católicos *versus* protestantes" no que diz respeito ao século XVI. É suficiente dizer que a minha própria posição, nos dias de hoje, é muito mais atenuada do que era um quarto de século atrás, na década de 1990. Além disso, desde então e a partir da ascensão do Papa Francisco, tem havido uma tendência positiva generalizada e saudável entre católicos e protestantes.

Porém, a celebração do aniversário de 500 anos da Reforma me faz voltar aos avanços reais que o movimento trouxe às mulheres. As palavras de muitas das madres superioras medievais, normalmente, parecem artificiais. Na verdade, as vozes das mulheres eram, com muita frequência, autenticadas por visões do alto. No entanto, eu quero ouvir suas próprias vozes, e não suas supostas orientações da parte de Deus — embora, obviamente, essas *fossem* suas próprias vozes. Os reformadores protestantes — homens e mulheres — apoiaram as reivindicações religiosas delas com sua interpretação da Escritura, e eles discutiam entre si mesmos.

Argula von Grumbach lançou-se contra os católicos, Katherine Zell contra os outros reformadores, sem necessidade alguma de alegar qualquer revelação especial da parte de Deus. Porém, entre as mulheres da clausura, experiências visionárias frequentemente as transportavam para dentro do papel sacerdotal que a Igreja lhes negava, dando-lhes, nas palavras da historiadora Carolyn Bynum, "autorização direta para atuar como mediadoras de outras pessoas"[4] — rendendo a elas também um papel singular na definição da tradição da igreja.

Como, por exemplo, a imaculada concepção de Maria (o fato de ela ter nascido e sempre ter permanecido sem pecar) é crível? Se a doutrina foi, verdadeiramente, confirmada por Deus em visões tanto para Birgitta da Suécia e Catarina de Siena, não pode haver nenhum tipo de protesto. Porém, a perspectiva *protestante* exigia apoio espiritual e oferecia às pessoas comuns um senso ampliado de empoderamento para expressarem seu ponto de vista acerca das questões religiosas. Nisso, as mulheres se engajaram, retrucando autoridades religiosas — bem como seus maridos.

Até iniciar as pesquisas para este livro, eu tinha na ponta da língua as três grandes mulheres da Reforma, caso alguém me perguntasse a respeito. Eu as identificava, começando pela mais velha: Argula von Grumbach,

Katherine Zell, e Renée de Ferrara. Elas eram sérias manifestantes religiosas, mas Catarina não fazia parte desse grupo. Desde então, cheguei à conclusão de que, de maneira bastante significativa, Catarina contribuiu mais para o movimento protestante do que aquelas três mulheres juntas. Sem elas, a Reforma do século XVI, certamente, teria perdido um pouco da sua vitalidade, porém o conteúdo e a forma não teriam sido muito diferentes. Esse já não é o caso, se Catarina não fizesse parte desse quadro. Todavia, essas mulheres adicionaram um sabor e um tempero que a maioria dos historiadores falhou ao não detectar.

Sete anos mais velha do que Catarina, Argula tomou a dianteira no início da década de 1520, com ousadia e sangue nobre bávaro, para defender aqueles que seguiam Martinho Lutero. Como já vimos, ela apareceu diante da Dieta de Nuremberg e também escreveu cartas e folhetos defendendo a fé reformada na Alemanha. Ao fazer isso, colocou em risco a posição do marido no tribunal; foi acusada de negligenciar os filhos e arriscar a própria vida. Ela havia, claramente, violado o papel que se esperava de uma mulher.

Katherine Schütz Zell cresceu em uma grande e próspera família em Estrasburgo, onde recebeu educação de primeira classe. Ao contrário de Catarina, ela não foi forçada a entrar na vida religiosa. Na verdade, sem ter sido forçada a nada, acabou se tornando profundamente interessada em questões espirituais e teológicas em idade bem tenra. Até que, em meados dos seus vinte anos, ela sentiu um chamado para ser esposa de um ministro — talvez o primeiro chamado deste tipo na história cristã. Nas palavras de Elsie Anne McKee, ela "ficou convencida que de havia sido chamada para se casar com Mateus Zell como expressão da sua fé em Deus e do seu amor pelo próximo".[5] Os primeiros protestantes, ao contrário dos católicos, não ofereciam qualquer oportunidade para mulheres solteiras no ministério em tempo integral. Porém, como esposa de pastor, Katherine encontrou muitas oportunidades para o ministério em Estrasburgo. Depois da morte do marido, ela ficou na defensiva a respeito do seu próprio papel como pregadora na Igreja.

Renée de Ferrara foi uma princesa que se casou com o neto do Papa Alexandre VI, Ercole II d'Este — um casamento politicamente arranjado,

"ESCULPINDO DA PEDRA UMA ESPOSA OBEDIENTE": FORÇANDO OS LIMITES DE GÊNERO

para sermos mais claros. O fato de papas terem filhos e netos fazia parte da vida, algo que Lutero denunciava repetidamente. Ela era quase dez anos mais nova do que Catarina, e se casou com dezoito anos, três anos depois do casamento de Catarina, em 1525.Além da idade, havia mais coisas que as separavam. Renée fazia parte da realeza, e suas conexões protestantes se davam com João Calvino, cuja reforma em Genebra não começou antes de meados da década de 1530, quase duas décadas depois de Lutero. A exemplo de Argula e Katherine, Renée era comprometida com os ensinos reformados, e a exemplo delas, também foi acusada de sair da linha no seu papel de mulher.

Apesar de Catarina jamais ter falado em desigualdade de gênero, sua ideia de igualdade era muito semelhante à delas. Mas quando a comparamos com as outras, uma diferença significativa era seu estado civil. Argula e Renée, no seu compromisso com a Reforma, assumiram sérios riscos ao se casarem com oponentes do movimento. Na verdade, ambas enfrentaram graves consequências em uma época em que a pena de morte, normalmente, era tão comum como uma estaca, uma pilha de madeira e uma tocha acesa. Catarina e Katherine, por outro lado, eram casadas com reformadores que apoiavam suas esposas, mesmo que isso se desse de maneiras bem distintas. Katherine, cujos dois únicos filhos morreram ainda na infância, trabalhava ativamente ao lado do marido, escrevendo panfletos e hinos, e encabeçava vários ministérios humanitários, ao passo que Catarina estava absorta nos trabalhos de casa e nos negócios da família. Nenhum dos maridos, entretanto, apoiava exteriormente a igualdade de gênero.

Dos quatro maridos, Martinho Lutero era o mais entusiasta na defesa da liderança masculina. E, entre as mulheres, Catarina considerava a igualdade de gênero como algo tranquilo e agia abertamente segundo esse princípio. Na verdade, aqueles quatro homens ilustram as questões de gênero que têm surgido, tanto agora, como naquela época. Um aspecto interessante da igualdade entre os evangélicos é a natureza dupla da discussão. Uma é a teoria versus a prática; a outra é o ministério versus o casamento. A principal questão para Argula, Katherine e Renée dizia respeito à igualdade no ministério e nos assuntos eclesiásticos. Todas as três corriam numa pista com barreiras quando ultrapassaram os limites aceitos à época. Catarina, entretanto, não tinha qualquer aspiração de defender publicamente a fé, como faziam Argula e Katherine, ou de votar nas reuniões do sínodo, como Renée.

Para Catarina, a questão dizia respeito à liderança do homem no casamento. Ao contrário das suas irmãs reformadoras, entretanto, jamais a encontramos defendendo a igualdade. Martinho poderia falar de forma magnânima, tal como gostava, sobre o tema, só que ela tinha trabalho a fazer e decisões a tomar. E falar de forma magnânima era o que ele fazia, seja na Igreja, ou à mesa. A exemplo de outros ministros, Lutero tinha grande capacidade de extrair regras da Bíblia onde nenhuma existia. Pregando sobre Gênesis numa ocasião, ele concluiu que a mulher precisa se submeter ao homem, particularmente uma esposa ao seu marido. A mulher deveria se sujeitar à autoridade do marido e morar onde quer que ele escolhesse. Somente uma insensata se esquivaria de tais admoestações. A mulher não é capaz de tomar decisões e, portanto, é completamente inadequada para a liderança, ou para preencher qualquer nível de posição de governo — "incapaz de governar cidades e territórios etc." Apesar de que, como dizem as Escrituras, ela poder dar conselhos ao homem, mas isso muito raramente.[6]

A sua primeira afirmação quase provoca risos, considerando-se as instruções de Gênesis: "deixará o homem pai e mãe e se unirá à sua esposa". E também sua afirmação de que o aconselhamento da mulher é coisa rara — de onde ele tirou isto? Isso acontece repetidas vezes nas Sagradas Escrituras, particularmente em Gênesis. Nenhum dos grandes patriarcas teve esposas particularmente submissas. Nem Abraão. Nem Isaque. Nem Jacó. Na verdade, quando investigamos as mulheres na Bíblia hebraica, elas costumam agir mais como Joquebede, Miriã, Jael, Tamar, Abigail, ou Gômer — que dificilmente comporiam um harém de mulheres submissas ou bajuladoras. E quanto ao governo de "cidades e territórios"? Débora não governou de forma mais efetiva do que qualquer outro juiz de Israel?

Algumas das afirmações de Lutero não são datadas, e podemos perdoar-lhe sua ignorância a respeito dos relacionamentos matrimoniais, antes de selar sua aliança com Catarina. E, algumas das suas posições mudaram gradualmente, particularmente, como já vimos, quanto à sua avaliação acerca de Eva e do seu lugar junto a Adão. Porém, muitos de seus discursos inflamados eram tão excessivos e absurdos que nenhum tipo de desculpa é válido. Algumas das afirmações de Lutero são abertamente chauvinistas e chocantes para o nosso ouvido contemporâneo. Até mesmo uma mulher madura, disse ele, é mais fraca tanto em corpo, quanto em espírito do que um homem — nem mesmo uma adulta formada, pois acabava sendo "meio criança", uma meia mulher. Assim, o marido, como se fosse um pai, acaba cuidando de uma menina.[7]

O que passava pela cabeça de Lutero? Não há evidência nenhuma de que sua mãe, que carregava uma grande vara quando o assunto era a disciplina dos filhos, tinha um espírito fraco ou, de alguma forma, agia de maneira infantil. Tampouco era Bárbara, a esposa do seu amigo artista, Lucas Cranach — e, certamente, isso não se aplicaria a Catarina von Bora. Analisando este tipo de insulto de gênero, pode-se imaginar que Martinho Lutero tinha uma insegurança incomum com relação à sua própria masculinidade.

Como Catarina lidava com estes insultos? Ela parece ter seguido simplesmente seu próprio caminho e, como tal, representa um modelo marcante para as mulheres dos nossos dias, seja no enfrentamento da discriminação no casamento ou no ministério. É certo que seu marido promovia a superioridade masculina, mas essa posição parece ter tido pouca relação com a forma como ele mesmo estruturava seu casamento. Lutero, apesar de toda sua fama e capacidade de liderança no âmbito da Reforma Alemã, era um homem frágil, tanto física, como emocionalmente. Catarina sabia disso melhor do que qualquer outra pessoa. A sua força era proporcionalmente inversa à fraqueza dele.

Ficamos curiosos em saber por que Martinho achava necessário se encostar-se em Catarina. Ele admitia que estava feliz em entregar a ela o governo da casa, mas insistia que jamais concordaria em "se deixar controlar" por Catarina, insistindo que este tipo de casamento era "o vício da época".[8] Todavia, ele mesmo admitiu que sua própria casa estava tomada pela tendência da época: "A minha esposa pode me persuadir de qualquer coisa que desejar, pois só ela tem o governo da casa em mãos. Entrego voluntariamente a direção dos assuntos domésticos, mas desejo que os meus direitos sejam respeitados. O domínio das mulheres nunca fez nada bom".[9]

Bem, poderíamos perguntar, se o domínio das mulheres nunca fez nada bom, por que Martinho Lutero permitiu que ela administrasse uma residência assim tão grande? E foi isso exatamente o que fez Catarina. Jamais lhe ocorreu tentar escrever os sermões de Lutero, ou dizer a ele como deveria responder a um oponente teológico (apesar de ela tê-lo persuadido a responder a Erasmo quando ele estava relutante a fazê-lo). Isto não fazia parte do âmbito dos seus interesses e especialidades. Porém, no que dizia respeito às questões da casa e de todas as propriedades e empreendimentos, que afetavam de forma tão significativa o casamento dos dois, era ela quem estava no comando. Ela era capaz — era qualquer coisa, menos uma esposa infantilizada. E ele, diga-se de passagem, é que era o espírito frágil. Com certeza.

Numa ocasião, enquanto Lutero estava conversando com Justus Jonas e outro amigo no seu jardim, Jonas lamentou "que as mulheres estavam se tornando as nossas senhoras" (talvez tendo Catarina em mente). O outro amigo, um membro do concílio da cidade de Torgau, acrescentou: "é verdade, lamentável!" Lutero, aproveitando-se da sua própria experiência, concordou: "Mas precisamos ceder, senão não teremos paz".[10] Quando eu li isto, não pude deixar de sorrir. Porém, não há motivo para imaginar que Catarina era senhora sobre Martinho, ou que queria dominá-lo. Antes, era decidida, eficiente e mentalmente estável e, para administrar adequadamente a casa e as finanças, teve de tomar a dianteira. Era simples assim: uma perspectiva muito moderna de como fazer funcionar um casamento mutuamente satisfatório.

Havia muitos colegas e conhecidos de Lutero na cidade que não gostavam de Catarina e não temiam dizê-lo. Dentre estes estavam Conrad Cordatus, Caspar Cruciger e João Agrícola que, segundo Ernst Kroker, "diz-nos tacitamente que ela tinha um poder sobre ele como nenhuma outra pessoa".[11] Na verdade, Cordatus fez comentários depreciativos sobre Catarina nas suas anotações das *Conversas à mesa*. Ele ficava especialmente incomodado com os "longos discursos dela" e por ela "interromper o marido no meio das conversas mais interessantes, caso a comida tivesse esfriado".[12] Numa ocasião, de forma bem-humorada, Lutero deu as boas-vindas a um convidado, dizendo: "Aceite seu humilde anfitrião, pois ele é obediente à sua senhora". Cordato anotou com raiva: "Isso, sem dúvida nenhuma, é verdade!"[13] Filipe Melâncton se referia a Catarina com a *despoina* (a palavra latina para "déspota") da casa.[14]

Algumas pessoas têm afirmado que era Catarina quem incentivava Martinho a atacar os outros. Só que, na verdade, o oposto é verdadeiro. Numa ocasião, ela insistiu com ele para resolver suas questões com João Agrícola, um amigo do passado que Lutero, agora, considerava como inimigo por ter desvalorizado a lei em favor da graça. "Em vão Frau Elsa e Frau Catarina tentaram intervir", escreve Kroker. "Os apelos urgentes de uma e as lágrimas de outra não foram suficientes para mudar sua mente".[15] Lutero insistiu que Agrícola deveria recuar da sua posição teológica sob o risco da perda da sua amizade, uma decisão que impactou negativamente a amizade de Catarina com Elsa.

No que diz respeito à igualdade das mulheres no ministério, Lutero insistia que elas não deveriam obter permissão para pregar. Quando alguns dos radicais permitiam que mulheres subissem ao púlpito, ele considerava a ideia absurda. O lugar da mulher era em casa, e não nos negócios públicos: "Mulheres falam demais, mas não têm entendimento, e quando tentam falar sobre coisas sérias, elas falam tolices".[16] Como já vimos, esse tipo de linguagem não se coaduna com a atitude de Lutero em relação às mulheres na vida pública — especialmente se elas estivessem trabalhando para a causa da Reforma. Argula von Grumbach foi elogiada pela sua coragem — sendo que ela se levantou sozinha em favor dos princípios reformadores em meio a muitas perseguições. E Martinho trabalhou ao lado de Úrsula de Münsterberg enquanto esta preparava seu panfleto.

Katherine Schütz Zell havia utilizado terminologias autodepreciativas para abrir portas, insistindo que ela tinha tanto direito de falar da Palavra de Deus, quanto a jumenta de Balaão. E ela não estava falando somente por si mesma. Embora não passasse de "um pedaço da [sua] costela", ela contava com o apoio "daquele homem abençoado chamado Mateus Zell".[17] O casamento de Katherine com Mateus, em dezembro de 1523, foi chocante para as pessoas de Estrasburgo, tal como viria a ocorrer mais de um ano depois no casamento de Catarina com Martinho. Quando a notícia do casamento de Lutero se espalhou, Catarina parece ter ficado em silêncio, ao passo que Martinho rebateu os críticos. Não foi assim com Katherine Zell. Ela ficou furiosa que seu casamento fosse considerado um escândalo. Com suas palavras escritas, ela alegou uma alta posição moral, insistindo que o casamento clerical era muito superior do que a prática comum na qual o padre vivia com uma mulher, ou pior ainda, ficava seduzindo uma mulher após a outra.

Será que Mateus ficou incomodado com Katherine pela sua negligência em cuidar da casa? Ele a espancou por andar fora da linha? Havia rumores de que ele fez isto, e ela ficou furiosa. Não, ela não estava negligenciando suas obrigações na casa — "Eu jamais tive uma criada" e "quanto a ele me surrar, eu e o meu marido nunca tivemos nem 15 minutos de discussão".[18] E o que dizer de Martinho Lutero e Catarina? Ao falar de um homem que perdeu sua liberdade quando se casou com uma mulher abastada, Martinho disse: "Eu sou mais sortudo, pois quando Catarina fica atrevida, ela não recebe nada mais do que uma tapa na orelha".[19] Isso parece não ter passado de um esforço improvisado para fazer graça. Uma casa cheia de estudantes, com penas de escrever sempre à mão, teria notado qualquer tapa no pé do ouvido de uma pessoa e anotado isto para a posteridade. Agora, o atrevimento de Catarina está claramente registrado para a história.

Mulheres atrevidas, entretanto, sabiam que, mesmo que não levassem um tapa na orelha, que não fossem espancadas, seriam severamente criticadas. Depois de Argula se tornar famosa pelos seus desafios à doutrina católica, um certo professor Hauer a atacou impiedosamente. Num único sermão, proferido em 8 de dezembro, ele soltou o verbo, chamando-a, entre outras coisas de "mulher-diabo", "bandida", "desgraçada e patética filha de Eva", "diabo arrogante", "tola", "cadela herege", e "prostituta desavergonhada".[20] Dentre outras afirmações, ela teve a audácia de sugerir que a Virgem Maria era uma mulher comum e não, como argumentam os católicos, *Theotokos*, a *Mãe de Deus*.

O fato de Catarina não ser tipicamente interessada em teologia refinada, dificilmente significaria que ela falava tolices, como Martinho, às vezes, dava a entender. Na verdade, ela pode ter considerado algumas das suas picuinhas teológicas como algo que beirava mesmo à tolice.

A frase de Lutero de menosprezo a Catarina mais frequentemente citada, repetida infinitamente pelos seus biógrafos, está relacionada ao que ele interpretava como sendo insensatez da parte dela. Ele gostava de contar como, numa certa ocasião, quando estava se concentrando nos seus escritos, Catarina estava perto dele "tagarelando". E, então, ela perguntou inocentemente:

"Senhor Doutor, o *Hochmeister* é irmão de Margrave?" Lutero transformou essa pergunta simples em uma piada sobre Catarina. Margrave Albrecht de Brandemburgo tinha, dentre seus muitos títulos, o de *Hochmeister* [Supremo Mestre].[21] Ela havia, sem dúvida, ouvido o último nome com diferentes títulos, achando que duas pessoas diferentes estavam sendo citadas. Ó, que estúpido da parte dela, que tolice — tolice que, para ele, justificava rebaixar a ela e sua feminilidade em geral.

É de se duvidar que Martinho Lutero, ao contrário de Mateus Zell, pudesse ter apreciado uma esposa que fosse, verdadeiramente, letrada na área da teologia. Uma coisa era Catarina desafiá-lo nos assuntos da casa, agricultura e nas questões financeiras, e outra, completamente diferente, seria enfrentá-lo no âmbito da exegese bíblica e da teologia. Só que ela se impunha a ele e, aparentemente, com grande regularidade. "Preciso ter paciência com... [a minha] Catarina von Bora", disse ele, o que significava que "a minha vida inteira não é nada além de mera paciência".[22] Em outra ocasião, ele declarou à mesa: "Se eu um dia precisar encontrar outra esposa, esculpirei para mim uma obediente feita de pedra".[23]

Assim era a situação desde os primórdios do seu casamento. Na verdade, Catarina assumiu, imediatamente, a responsabilidade pela casa e muito mais. De acordo com Nicolaus von Amsdorf, Martinho não queria morar na agitação do Mosteiro Negro. Na verdade, havia muito a se recomendar nas casas confortáveis dos seus colegas. Catarina, porém, estava convencida de que aquele mosteiro poderia se tornar um negócio rentável. Por que ela não poderia cobrar taxas de permanência dos estudantes em vez de ser somente um abrigo local? Segundo citações, ela teria dito: "Eu preciso fazer com que o doutor se acostume com o meu jeito diferente para que ele faça o que eu quero".[24]

Lutero teria argumentado ao longo do seu casamento que sua esposa não dominava o galinheiro, como alegam alguns. De fato, ao defender a superioridade masculina em todas as áreas, Lutero deixou clara sua posição.

O comando permanece com o marido, e a esposa é forçada a obedecê-lo em função da ordem divina. Ele comanda a casa e o estado, promove guerras, defende suas propriedades, lavra o solo, constrói, planta, etc. A mulher, por outro lado, é como um prego fixado em uma parede. Ela se senta em casa [...]. Assim como o caramujo carrega sua casa, a esposa também deve ficar em casa e cuidar das coisas do lar, como quem foi privada da capacidade de administrar os assuntos que ficam do lado de fora e que dizem respeito ao Estado. Ela não vai além das suas obrigações mais pessoais.[25]

Muitos que defendem a superioridade masculina citam estas frases, além de outras. Só que as ações de Lutero sempre falaram mais alto do que suas palavras, e na sua correspondência privada com a esposa, fica óbvio que o casamento dos dois era baseado na mutualidade — tratava-se de um relacionamento de igualdade incrível para a Alemanha do século XVI. Uma carta escrita quando ele estava longe de casa, em 1540, é um exemplo de como ele mostrava respeito para com a esposa, ao mesmo tempo que a repreendia por não escrever para ele:

> Querida criada Kethe, graciosa senhora de Zölsdorf (e tudo o mais que a Sua Graça é chamada)! Eu, humildemente, informo à Sua Graça que as coisas estão indo bem comigo aqui. Como igual a um morador da Boêmia e bebo feito um alemão. Deus seja louvado, Amém [...]
>
> Recebi as cartas das crianças [...] mas de Sua Graça não recebi nada. A quarta carta [esta] você poderia, se assim Deus desejar, responder de uma vez de próprio punho [...].
>
> Martinho Lutero.
> Seu amado [de Weimar, julho de 1540][26]

O caráter igualitário do casamento dos dois também é aparente no exemplo frequente de tomada de decisões mútuas. Em uma carta escrita em setembro de 1541, de Wittenberg, para Catarina, em Zöllsdorf, Lutero também a repreende pela sua falta de comunicação quando estava ausente de casa — por não escrever de volta para ele e não instruí-lo sobre como proceder em certas questões. Na mesma carta, ele diz para ela voltar para casa, mas não antes de vender e comprar terras por si mesma. Havia pouco tempo a ser desperdiçado, devido a acontecimentos políticos e militares.[27] Aqui, ele parece estar exercendo seu legítimo direito de superioridade masculina, porém suas ordens gerais eram para compra e venda

"ESCULPINDO DA PEDRA UMA ESPOSA OBEDIENTE": FORÇANDO OS LIMITES DE GÊNERO

— e para *lhe* enviar instruções. Ele, seguramente, não está exercendo um controle rígido sobre ela. E, se fôssemos capazes de escutar uma discussão dos dois, frente a frente, ela estaria interagindo com ele de igual para igual. O seu chamado para voltar para casa não se deu no sentido de ela retornar para o cinto da sua autoridade, mas porque ele estava muitíssimo preocupado com seu bem-estar.

É verdade que tudo isto diz respeito a questões não relacionadas à Igreja e à teologia. Só que, antes de fecharmos questão sobre ela na área religiosa, precisamos ler outras palavras vindas do próprio professor de Wittenberg. Ele escreveu para Catarina no verão de 1540, dirigindo-se a ela em termos afetuosos, como de costume: "À minha querida Catarina, Doutora Lutero, e Senhora do Novo Mercado de Porcos [...]. Quero, humildemente, informar à sua Graça que estou em boa saúde aqui".[28] A mensagem, entretanto, relaciona-se a negócios, mas de forma alguma à residência familiar, à fazenda e a questões financeiras. A tarefa espantosa que ele deu a ela está relacionada a uma carta que falava sobre um compromisso pastoral na cidade de Greussen. O que se sucede não é menos chocante. Ele quer que ela, "uma mulher sábia e doutora", sente-se no comitê composto por três homens para fazer parte do processo decisório. Ele tinha uma confiança extraordinária nela, alguém que não era apenas "prudente", como também alguém que "escolheria melhor" do que, aparentemente, qualquer outro.[29]

Apesar de todas as vanglórias de Lutero em assuntos das mulheres em posição de autoridade na vida civil e na Igreja, e por toda sua linguagem pejorativa e deboches, quando ele precisava de alguém em quem pudesse confiar e que tivesse um juízo saudável, ele quebrava suas próprias regras e recorria a Catarina.

Ele, normalmente, dirige-se a ela em cartas, usando o termo masculino para "senhor" (*dominus*) em vez do feminino *domina*. Na verdade, ele amava brincar com as palavras, caçoando dela ao chamá-la de "Kette" em vez de "Kethe", sendo que a primeira palavra significa "corrente". Ele reconhecia que estava sendo mantido cativo pela sua amada esposa.[30] Tanto Martinho quanto Catarina devem receber crédito por esse relacionamento incrível. Ela, porque era, verdadeiramente, confiante, segura e equilibrada e tinha provado ser uma mulher completamente igual a Martinho. E ele, por ser seguro o suficiente para aceitá-la como tal. É verdade que Lutero falava pomposamente e levantou a bandeira da superioridade masculina e da obediência feminina. Porém, no relacionamento dos dois, ela soube se impor ao lado dele, talvez de forma demasiadamente "soberba" para o gosto dele, mas jamais se rebaixando.

Catarina von Bora, a exemplo de Abigail Smith, dois séculos mais tarde, estava à frente do seu tempo. Ambas eram mães de seis filhos e casadas com líderes revolucionários que, hoje em dia, são celebrados como figuras históricas. Abigail era a esposa de John Adams, provocador revolucionário e segundo presidente dos Estados Unidos. Catarina e Abigail cuidavam da casa enquanto seus maridos — que eram figuras exponenciais — emitiam documentos e viajavam para debates de alto nível e reuniões de planejamento. A exemplo de Catarina, Abigail geralmente era direta ao expressar seus pontos de vista e, por isso, não obteve a simpatia daqueles que pensavam que ela ultrapassara as fronteiras de gênero. Catarina teria apreciado a audácia de Abigail. Se Catarina tivesse sido a primeira-dama da Revolução Americana, podemos imaginá-la emitindo opiniões tão controversas quanto as de Abigail. Na sua conhecida carta de 31 de março de 1776, enviada ao marido John, que estava servindo, à época, como representante de Massachusetts no primeiro Congresso Continental, Abigail escreveu:

> Lembre-se das mulheres e seja mais generoso e favorável a elas do que seus antepassados. Não coloque poderes tão ilimitados nas mãos dos maridos. Lembre-se de que todos os homens seriam tiranos se pudessem. Se cuidado e atenção especiais não forem dedicados às mulheres, estamos determinadas a fomentar uma rebelião, e não nos deixaremos prender por qualquer lei na qual não teremos voz ou representação.[31]

*Determinada a fomentar uma rebelião*. Catarina e Abigail eram irmãs em espírito. Existe uma nota de rodapé à história de Abigail que, seguramente, teria chamado a atenção de Catarina — que propôs a Nicolau von Amsdor se casar com ele ou com Lutero. A tradição nos dias de Abigail (bem como

"Esculpindo da Pedra uma Esposa Obediente": Forçando os Limites de Gênero

ao longo da maior parte da história registrada) exigia que o moço pedisse permissão ao pai da sua querida, antes de pedir a mão da sua filha. Quando um jovem pediu a mão da neta de Abigail antes de pedir permissão ao pai de Caroline (o filho de Abigail), Abigail considerou que era muito adequado que Caroline, e não seu pai, tomasse a decisão. A sua posição, neste aspecto, estava acima de qualquer qualificação: "Sustentarei a supremacia das mulheres nesta questão".[32]

CAPÍTULO 10

# "Pare de se Preocupar, Deixe Deus se Preocupar": O Excesso de Preocupação em Wittenberg

"Forças naturais e sobrenaturais hostis, epidemias mortais e misteriosas, seres humanos violentos e malévolos, incêndios acidentais ou intencionais — tudo isso assombrava a imaginação e a vida cotidiana das pessoas no início da era moderna", escreve Joel Harrington. Esta "precariedade da vida", entretanto, pertence a todas as eras. "O medo e a ansiedade estão entretecidos no próprio tecido da existência humana. Nesse sentido, eles interligam todos nós, ao longo dos séculos".[1]

Porém, nem todas as pessoas são igualmente assaltadas pelo medo e pela ansiedade. "Eu sou rico", Lutero disse, certa vez, porque Deus me deu uma freira e três filhos: com o que me preocupo se estiver com dívidas, Catarina paga as contas".[2] Catarina, no entanto, preocupava-se de verdade. O medo e a ansiedade estavam entretecidos na sua própria existência.

Eu me identifico com Catarina em vários níveis e cheguei à conclusão de que nós duas temos muito em comum. Tenho fantasias acerca de passar uma ou duas semanas ao lado dela. Certamente, não ficaríamos sentadas conversando. Nós trabalharíamos. Ela costumava considerar seus servos como lerdos. Isso não aconteceria comigo. Eu conseguiria entrar no ritmo dela, independentemente da tarefa a ser executada, e as nossas personalidades simpatizariam com facilidade. Nós duas sabemos como retrucar ao marido e fazer muitas coisas em um único dia. Nós duas sabemos que trabalhar fora pode ser frio numa manhã amarga de inverno. Sabemos como ordenhar uma vaca à mão, cuidar de galinhas e manejar um machado.

É verdade que não faço ideia de como se produz cerveja (ainda que meu marido prefira degustar uma cerveja a me ouvir retrucar o que ele diz), mas, de muitas formas, ela é minha irmã. E não somente por causa dos nossos antepassados bárbaros. Nós duas somos excessivamente preocupadas. Na verdade, neste ponto, somos a imagem uma da outra. Quando o assunto é preocupação, sou imbatível. Consigo me preocupar mais rápido, e de forma mais eficiente, que qualquer pessoa que eu conheça. E ninguém além de Catarina faz a mínima ideia do que estou falando. Inconscientemente, eu classifico por número as preocupações que me rondam — preocupações que sempre vão e vêm, de uma forma ou de outra.

Catarina se preocupava com o dinheiro, a lavoura, o tempo e as pragas, com as reformas e os filhos. Mas, acima de todas suas preocupações, estava a preocupação com Martinho Lutero. Na verdade, ela ficou doente de preocupação em fevereiro de 1546 — e por boas razões. Numa correspondência enviada de Eisleben, com data de 7 de fevereiro, ele a repreendia: "Deixe-me em paz com suas preocupações. Tenho um melhor consolador do que você e todos os anjos. Ele está deitado na manjedoura e no seio de uma virgem, mas, ao mesmo tempo, assenta-se à direita de Deus, o Pai To-do-poderoso. Portanto, fica em paz!"[3] Onze dias depois, ele estava morto.

Meu filho já tem mais de quarenta anos e eu ainda me preocupo com ele. O que está errado comigo? Se eu lhe confessar isso, ele ficará furioso. Certo, diria ele, talvez vinte e cinco anos atrás — quando descobri por uma amiga que ele estava na sala de emergência depois de um grave acidente de trânsito, resultante de decisões erradas. Talvez há uns doze anos, diria ele, mas agora? Supere isto. Deixe-me em paz, e deixe que Deus se preocupe. Eu não consigo, embora, na maior parte do tempo, hoje em dia, ele esteja bem mais abaixo na minha lista de preocupações do que costumava estar na adolescência.

Estamos em fevereiro, enquanto escrevo. A preocupação com o imposto de renda está no alto da minha lista. A enchente também me preocupa. Moramos em uma planície alagadiça, e as cheias de primavera são comuns. Andar de caiaque de lá para cá, até a nossa casa ilhada não é nenhum problema, mas o que fazer quando o rio decide invadir sua casa, como ocorreu na primavera de 2013? Por isso eu me preocupo. E também me preocupo com a nossa casa de campo, que também fica perto do rio e pode ser invadida pelas águas com mais facilidade do que a nossa casa. Eu me preocupo com os esquilos que podem entrar no sótão da casa de campo e tirar o sono do nosso inquilino. Fico preocupada com nosso carro, que pode estragar enquanto estamos viajando, agora que ele já está com quase quinhentos mil quilômetros rodados, e com a fita isolante que está segurando as luzes traseiras e impedindo que elas caiam. Eu me preocupo com a possibilidade de John vir a morrer, algum dia, e me deixar viúva. Fico preocupada comigo mesma, com um possível diagnóstico de câncer no cérebro — ou pior ainda, com o mal de Alzheimer. E por aí vai.

As preocupações de Catarina não eram banais. Ela poderia citar facilmente tragédias terríveis — pessoais e públicas — que poderiam se repetir de uma forma ou de outra. Elas eram tão reais quanto o diagnóstico de câncer e a morte que o meu marido enfrentou com duas de suas esposas amadas. Porém, será que ele se preocupa? Nada de especial. Para Catarina (e para mim), entretanto, a preocupação é uma sombra sempre presente.

Ficamos intrigados em saber se as preocupações de Catarina começaram quando ela ainda era muito jovem. Pense numa menina de cinco anos que perde a mãe e, em seguida, precisa se adaptar a uma madrasta cheia de filhos em uma casa que já estava lotada. De que maneira ela reagiria? Existe alguma coisa permanente na vida? O que acontecerá depois? Ela, em breve, descobriria. A carruagem segue para um futuro incerto, cheio de estranhos e reveses. A história mais triste da infância de Martinho foi ele ter levado uma surra da sua mãe por ter roubado uma amêndoa.[4] Mais de um escritor no campo da psico-história se perguntou quais as cicatrizes permanentes a Querida Mamãe poderia ter provocado. Lutero é o assunto perfeito para tais psicanálises, por causa dos seus excessos e idiossincrasias. Em contraste, Catarina parece quase normal demais.

Antes do casamento, quando Martinho acusou Catarina de ser orgulhosa, ficamos curiosos em saber se tal característica não poderia ter sido, na verdade, um mecanismo de defesa bem desenvolvido. Catarina era a única responsável pelo curso da vida dela. Ao contrário do marido, ela não parece ter tido um forte senso da soberania de Deus sobre sua vida. Ela era a responsável por fazer as coisas acontecerem naquela grande família e por tomar decisões que assegurariam a segurança financeira deles — a cobrança do aluguel dos pensionistas, a compra e venda de terras. Deus não faria essas coisas. Ela era responsável por manter os filhos e o marido saudáveis — e vivos — projetos nem sempre bem-sucedidos, apesar dos seus melhores esforços. E, por isso, ela se preocupava.

Não podemos considerar que as preocupações eram, necessariamente, um fator negativo na eficiente rotina diária de Catarina. Na verdade, Graham Davey escreve em *Today* [Psicologia Hoje] que "existem boas evidências de que, na maioria das pessoas, a preocupação está associada com um estilo de vida centrado nos problemas (isto é, uma propensão a abordar e lidar com problemas), e isto também está associado com um estilo de vida que busca informação". A maioria das pessoas admite se preocupar, mas dizem que isso as ajuda a "pensar construtivamente" sobre os problemas que estão enfrentando.[5]

O registro das atividades e das conquistas de Catarina nos levaria a crer que a maior parte das suas preocupações poderia ser listada na categoria construtiva. Porém, mesmo a preocupação construtiva pode causar perda de sono, e ela não poderia ficar sem dormir. Os afazeres da casa e da fazenda, em meio aos perigos do mau tempo, teriam sido motivo suficiente para preocupação. Porém, quando o terror da época é acrescentado, uma mulher mais frágil teria sofrido um colapso. Ao contrário do que acontece nos dias de hoje na América do Norte, onde as pragas, as guerras e o terrorismo normalmente estão bem longe de nós, o mundo de ansiedades de Catarina estava logo ali no outro vilarejo, ou no outro quarto: enchentes, fome, invernos rigorosos, pragas, pestilência, ilegalidades e guerras. Além destes medos normais do século XVI, estava o temor de que algum inimigo pudesse assassinar seu marido por causa da defesa irreverente feita por ele das suas convicções religiosas.

Portanto, ela se preocupava com o fechamento das contas, considerando a renda bastante inconstante do seu marido e seu desleixo com as finanças. Ficava preocupada com a segurança dele, pois era um homem marcado mesmo antes de se casar com ela. Catarina se preocupava com sua saúde — aflições quase contínuas de uma doença ou de outra, algumas mais sérias do que as outras. Ela também deve ter se preocupado com sua própria saúde, considerando-se sua experiência de quase morte no momento da sua última gravidez e do aborto. Ela se preocupava com os filhos, e com boas razões, sempre se lembrando da perda terrível das suas duas filhas: Elizabeth, ainda bebê, e Madalena, na adolescência. E ela se preocupava com o estilo de vida e com os hábitos dos filhos. Além disso, depois da morte do seu marido, suas preocupações se multiplicaram. Enfim, ela era um poço de preocupações.

Lutero tinha uma solução pronta para as preocupações de Catarina: ele a exortava a ler seu Catecismo Menor, bem como o Evangelho de João, repreendendo-a por preferir se preocupar e por tratar Deus como se ele não fosse "Todo-Poderoso". Aparentemente imaginando que poderia impressioná-la com o poder supremo de Deus e acalmar seu nervosismo, ele assegurou a ela que Deus "era capaz de criar dez doutores Martinhos, caso o velho Martinho se afogasse no Saale"[6] — como se ela quisesse dez Martinhos! Na verdade, um já era suficiente.

Por que desperdiçar energia, preocupando-se com sua saúde frágil, sabendo que ela era incapaz de cuidar dele por causa da enorme distância? Ele tem alguém que é muito superior a ela, como sua carta de Eisleben deixava claro: "Tenho um cuidador que é melhor do que você e de todos os anjos [...] que se assenta bem à direita de Deus-Pai, Todo-poderoso". E ele acrescenta: "Portanto, fique contente".[7] Ou, como um antigo tradutor verteu a ordem de Lutero: "Tranquiliza-te, então".[8]

Essencialmente, a mensagem dele é: "Anime-se e fique contente, Catarina". E, se isso não funcionar, Lutero diz a ela que a consolaria pessoalmente — caso conseguisse levantar do leito da enfermidade e vir até ela. Conhecendo suas preocupações, ele a consolou dizendo, de forma terna, que a amaria caso estivesse lá com ela.[9]

E como as coisas mudaram pouco desde o século XVI no que diz respeito às palavras de consolo que se dão às pessoas que se preocupam — salvo pelo fato de, naquela época, Catarina não conseguir fazer uso do Google para mandar embora suas preocupações. Isto é bem simples para o cristão do século XXI. Basta digitar os termos *cristãos e preocupação*. Encontrei vários websites aparecendo de cima a baixo na tela de *menu*.[10]

John MacArthur, no seu website *Grace to You* [Graça para você], enfatiza o pecado acima da consolação: "Todos temos de admitir que a preocupação é uma tentação comum na vida — para muitos ela é um dos passatempos favoritos". Será mesmo? Para Catarina (e também para mim), isso não é nada divertido. Porém, a vida segue. Como outros passatempos, a "preocupação é um pecado. Ela não é nem insignificante, nem inconsequente. E, para o cristão, ela é absolutamente contrária à fé em Cristo". As quatro próximas palavras de MacArthur tornam qualquer forma de consolo completamente fora de questão: "Jesus proibiu categoricamente a preocupação".[11] É isso mesmo, Catarina.

À medida que rolamos para baixo o *menu*, David Peach oferece "7 Dicas para Cristãos" no seu artigo intitulado "Como parar de se preocupar: 7 dicas para cristãos". (1.200 pessoas *curtiram* suas dicas.) Não temos razão para presumir que Catarina teria *curtido* as dicas de Peach mais do que os conselhos dados por seu próprio marido. Talvez, porém, Catarina se interessasse pelo próximo item do *menu*, o testemunho de Jill Briscoe: "Por que eu não consigo parar de me preocupar?":

> Sou uma pessoa preocupada. Sim, eu sei. Sou cristão e os cristãos não deveriam se preocupar. Para lhes dar uma ideia do tempo que isto vem acontecendo, as primeiras palavras do nosso filho mais velho foram: "Puxa vida!" De lá para cá já se passaram 40 anos. Eu já era um obreiro cristão por muitos anos quando ele disse aquilo, e eu era um missionário ativo![12]

À medida que descemos com a barra de rolagem, a revista *Christianity Today* [Cristianismo hoje] aparece com um ensaio redigido pelos editores intitulado "Como posso vencer a minha tendência à preocupação?" O próximo item é *Today's Christian Women* [Mulheres cristãs contemporâneas], com cinco estratégias para "superar as preocupações", escritas por Ginger Kolbaba. Depois temos Joyce Meyer: "A causa e a cura para a preocupação", um artigo encontrado no seu website.

A essa altura, não é difícil imaginar Catarina, ao olhar para sua tela de computador em meio a todas suas preocupações, simplesmente dizendo: *Tenho mais o que fazer!* Ela tinha mesmo muito trabalho a fazer: entre outras obrigações, ela precisava proteger sua família — aqueles que estavam mais próximos e eram mais caros a ela. A saúde do marido não estava boa. Já no tempo em que Martinho Lutero ficou no Castelo de Wartburg, ele reclamava de uma série de males e, à medida que foi envelhecendo, doenças crônicas passaram a fazer parte da sua vida.

E se preocupações com a saúde não fossem suficientes para criar distrações, os ganhos políticos e religiosos e esperados haviam se invertido, ou regredido, ou seguido em direção ao perigo. Ver o marido angustiado por causa do seu legado e ameaçado de todos os lados pelos seus inimigos causava-lhe muitos dias e noites de preocupação. Martinho Lutero também temia pela continuidade da Reforma, e estava bem ciente das suas próprias limitações de saúde. Ele havia escrito muito para Catarina em várias ocasiões enquanto esteve acamado devido a doenças nas suas viagens. A parceria íntima do casamento dos dois não lhe permitia guardar segredos, nem mesmo com relação à sua própria saúde. Todavia, ele sabia que isso somente aumentaria as preocupações de Catarina.

Na verdade, a situação política estava ameaçando o próprio estilo de vida deles em Wittenberg. No verão de 1545, pouco mais de seis meses antes de morrer, Lutero escreveu para Catarina em seu desespero. Ela entendeu. Ele, agora, tinha poucos amigos e enfatizava seu desejo de se mudar para outro lugar, sem sequer voltar para casa. O grande reformador, agora, era *persona non grata* na sua própria cidade natal.[13]

Ele, então, pediu-lhe que se desfizesse da maior parte do que tinha sido objeto da sua dedicação a vida toda: "Gostaria que vendesse a horta, a terra, a casa e o pátio; e, então, restaurarei a grande casa para a minha senhora mais graciosa".[14] Lutero sabia que seus dias estavam contados, e isto era uma preparação para a viuvez de Catarina. Preocupado com sua própria longevidade, ele escreveu que tinha esperanças de que seu príncipe benfeitor continuaria a apoiá-lo enquanto vivesse.[15]

O futuro é incerto acerca da questão financeira. Martinho está esperançoso, mas também preocupado com seu salário, por não saber se haverá uma pensão adequada para Catarina: "Pois eu confio que a minha senhora mais graciosa continuará [recebendo] o meu salário por, pelo menos, um ano depois do término da minha vida". Ele sabia o quanto ela se preocupava, e ele também estava preocupado. Ciente dos seus inimigos em Wittenberg, Lutero estava ainda mais preocupado com aqueles que não a tolerariam após sua morte, a qual ele temia que ocorresse em pouco tempo. Ele desejava que ela consertasse aquelas coisas antes daquele tempo — especialmente, que saísse "dessa Sodoma" que era Wittenberg.[16]

Imagine Catarina lendo essa carta de um homem que dizia para ela não se preocupar — mas para deixar que Deus se preocupasse. Ele sabia que estava morrendo; amava Catarina; desejava que ela fizesse a transição para a viuvez da forma mais tranquila possível, considerando as circunstâncias. Se, ao menos, ela tivesse a mesma confiança em Deus que ele tinha. Como ele deve ter importunado os céus em favor dela. Ele sabia que não era suficiente exortá-la para ser uma boa cristã.

Além de citar as Escrituras para ela, entretanto, Martinho Lutero tinha outros meios de tentar acalmar os nervos de Catarina. O mais óbvio era o humor. Queremos pensar que ele era capaz de ouvir sua voz a distância e sentir as vibrações da sua risada espontânea. Por qual outro motivo ele teria escrito a carta cômica do dia 10 de fevereiro de 1546, faltando somente oito dias para sua morte?

Para Catarina, uma senhora divinamente preocupada...

Nós agradecemos do fundo do coração por estar tão preocupada a ponto de não conseguir mais dormir, pois desde que começou a se preocupar conosco, um incêndio irrompeu perto da minha porta e, ontem, sem dúvida por causa da sua preocupação, uma grande pedra teria caído e nos esmagado, como se fôssemos um ratinho numa ratoeira, o que somente não ocorreu por causa da intervenção de dois anjos. Se você não parar de se preocupar, receio que a terra haverá de nos engolir. Você não aprendeu o Catecismo e não crê? Ore e deixe que Deus se preocupe. "Lance sua carga sobre o Senhor". Estamos bem, salvo por Jonas que torceu o tornozelo. Ele tem inveja de mim e também queria sentir algo parecido com o que sinto. Esperamos, em breve, estar livres desse estorvo e ir para casa.[17]

Aqui, em meio ao seu bom humor, ele desliza para a Escritura na esperança de que ambos em breve estejam juntos, sem negar sua grave condição de saúde. De certa forma, isto é Lutero na sua melhor forma.

As preocupações cotidianas, como as de Catarina, são as próprias preocupações da nossa época. Tenho idade suficiente para me recordar de como as taxas de juros nas contas de caderneta de poupança variavam entre 15 e 20 por cento, nos anos 1970. Isso parece maravilhoso, exceto pelo fato da inflação, na época, também ser galopante. É fácil imaginar que esse tipo de problema financeiro é exclusividade da vida moderna. Porém, numa carta para Catharine Jonas, na primavera de 1542, Lutero escreveu: "Tudo vai bem aqui [em Wittenberg] salvo pelo tesouro e os impostos terem saído do controle. De outro modo, a vida nunca foi tão barata: uma saca de milho sai a três *groats*\*.[18] Nós entendemos porque a taxação seria uma preocupação para Catarina, a dona da terra, mas por que a vida barata seria um motivo para perder a tranquilidade? É fácil nos esquecermos de que ela era, às vezes, tanto produtora, quanto consumidora — comprava e vendia sacas de milho.

Lutero continua, nessa carta para Catharine Jonas, dando informações que consideraríamos muito privadas nos dias de hoje — e, talvez, Catarina também as considerasse assuntos privados, naquela época. Depois da sua referência costumeira a ela — "minha Catarina, agora senhora de Zülsdorf, saúda-vos gentilmente" —, ele divulga detalhes da sua vida financeira: "Ela se permite valer nove mil florins, incluindo o Mosteiro Negro". Quem imaginaria que as mulheres tinham valor de crédito no século XVI? E, por que o marido revelaria, em uma carta, informações tão íntimas? Seria ele orgulhoso demais para ficar quieto — uma mulher cuja correção ele vivia alardeando? Sempre pensando no seu próprio falecimento, ele fala da segurança financeira dela nestes termos: "Ela não obterá uma renda anual nem de cem florins depois da minha morte. Porém, o meu senhor gracioso [o príncipe] tem me doado, gentilmente, mais do que eu peço".[19]

Catarina se preocupava com a maneira com que se sustentaria depois da morte de Martinho. Ele, mesmo não estando aflito, demonstrava, de fato, preocupação pela questão — apesar de eles terem uma vida boa para os padrões da época. Porém, tal como ocorre nos dias de hoje, as pessoas financeiramente abastadas se preocupam mais do que aquelas que não têm investimentos.

---

\* N. do T.: Antiga moeda inglesa de prata de pequeno valor.

Se tivéssemos de resumir as preocupações de Catarina, poderíamos traçar uma linha a partir dos amigos de Martinho: ela era "a parceira nas calamidades".[20] As calamidades de Lutero vieram de várias formas. Catarina era sua esposa, sua parceira. Entretanto, será que ela era mesmo sua parceira nas suas calamidades religiosas? Às vezes, ele procurava torná-la uma parceira. Na verdade, em 1540, ele declarou que foi Catarina quem o convenceu a escrever contra Erasmo. Lutero, porém, não levava em conta somente as crenças e os escritos dos seus oponentes; os atacava ferozmente, de modo pessoal. Comparou Erasmo a Judas Iscariotes e sugeriu que ele não passava de um ateu. "Eu, veementemente, e do fundo do meu coração, odeio Erasmo", ele esbravejou, e a simples menção ao seu nome "levava Lutero a um ataque de fúria".[21]

Porém, por que Erasmo, que tinha, ele mesmo, criticado veementemente a Igreja? Por que Erasmo, um homem que "amava a paz", um "erudito e crítico, mais adequado aos estudos, do que às multidões"?[22] Teria Catarina o incitado? Essa seria uma alegação difícil de engolir. Richard Marius prossegue na avaliação daqueles dois homens: "O temperamento dos dois era radicalmente diferente". E o que pode ter incomodado — e preocupado — Catarina, em muitas ocasiões, era como a fúria do seu marido normalmente era letal, como descreve Marius: "A intensidade deste ódio [por Erasmo] é impressionante, mesmo em Lutero, para quem os ódios pareciam tão comuns quanto pedras em uma pedreira".[23]

Quantas vezes Catarina, um poço de preocupações, não deve ter desejado que seu marido se acalmasse e não atirasse tantas pedras de provocação? As pedras figurativas eram lançadas de volta a ele, mas não temia ela, talvez, o dia em que tal apedrejamento e ataques contra o marido passassem do campo figurativo? E, como ela se sentia quando, sentada à mesa, ele tinha surtos de ódio e sofria convulsões patológicas de fúria? Ela era suficientemente sábia para entender que aquela raiva afetava não somente sua reputação, mas também sua saúde física. Tentar mudar aquela fúria interior e o comportamento frenético de Lutero estaria além das suas capacidades. Por isso, ela se preocupava — como qualquer esposa amorosa faria.

Estaria ela preocupada que Lutero pudesse passar dos limites, não somente nos seus ataques de ira, mas também nos seus ímpetos de tenebroso desespero — sua depressão? São coisas que acontecem — tanto antes, como nos dias de hoje. Ao escrever, lembro-me de um importante ministro da minha própria denominação que, por muito tempo, foi pastor de uma igreja que ficava a duas quadras da minha casa. Ele era ativo nas reuniões sinodais anuais, ávido para tomar parte na discussão de qualquer assunto controvertido, e caminhava confiantemente pelo altar em direção ao microfone para expressar seu argumento articulado, com palavras fortes.

Ele estava longe de ser um Martinho Lutero, mas era uma pessoa que, certamente, não fugia dos debates públicos e era plenamente capaz de defender seus próprios pontos de vista. Será que sua esposa também se preocupava com ele? Ela sabia de coisas que ninguém observava de longe, ou nem mesmo seus companheiros mais íntimos teriam sabido. Depois de sua aposentadoria do ministério de tempo integral, ele e sua esposa se mudaram. Pouco depois, tornou-se público e notório (depois de ele ter desaparecido) que apenas alguns dias antes ele recebera alta de uma clínica de saúde devido à depressão. Quando seu corpo foi encontrado, mais de um ano depois, vários vidros vazios de remédio estavam ao seu lado.

Que tragédia! A psicologia barata cristã nos diz que preocupação é pecado, que depressão é pecado — e, por isso, ela normalmente é escondida daqueles que a usam para desmerecer o próximo. Um dos bons atributos de Martinho Lutero é que ele não escondia sua depressão profunda, embora tenha sido gravemente afligido ao longo de toda sua vida. Ele sofria de depressão severa e normalmente aguda (manifesta pelo seu suor intenso) e, por volta de 1527, segundo relata Richard Marius, ele "já estava sentindo os sintomas da doença cardíaca que, por fim, levou-o a óbito. Ele sentia dores no peito, acessos de tontura, indigestão e, às vezes, desmaiava".[24] Estava, consideravelmente, acima do peso, apesar dos apelos de Catarina para que cuidasse da sua dieta.

O que estava acontecendo com sua "mente torturada"?[25] A sua depressão profunda havia se manifestado no verão de 1527, quando ele escreveu uma carta para Filipe Melâncton: "Eu quase perdi a Cristo por completo e fiquei afundado nas ondas e tempestades do desespero e blasfêmia contra Deus".[26] A depressão continuou e veio à tona em 1528, 1529 e nos anos vindouros.

"Quando investigamos as doenças de Lutero, depois de ano de 1527, "fica óbvio que, neste ínterim, ele havia se tornado um homem instável".[27]

Se, ao menos, Catarina tivesse escrito sua avaliação e seus sentimentos pessoais, no mínimo isso teria sido salvo para a posteridade. Seguramente, por vezes ela ficava fora de si, preocupada. Ao contrário da sua esposa prática e pé-no-chão, Lutero via os problemas físicos em termos espirituais e cria que a melhor resposta era a oração.[28] Porém, Catarina, com sua mentalidade muito objetiva, deve ter desejado, desesperadamente, descobrir alguma erva — o equivalente a uma pílula moderna — para acalmar os nervos do marido. Todavia, "para um homem cujos hábitos eram, claramente, doentios, ele atingiu uma idade impressionante, morrendo com sessenta e três anos".[29]

"Lutero aumentava seu interesse por Satanás à medida que os anos se passavam", escreve Richard Marius. Isso também ocorre nos seus anos iniciais, "mas a preocupação com Satanás parece não ter sido tão intensa, tão pessoal", naquela fase. "A certa altura, Satanás se tornou, para Lutero, uma expressão personalizada dos poderes das trevas, um irmão da morte".[30] Na verdade, "Lutero parece ter sido hipersensível aos terrores da morte [...]. Por qualquer razão, ele foi incapaz de erguer o muro da negação que permite à maioria de nós levar a vida com uma relativa 'saúde mental'".[31]

Catarina e seus amigos estavam plenamente cientes, sendo que ela observara pessoalmente seus pânicos. Na verdade, ele se virava para ela no meio da noite, enquanto tinha seus ataques e lhe implorava: "Perdoa-me por ter este tipo de tentação".[32] Se ela não tivesse visto os efeitos apavorantes destes terrores tanto noturnos quanto diurnos, poderíamos imaginá-la, simplesmente, virando-se para o outro lado com uma expressão qualquer de desinteresse como: "Ah, deixa pra lá..." No entanto, ela sabia a seriedade do desespero dele e como a saúde física do marido era significativamente afetada. Quanto tempo ela passou acordada e preocupada?

Quando procuramos avaliar as diferenças psicológicas e espirituais entre Catarina e Martinho, observamos que ele é o que muitos consideram como um gigante espiritual. Porém, emocionalmente, parece ter sido significativamente mais frágil do que ela. A espiritualidade dela era pragmática. Catarina era, verdadeiramente, um poço de preocupação, pois normalmente tinha boas razões para isso. Se alguém desejasse lançar isso contra ela e apontar tal *pecado*, ela, simplesmente ignoraria o desprezo e seguiria com sua vida frenética. Ela se preocupava enquanto trabalhava, transformando, o tempo inteiro, suas preocupações em estratégias para manter a família financeiramente viável e levar uma vida boa.

O que Catarina não precisava era de um marido, ou qualquer crítico personalista, dando-lhe ordens para não se preocupar, ou dizendo a ela que suas preocupações eram pecado e que ela deveria, simplesmente, parar de pecar. Catarina precisava da afirmação do amor, e do bom humor do seu marido. E, esperamos que ela, por vezes, tenha sentido as palavras ternas de Jesus. Talvez ela tenha tido momentos nos quais parava e ouvia suas palavras de conforto:

Não te preocupes, querida Catarina, sobre como darás de comer a quarenta bocas famintas, ou como produzirás cerveja suficiente para todos aqueles que virão à mesa, como terminarás de remendar, ou lavar todas aquelas pilhas de roupas, ou mesmo como impedirás que este marido esgotado que tens não caia do precipício. Toma um pouco de tempo para ti mesma; tenta não te preocupares com o amanhã, pois sabes que cada dia traz suas próprias preocupações. Acalma-te e aprecia o aroma dos lírios do campo. Eles não trabalham, nem tecem; e simplesmente olha para eles dançando tão alegremente na brisa. Vem a mim, querida Catarina, tu que sofres e estás tão sobrecarregada. Eu te darei descanso.[33]

# CAPÍTULO 11

## "A Leitura Bíblica de Cinquenta Florins": Espiritualidade Desvalorizada

"A devoção dela é mais uma questão de dedução do que de registro",[1] observou Preserved Smith. Seria Catarina deficiente na sua devoção — no lado espiritual da vida? Essa é uma das perguntas que exploraremos neste capítulo.

Como julgaremos a espiritualidade de um indivíduo, especialmente se formos em busca de um exemplo a seguir? Uma Madre Teresa que dedique sua vida ao serviço dos mais pobres dentre os pobres? Um ministro de uma megaigreja que tenha seu próprio programa de televisão e escreva livros cristãos de alta vendagem? Um papa que abandone sapatos caros e passe a lavar os pés de pessoas abandonadas e sem-teto? Porém, só Deus conhece o nosso coração. Mas todos nós fazemos juízos.

Portanto, como começaremos a compreender a vida espiritual de Catarina — e mesmo a do seu marido? Martinho tem sido severamente julgado por causa das suas vulgaridades e antissemitismo. Todavia, ele tinha uma profunda natureza espiritual que era fortalecida pelo seu amor à erudição bíblica e teológica. As suas correspondências e conversas à mesa estão cheias de conselhos justos e expressões de devoção. E o que dizer de Catarina? Nenhum dos dois, podemos concluir, teria a garantia de canonização como santo, mesmo que os protestantes tivessem dado continuidade a essa tradição.

Enquanto ponderava a respeito de como seria possível avaliar a espiritualidade de Catarina, recordei-me de dezenas de mulheres das páginas das Sagradas Escrituras, bem como da história cristã. Como uma mulher afeita ao trabalho e aos negócios, a correspondente bíblica de Catarina pode ser encontrada na "mulher virtuosa" de Provérbios 31. E, aliás, a exemplo de Catarina, essa mulher de Provérbios não é um modelo para o nosso ideal típico de verdadeira espiritualidade. "Ela, certamente, é uma mulher incrível", escreve Rich Deem. "Entretanto, eu afirmo que ela *não* é a mulher *cristã* ideal [...]. O que sabemos sobre sua vida de oração? Nada! Nem sabemos se ela, de fato, orava". Deem prossegue sua linha de raciocínio ao observar que essa mulher era como a Marta dos Evangelhos: "um exemplo típico de personalidade do tipo A" que "ficou irritada com o fato da sua irmã [Maria] ter ficado sentada" ouvindo Jesus falar em vez de ajudá-la a preparar a refeição.[2]

Maria, a irmã de Marta, como podemos verificar facilmente a partir da sua espiritualidade, não tinha muitas afinidades com Catarina. Fico curiosa por saber se Maria, a mãe de Jesus, não tinha. A simples sugestão do seu nome, entretanto, já chega a ser chocante. Afinal de contas, ela é a santa mais adorada na Igreja Católica. Como uma freira fujona poderia manter uma espiritualidade baseada em Maria? Tal comparação exige que reconheçamos Maria como, de fato, ela era: uma mulher palestina do primeiro século, com os pés no chão.

No evangelho de Lucas, observamos que o anjo Gabriel apareceu e disse que ela havia sido escolhida para dar à luz o Messias. Tendo ela reconhecido ou não aquele anjo poderoso, essa experiência foi aterradora. Mas ela contava com os argumentos para questionar a notícia: sabia muito bem que virgens não dão à luz bebês. Gabriel, então, explica. Ela, solenemente, aceita a missão. Entretanto, somente depois da bênção da sua prima Isabel é que ela canta o *Magnificat*. E que belo hino ele é! Até o momento houve poucas comparações entre Maria e Catarina, exceto se entendermos Maria como uma mulher confiante e questionadora, dentro dos seus próprios direitos. Quando nos encontramos com a virgem Catarina, já como jovem adulta, ela também teria cantado aquele mesmo Magnificat no Convento Cisterciense de Marienthron (Trono de Maria).

"A história de Maria é a de uma mulher comum", escreve Scot McKnight. "Maria se tornou, para muitos, pouco mais do que um 'ventre de repouso' reclamante para Deus, bem como um estereótipo da passividade diante do desafio [...], quietude a ponto de se esconder à sombra dos outros".[3]

A Maria bíblica de verdade era uma mulher comum. Argula von Grumbach e outras pessoas argumentavam isto no século XVI. Não existe evidência de que ela permaneceu sem pecado e virgem pelo resto da sua vida. Os evangelhos deixam claro que Maria teve filhos depois de dar à luz Jesus, tanto filhos, como filhas. Na verdade, a exemplo de Catarina, ela provavelmente teve, pelo menos, seis filhos. E José, a exemplo de Martinho, era, aparentemente, muito mais velho do que sua esposa. Pouco depois de Maria cantar o *Magnificat*, e depois de Catarina largar o convento, ambas se veem centradas na criação de filhos. Se Maria passou a maior parte da sua vida orando (como sugerem as estátuas de concreto), os Evangelhos não fazem qualquer referência direta a isso.

No seu livro *God's Ideal Woman* [A mulher ideal de Deus], Dorothy Pape desafia os expositores bíblicos que têm caracterizado Maria como uma empregada contente em ficar atrás das cenas. "Porém, com a possível exceção do anúncio angelical da futura concepção", escreve Pape, "o registro escriturístico jamais nos apresenta Maria em casa". Catarina passava a maior parte do seu tempo na pensão do Mosteiro Negro, mas, a exemplo de Maria, ela estava sempre na estrada: Maria "está correndo até Isabel", prossegue Pape, "depois vai a Belém para o censo; em seguida para Jerusalém para fazer os ritos de purificação; depois vai para o Egito; volta a Nazaré; depois segue novamente para Jerusalém para a Páscoa; vai para Caná onde participou de um casamento; viaja para Cafarnaum, para uma cidade próxima do Mar da Galileia com seus outros filhos para persuadir Jesus a voltar para casa e, finalmente, retorna para Jerusalém".[4]

E podemos imaginar Maria correndo por Nazaré, da mesma forma que Catarina o fazia em Wittenberg. Na verdade, existe uma estátua de Catarina em Wittenberg que a mostra não em oração, mas quase correndo. Seria adequado se estátuas de Maria também a representassem da mesma forma.

Essas duas mulheres apresentam relatos fascinantes de incertezas espirituais. Maria não está plenamente ciente das implicações do Evangelho e do papel do seu filho nele. Ela fica aflita quando descobre que seu menino não está no meio da multidão que retornava da festa de Páscoa judaica. Inclusive parece bastante irritada quando descobre que ele havia ficado propositalmente para trás para conversar com os eruditos do Templo: "Filho, por que você nos fez isto?", pergunta ela, com veemência. "Seu pai e eu estávamos aflitos, à sua procura" (Lucas 2:48). Passados alguns anos, quando os líderes religiosos estavam condenando Jesus e dizendo que ele estava possesso por Belzebu, sua mãe e seus irmãos "saíram para trazê-lo à força, pois diziam: 'Ele está fora de si'" (Marcos 3:21). Maria temeu pela sanidade do seu filho e queria trazê-lo de volta para casa. Em outra versão, essa cena é descrita de forma ainda mais dramática: "eles saíram para tomar a custódia dele; pois estavam dizendo: 'Ele perdeu a cabeça'" (Marcos 3:21).

Catarina, de modo similar, temia pelo seu marido — que ele também pudesse ficar fora de si. E ela estava, às vezes, insegura acerca das implicações da Reforma. Obviamente, essas duas mulheres desempenhavam papéis bem diferentes na história da salvação, e o lugar de Maria é apresentado, verdadeiramente, em proporções bíblicas. Porém, nos Evangelhos, ela surge como uma mulher muito normal do primeiro século. Parece triste que a imaginamos tão facilmente como uma santa intocável, o padrão áureo da espiritualidade. Catarina não é vista como um modelo assim, mas ela também é, normalmente, tratada como uma heroína santificada. Como é importante deixar que essas mulheres sejam elas mesmas.

Como já vimos, vislumbrar Catarina ao lado da Marta dos evangelhos, e não da sua irmã Maria, não é um exagero. "Sem uma espiritualidade marcada", escreve Preserved Smith, Catarina "era um tipo de Marta ocupada com muitas coisas, em vez de um tipo de Maria [irmã de Marta] sentada em devoção aos pés do seu Mestre".[5] Tal como a mulher virtuosa de Provérbios 31 e, por essa razão, como a maioria das mulheres da Bíblia hebraica, Catarina não é registrada como tendo uma devoção incomum.

Embora haja histórias sobre como Martinho levantava de manhã cedo para orar, ninguém jamais afirmou que Catarina se levantasse às 4h30 para fazer suas devoções. Ela se levantava antes do raiar do dia para dar início ao seu dia de trabalho. Podemos ter curiosidade em saber se ela cumpria todas suas obrigações de oração no seu tempo de convento. Na verdade, se tivéssemos que caracterizar a espiritualidade de Catarina depois de 1525, nós a veríamos, principalmente, sendo mais plenamente concentrada no casamento, na maternidade e no trabalho árduo.

Nesse sentido, ela era bem diferente do seu marido intoxicado por Deus. "Ele faz mais sentido", escreve Martin Marty, "quando visto como uma pessoa que enfrentava o Senhor, como alguém obcecado que buscava em Deus a certeza e a segurança em uma época de trauma social e ansiedades pessoais".[6]

Uma das histórias sobre Catarina diz respeito ao desafio que ela teria feito não somente à Bíblia, mas também ao marido. Segundo tal narrativa, Martinho estava lendo sobre o mandamento que Deus deu a Abraão para sacrificar seu filho Isaque (Gênesis 22). Catarina não admitiu que Deus pudesse dar uma ordem dessas, levando um pai a matar seu próprio filho. Martinho, obviamente, corrigiu-a e dizia que foi exatamente isso o que Deus fez. [7] Se Catarina insistiu no seu argumento, ou deixou por isso mesmo, não temos registro, porém a história demonstra como os dois percebiam Deus de forma diferente, bem como demonstra a tranquilidade com que Catarina desafiava os argumentos do seu marido a respeito das Sagradas Escrituras. E, talvez, a história tenha também algo a dizer sobre gênero. Já conheci mulheres do meu próprio círculo de amizade que questionaram veementemente um relato no qual Abraão tenha aquiescido com alguma coisa sem ter levantado nenhuma objeção — afinal, Abraão foi o homem que barganhou audaciosamente com Deus num esforço para salvar Sodoma.

Catarina, tal como viemos a conhecê-la, era mais equilibrada emocionalmente do que seu marido instável. Ele lutava contra uma depressão profunda e o desespero espiritual. "Ele tinha certeza", escreve Marty, "que as *Anfechtungen* [tentações] incômodas e horripilantes que o afligiam quando ainda era um jovem professor e que, depois, continuaram pelo restante da sua vida, eram uma praga de todas as pessoas [...]. *As Anfechtungen* atacavam com uma voz que vinha durante o que ele chamava de batalhas noturnas nas câmaras escuras do mosteiro e da sua alma". Embora difíceis de serem definidas, elas eram uma "voz interior [...] que o aterrorizava", e questionavam a própria "existência ou realidade de Deus". Lutero estava convencido de que aqueles "que desejassem e precisassem encontrar e serem achados retos diante de um Deus gracioso precisariam lutar".[8]

Todos mesmo? Não existe qualquer evidência de que Catarina alguma vez tenha lutado com Deus, e muito menos da forma dramática como fazia seu marido. Ela era uma mulher do mundo que precisava administrar uma casa enorme e uma fazenda. Não havia tempo para lutar com Deus, especialmente quando ela era forçada a encarar um marido que batalhava contra demônios e as trevas dentro da sua própria alma.

Como dissemos anteriormente, a história também descreve a forma como Catarina confrontou Martinho em certa ocasião, depois de ele ter caído em profunda e escura depressão. Catarina pegou sua roupa de luto do armário, vestiu-se com ela, e o confrontou no corredor. "Quem morreu?", perguntou o professor. "Deus", disse-lhe ela. "Que bobagem você diz", disse Martinho. "Por que isso é bobagem?" Ela já estava com uma resposta pronta. "É verdade. Deus só pode ter morrido, ou o doutor Lutero não estaria tão lamurioso".[9] Ele considerou suas palavras. Na verdade, o reformador *estava* se comportando como se Deus tivesse morrido. Algumas pessoas citam essa história como evidência da percepção espiritual de Catarina, mas ela é mais apropriadamente vista como uma lição objetiva simples que, esperava ela, pudesse ajudar seu marido a sair da depressão.

Não devemos imaginar que a maior parte das mulheres do século XVI que se identificavam com a Reforma era como Catarina — mais parecida com Marta do que com Maria — na sua espiritualidade. Várias mulheres tinham vontade de partir para a ação, escrevendo tratados, panfletos, testemunhos e, de outras maneiras, defendendo os princípios da fé reformada. Dessas, duas se destacaram: Argula von Grumbach e Katherine Zell. Ambas defenderam ardentemente seu legado espiritual ao se expressarem.

As heroínas de Argula eram Débora e Ester; ao mesmo tempo, ela estava preocupada com o que percebia serem limites bíblicos. "Estou ciente das Palavras de Paulo para que as mulheres fiquem em silêncio na igreja", ela admitiu, "só que quando nenhum homem fala, ou pode falar, sou motivada pela Palavra do Senhor quando ele disse 'Aquele que me confessar na terra, também eu o confessarei e aquele que me negar, também ele eu negarei".[10] Ela estava disposta a quebrar a lei e conduzir reuniões religiosas na sua casa e também conduzir funerais. Ela levou adiante fielmente a Reforma de Lutero, e viveu quase duas décadas além do reformador. A "velha *Staufferin*" [velha gorda], como o Duque da Baviera cinicamente a descreve, foi presa duas vezes — na última, com setenta anos de idade, pouco antes da sua morte. Ela, e não Catarina, destaca-se como um exemplo de espiritualidade a ser seguido.

Katherine Zell, de modo semelhante, defendia sua pregação ao citar precedentes bíblicos. Catarina, porém, não tinha qualquer motivo para se defender pela Escritura. Entretanto, é tentador colocar palavras em sua boca — palavras que ajudariam a convencer o leitor de que ela era uma devota evangélica, um exemplo de como devemos viver. Os escritos de Hollie Dermer ilustram isto quando ela faz uma oração em lugar de Catarina — uma oração feita mais aos seus próprios leitores, do que a Deus:

> Depois que Catarina descobriu que eles deveriam, na verdade, casar-se, ela refletiu e, depois, orou:
>
> > "Agora, não serei mais Catarina, uma freira fugitiva; serei a esposa do grande doutor Lutero, e tudo o que eu fizer, ou disser, se refletirá nele [...] É como uma missão de Deus. Senhor, guarda-me humilde. Ajuda-me a ser uma boa esposa para o teu servo, o doutor Lutero. E, talvez, querido Pai, Tu também possas conseguir dar-me um pouco de amor e felicidade".
>
> Deus ouviu e respondeu à oração de Catarina. O Senhor os abençoou com um casamento cheio de amor e cuidado.[11]

Nós ansiamos por conhecer as palavras reais de Catarina, embora não sejam essas. "Não há registros que nos transmitam informações sobre como a própria Catarina discernia seu chamado religioso", escreve Kirsi Stjerna,[12] que aborda a vida de Catarina desde seus anos de convento, até as duas décadas em que ela foi esposa de um ministro da Igreja. Entretanto, fosse esse fato um chamado ou não, ela tomou uma profunda decisão vocacional ao "enfrentar o desconhecido e deixar aquilo que era, para todos os fins práticos sua única família", suas irmãs de convento.[13] E o que dizer da sua vida espiritual durante os vários anos em que ela foi freira, bem como nas duas décadas seguintes à sua fuga?

Considerando a condenação que Lutero fez do monasticismo, seria interessante conhecer a avaliação que ela fazia do sistema. É notável saber que não existe evidência de que Catarina nutrisse algum sentimento negativo acerca da sua vida no convento. No entanto, outras freiras escaparam e trouxeram com elas relatos de miséria e desespero. Ela teve o fórum de discussão perfeito à mesa, mas nenhum dos estudantes, ou outros convidados, jamais relatou este tipo de comentário da parte dela. Tampouco seu marido relata qualquer alegação de abuso ou infelicidade de Catarina. Ao contrário de Florentina von Oberweimar, que contou uma história depreciativa a respeito da vida no convento (publicada em um panfleto endossado pelo próprio Martinho Lutero), Catarina pode ter vivido relativamente contente e não ter sido uma participante ativa nos planos conspiratórios para a fuga.[14]

A certa altura, Catarina pergunta ao seu marido: "Por que será que sob o Papa nós orávamos tão ardorosamente e com tanta frequência e, agora, as nossas orações são tão frias e raras?" A resposta dele, curiosamente, parece falar por ambos: "Éramos [à época] levados a orar daquela maneira, [mas agora] somos tão gelados e preguiçosos nas nossas orações que não somos consistentes nelas".[15] Ficamos curiosos por saber se Lutero estava repreendendo mais a Catarina do que a si mesmo ao fazer uso da expressão "gelados e preguiçosos". Sabemos por outras fontes, e pelos seus próprios escritos, que aquela expressão não descrevia sua própria condição — a menos que ele estivesse em meio ao desespero. As palavras ditas por Catarina — "frias e raras" — são reveladoras.

Ao comentar que, no convento, elas oravam "ardorosamente e com frequência", Catarina também diz muito. Nem todas as freiras poderiam dizer isso. Os conventos não funcionavam, normalmente, por conta própria, e isso também era verdade no que diz respeito a Marienthron. Um abade supervisor era designado para fiscalizar as freiras e visitava o convento regularmente. Ele não ficava nada impressionado com a vida devocional das freiras, considerando-as indolentes na observância das orações e negligentes nos seus momentos de adoração coletiva.[16] Seria Catarina mais uma dessas moças desinteressadas na sua adoração? Ou será que ela orava, como disse Martinho, somente porque era levada a fazer aquilo? Ou será que orava "com fervor, diligência e frequência",[17] do fundo do coração, como mais tarde declarou? Ela não parece ser o tipo de pessoa que é levada a fazer algo.

"A Leitura Bíblica de Cinquenta Florins": Espiritualidade Desvalorizada     175

Se Catarina inicialmente entrou e saiu do convento por razões espirituais, reforçadas pelos argumentos bíblicos e teológicos de Martinho, não se pode saber com certeza a partir das fontes disponíveis. Na verdade, não existe qualquer evidência de que Lutero, em todos seus comentários elogiosos sobre ela, tanto nas suas cartas, como à mesa, tenha falado alguma vez da esposa como sendo um exemplo de conversão aos seus ensinos, como Argula. Não se sabe se, de fato, Catarina ponderou seriamente sobre os ensinos dele antes de fugir, mas o desejo por liberdade, sem dúvida, era uma poderosa motivação em si mesma.

A maior parte das freiras alemãs, naquela época, não entrava para a vida religiosa com grande entusiasmo. Na verdade, muitas se ressentiam das restrições que lhes eram impostas, e não somente aquelas que foram inflamadas pelos ensinos da Reforma. A madre superiora Verena von Stuben e suas freiras no famoso Convento de Sonnenburg ilustram isto. Quando o Cardeal Nicolau de Cusa (indicado em 1452) procurou instituir uma reforma monástica em todos os territórios da Alemanha, ela não aceitou, assim como todas as outras ricas mulheres da nobreza. Verena havia trabalho a fazer na administração das suas terras e ia a casamentos politicamente importantes, e não poderia fazer isso tudo sozinha. As freiras, voluntariamente, saíram correndo errantes para o povoado, e para longe do convento.

O fato de ela ficar enclausurada era um absurdo. Além disso, não levava a ideia dele muito a sério, pois Cusa não passava de um "burguês da Renânia".[18] Quem era ele para dar ordens a ela? Porém, ele tinha o poder da Igreja por trás de si. Até que ela, por fim, fez uma proposta de acordo. Cusa poderia reformar as freiras, mas ela ficaria de fora. Ele foi intransigente, suas expectativas eram claras: a madre superiora deveria ser muito mais do que uma administradora. A sua principal obrigação era servir como modelo espiritual para as freiras, que se espelhariam nela no seu treinamento e devoção a Deus. De modo mais específico, ela deveria estar presente na maior parte, senão em todos os momentos diários de oração, coros, missas e nas orações da noite, e não ficar perambulando fora do convento, envolvida em negócios ou em encontros sociais inadequados a uma madre superiora.[19]

Quando ela se recusou a colaborar, Cusa ordenou sua remoção e indicou outra madre superiora de sua confiança. Todavia, Verena conseguiu continuar no controle e minar o processo por seis anos, porém no fim, teve de ceder de vez. O cardeal não somente a excomungou, como também interditou o convento e, dentre outras atividades, não permitia que um padre ministrasse a missa — algo muito sério, mesmo para freiras fujonas. E se isso não fosse suficiente, o cardeal usou do seu poder para impedir o pagamento de aluguéis e promover um embargo na entrega de comida e combustíveis. Nem mesmo os mercenários que entregavam suprimentos, diante das súplicas do cunhado de Verena, conseguiam furar o bloqueio da fortaleza montada por Cusa, e Verena, aquela "verdadeira Jezabel",[20] como era chamada por Cusa, foi forçada a se retirar. Contudo, nos anos seguintes, ela obteve vitórias significativas, incluindo uma "boa pensão anual" e a suspensão do embargo que tinha sido feito a ela e ao convento. Sem dúvida, é incorreto se dizer isto: "O convento nunca foi verdadeiramente reformado".[21]

O que é mais significativo acerca desse relato é a grande lacuna entre a expectativa e a realidade — particularmente à luz dos esforços da Igreja em reformar os conventos pelo aumento da austeridade na disciplina. Estes esforços reformistas estavam já bem encaminhados quando Catarina estava avançando no sistema monástico. Quanto não daríamos para sermos uma mosquinha lá na parede do convento e observá-la e descobrir em qual nível ela estava em termos de expectativas espirituais? Estaria ela participando com paixão, ou somente cumprindo aqueles movimentos ritualísticos?

E se Catarina tivesse se transformado em uma famosa madre superiora com toda a coragem que demonstrou como governanta-mor do Mosteiro Negro? Como sua vida teria sido diferente — e, por que não dizer, menos gratificante. Ao contrário de algumas madres superioras famosas, Catarina não tinha percepções espirituais profundas a oferecer. Ela não era nenhuma Hildegard, que preenchia seus dias e anotações com revelações vívidas e mensagens de Deus. A partir do que sabemos de Catarina, essa espiritualidade não se conformaria facilmente à sua constituição psicológica. O que *se conformava* eram os debates à mesa, e ela não era simplesmente uma observadora calada.

Numa ocasião ela desafiou o marido: "Como Davi pôde ter dito: 'Julga-me segundo a minha justiça', se ele mesmo não era um homem justo?"[22] Boa pergunta! O seu marido não havia citado Paulo repetidas vezes dizendo

"A Leitura Bíblica de Cinquenta Florins": Espiritualidade Desvalorizada

que nenhum de nós é justo? Lutero gostava de se vangloriar da sua esposa, como em uma carta que escreveu em 1535. Ele enviou saudações, como costumava fazer, não somente de "Kathe", mas também da "minha *senhora* Catarina", orgulhando-se das suas mil-e-uma atividades, inclusive o nivelamento de campos e a venda de vacas. Só que a surpresa dessa vez foi ele dizer que a havia fisgado com uma grande soma de dinheiro — 50 florins — caso Catarina terminasse de ler a Bíblia antes da Páscoa, sendo que ela ainda nem havia terminado de ler o Pentateuco.[23] Porém o resultado não era garantido. Quando ele começou a incomodá-la para que atingisse o objetivo que ele havia proposto, ela, segundo registros, revoltou-se: "Eu já li o suficiente. Eu sei o suficiente. Quisera Deus que eu vivesse isso".[24]

A compreensão básica que Catarina tinha da Bíblia, pode-se supor, não vinha da leitura, mas sim de ela se assentar à mesa junto com o marido que interagia com os estudantes. Mesmo que isso possa ser considerado um elogio duvidoso, Lutero, em certa ocasião, segundo ficou registrado, afirmou: "Catarina entende melhor a Bíblia do que qualquer papista entendia vinte anos atrás".[25]

Como ele considerava que os "papistas", duas décadas antes, não entendiam quase nada da Bíblia, talvez pudéssemos esperar um elogio mais convincente da sua parte. Porém, há indicativos de que ela era bíblica e teologicamente competente, senão astuta. Na verdade, nós a imaginamos como esposa, mãe e empreendedora, e não particularmente como uma erudita. Ela, porém, gostava de se sentar à mesa e ouvir às discussões e debates entre os estudantes e seu marido. Pelo que lemos nas notas das "conversas à mesa", aparentemente Catarina nem sempre era apreciada, mas chamada de *Doctorissa*, talvez somente pelo fato de ser a esposa do "doutor" Lutero. Sabemos, a partir das correspondências, bem como das "conversas à mesa", que ela entendia suficientemente de latim para interagir com os assuntos debatidos.[26]

Porém, permanece o fato de Catarina se assemelhar mais a Marta do que a Maria, que se se concentrava em aprender aos pés de Jesus. Quando Lutero ficou gravemente doente, no verão de 1527, tão enfermo que o próprio reformador e alguns dos seus amigos mais íntimos acreditavam que estava prestes a morrer, ele se preparou para o fim: "Numa oração em voz alta, ele se entregou à vontade de Deus",[27] como fizera repetidas vezes. Porém, a segurança que ele mais precisava não era aquela vinda de Deus. "Várias vezes ele se voltava à sua 'amada Kathe', admoestando-a a se submeter à vontade divina. Catarina deveria se lembrar de que ela, uma ex-freira, era sua esposa e que deveria se concentrar na Palavra de Deus".[28]

A dra. Catarina era conhecida por suas habilidades médicas e chamada toda vez que surgia algum problema sério e, normalmente, trocava dicas interessantes com outras mulheres da comunidade. De fato, às vezes, o Mosteiro Negro se tornava, na prática, um hospital. Lutero aprovava elogiosamente este ministério com os enfermos, mas tinha preocupações. Excelência e medicina não eram suficientes. Sobre esse problema, ele escreveu que "nossas esposas, até mesmo Catarina, experimentam [...] que a intercessão [a Deus] se aplica somente aos seus maridos, e não a elas. Consequentemente, para prejuízo das mulheres, elas não usam a oração e a Escritura quando precisam disso".[29]

Catarina, sem dúvida, teria respondido que as mulheres — particularmente quando eram confrontadas com uma questão médica séria, como um parto complicado — concentravam-se demais naquilo que precisava ser feito. Que os homens fizessem as orações! Ele escreveu a Catarina sobre oração quando esteve longe de casa em 1540, instando-lhe a orar, não por ele especificamente, mas por outro motivo: "Ore diligentemente, como é devido a Cristo, nosso Senhor".[30]

Lutero se sentia forçado a cobrar de Catarina a melhora da sua vida devocional. Isso já não acontecia com Filipe Melâncton, com respeito à sua esposa Catherine, se as palavras de Joachim Camerarius puderem ser levadas ao pé da letra:

> Ela era uma mulher muito fiel a Deus, que amava o marido com devoção; uma mãe de família disciplinada e ativa, generosa e benevolente para com todos, e tão cuidadosa com os interesses dos pobres, que não perdia de vista sua capacidade e força na distribuição das suas caridades, mas também intercedia por eles entre seus amigos, com a maior sinceridade e, até mesmo, impetuosidade. Ela levava uma vida sem máculas, e era tão diligente em cultivar um caráter piedoso e honrado que não demonstrava interesse em participar de entretenimentos caros, nem de usar roupas de alto valor.[31]

É difícil imaginar Catarina sendo descrita como uma mulher "muito devota" ou como alguém que levava uma "vida sem máculas [...] tão diligente em cultivar um caráter piedoso e honrado". Em muitos aspectos, essa primeira-dama da Reforma, que é mencionada como a primeira esposa de um pastor protestante, era uma mulher comum da sua época, casada com um homem que levava uma vida longe de ser sem máculas. O orgulho e os preconceitos dela, normalmente, refletiam os dele próprio, e ninguém ousaria revestir a ela (ou a ele) com um manto imerecido da graciosidade cristã. O aparente antissemitismo dela fica evidente em uma carta de Martinho, datada de 1545 (um ano antes da sua morte), que contava como ele, subitamente, tornou-se fisicamente fraco e desorientado quando ele e um companheiro se aproximavam de Eisleben. Ele contou a Catarina que sua dor de cabeça severa era culpa dele mesmo. Ele prossegue, entretanto, fazendo uma piada grosseiramente antissemita, a qual assumia que faria Catarina rir, ao dizer que se ela estivesse com ele, ela teria colocado a culpa nos judeus, que teriam feito soprar um vento frio e gélido sobre ele. Se Lutero não estivesse tão ocupado com a Reforma teológica, diz o reformador a ela, ele se concentraria na invasão da terra dos judeus.[32]

Como ela reagiu àquela carta? Não sabemos. Teria ela dado um sorriso de consentimento, ou desejava que o marido se comportasse mais como um bom cristão? Infelizmente, a maneira de se entender Catarina é por meio do seu marido, e tanto suas cartas, quanto as conversas à mesa são inconclusas.

As palavras de Martinho a Catarina nas suas cartas de fevereiro de 1546, menos de duas semanas antes da sua morte, como já vimos anteriormente, são bastante reveladoras:

> Querida Kate, leia o evangelho de João e o *Catecismo Menor*, do qual você, uma vez, disse: Realmente, tudo nesse livro se aplica a mim. Pois você quer se preocupar no lugar do seu Deus, exatamente como se ele não fosse Todo-Poderoso, e não pudesse criar dez *Doutores Martinhos*, se esse velho morresse no Saale, ou na fornalha, ou numa emboscada.[33]

Aqui, Martinho lança muita informação em um parágrafo muito curto: leia o evangelho de João e o Catecismo Menor, fazendo-a lembrar das suas próprias palavras — que ela mesma havia, certa vez, dito que *tudo* em, pelo menos, um dos livros se aplicava a ela. As palavras seguintes são mais complicadas de se entender por meio de tradução. Porém, ele parece estar acusando-a de querer se preocupar com seu Deus, como se Ele *não* fosse Todo-Poderoso. De certa forma, esta avaliação resume a espiritualidade de Catarina — e a de muitos de nós. Ela norteava suas tarefas diárias guiada pelo axioma: "Deus ajuda aqueles que se ajudam". Martinho, entretanto, enfatizava a oração e a onipotência de Deus em todos os aspectos da vida.

Ao contrário do marido, Catarina não teve pessoas visitando-a junto ao seu leito de morte, implorando por palavras finais e confissões, quando faleceu. Na verdade, as únicas palavras finais que temos dela nos chegaram em dezenas de versões só na língua inglesa: "Eu me apego a Jesus"; "Eu me apego a Jesus como um carrapicho em um vestido [como um carrapicho em uma capa; como um carrapicho em um hábito]"; "E me seguro em Cristo, como um carrapicho em um pano"; "Eu me apego ao meu Senhor, Cristo"; além da versão de J. H. Alexander: "Eu me apego a Cristo feito carrapicho em uma capa de veludo".[34] Que forma santificada de partir deste mundo de dor física — não fosse por essas palavras todas serem falsas.

Como quase todos os esforços para se colocar palavras devotas na boca de Catarina, essas frases nos chegam com autenticidade dúbia. "A citação tem sido popularmente atribuída a Catarina Lutero, nascida von Bora, como sua declaração de fé no leito de morte".[35] Porém, apesar das suas muitas repetições e da atribuição a ela, é mais apropriado atribuí-la à Duquesa Catarina da Saxônia, e as palavras podem, muito bem, também ter sido colocadas na sua boca. Elas foram transferidas para Catarina no século XIX.[36]

Num certo sentido, a analogia do carrapicho é adequada. Como fazendeira, Catarina deve ter tido muitos deles pendurados na sua saia. A sua espiritualidade era rodeada de trabalho árduo, normalmente nos campos. Ela teria que prender a saia de lã grosseira mais alta e ainda teria que remover os incômodos carrapichos. Por isso, sua vida é lembrada, tal como o provérbio: "Como este mundo de trabalho diário é cheio de espinhos [ou carrapichos]!"[37]

Martinho Lutero consolou-se a si mesmo diante da morte, exatamente como havia feito na morte das suas filhas. As suas palavras de consolo, sejam elas citadas com ou sem exatidão, são as do velho e conhecido Lutero: "Tu ressuscitarás, e brilharás como uma estrela, sim, como o sol. Estou jubiloso em espírito, mas dolorido na carne. Nós [...] não devemos nos lamentar como pessoas que não têm esperança; despedimos um santo, sim, um santo vivo para o céu. Ó, que possamos assim morrer! Tal morte eu aceitaria voluntariamente neste exato momento".[38]

As suas palavras não são as de Catarina. Não há indicação de que a visão de mundo de Catarina fosse tão espiritualmente otimista. A sua vida foi cheia de espinhos, especialmente os espinhos insuportáveis que vieram com a morte das filhas e do marido — e o espinho terrível da sua própria morte, que significava deixar para trás filhos que não teriam mais sua mãe.

# CAPÍTULO 12

# "Nenhuma Palavra Pode Expressar a Minha Dor": A Viuvez e os Últimos Anos

"Ó Deus, se Lutero está morto, quem irá, doravante, entregar-nos o Santo Evangelho com tamanha clareza?"[1] Este lamento é o grito desesperado do grande artista Albrecht Dürer, que jamais viveu para ouvir a frase real: *Lutero está morto*. O temor do artista foi expresso em 1521, depois da excomunhão de Lutero na Dieta de Worms. Lutero, entretanto, viveria mais um quarto de século depois daquele episódio. Na verdade, ele seguiria adiante como um líder religioso formidável. Durante aqueles anos, ele escapou da morte em várias ocasiões, seja pelas mãos de inimigos, ou por causa de suas próprias enfermidades. Todavia, para muitos, mesmo em 1546, a frase *Lutero está morto* era alarmante. Tanto inimigos como amigos ficaram perplexos. Como ficaria seu legado? A notícia confirmou os piores pesadelos de Catarina.

Os biógrafos, normalmente, dividem a vida dos seus biografados em segmentos coerentes e acessíveis, como se faz com frequência no caso de Martinho Lutero. Com Catarina, essa tarefa é relativamente simples. Há quatro acontecimentos principais na sua vida, cada um marcando o começo e o fim de dois longos estágios: (1) sua entrada na vida monástica, ainda menina, e sua fuga da clausura e (2) seu casamento com Lutero e a morte dele. Os detalhes dos cinco anos que antecederam sua entrada para o convento foram perdidos. Todavia, não se perderam os detalhes dos seus anos de viuvez. Aqui nós a encontramos ativa e no controle. Na verdade, durante os quase sete anos da sua viuvez, por mais devastadora que essa fase da sua vida tenha sido, nós a vemos altiva e assumindo o comando em meio a um sofrimento terrível. Ela aparece independente, firme e competente, como se estivesse ainda na vida de casada.

A partir de referências a ela daquela época, entretanto, seria fácil caracterizar Catarina, nestes seus anos finais, como uma mulher irritadiça, beligerante e viúva endurecida. E, de muitas formas, ela foi assim mesmo. O problema era que ela apresentava muito mais a atitude mental de uma viúva independente do século XXI do que a de uma mulher dependente do século XVI.

A história começa com a morte do seu marido. Para a alegria dos biógrafos, ele era uma celebridade da sua época. Cada detalhe da sua vida depois de 1517 foi cuidadosamente registrado, particularmente sua morte. Heiko Oberman resume sua semana final:

> Nos últimos dias antes da sua morte, Lutero fora o homem risonho que seus amigos conheceram e amaram. Ele havia conseguido completar uma missão difícil: fazer uma viagem de Wittenberg para Eisleben [onde ele nasceu e foi batizado] para mediar um longo conflito [...]. Depois de duas semanas difíceis de negociação, as partes acertaram suas diferenças e chegou-se finalmente — mesmo que ela tenha sido somente temporária — a uma reconciliação. Portanto, havia razão para se alegrar [...] mesmo ele tendo bastante certeza de que seu tempo se esgotava: "Quando eu retornar para a minha casa em Wittenberg, eu deitarei no meu caixão e darei às minhocas um doutor gordo para elas fazerem a festa". Ao realçar o esqueleto dentro do corpo humano, a arte medieval tardia fazia lembrar a todos que a saúde, a beleza e a riqueza estavam somente a alguns suspiros da Dança da Morte.
>
> O "doutor gordo" tinha plena ciência disso, não como uma história de horror moralista, mas como uma realidade da vida equilibrada à beira da eternidade.[2]

Essa "Dança da Morte" teria sido muito real para Catarina numa época em que as privações estavam à espreita, em algum lugar, debaixo de cada telhado de Wittenberg. Porém, o choque de perder o marido foi uma dor terrível.

Como se lida com a perda de um cônjuge amado? Para mim, o termo *viuvez* descreve o medo, o pavor e a tristeza indescritível da perda do meu marido. Ele já passou por isso duas vezes. Para ele, os diagnósticos terminais (um câncer de ovário e um câncer de pâncreas) afetaram dois casamentos por mais de três anos, enquanto a felicidade da família e as risadas tentavam abrir frestas no meio da escuridão. Ao final, a morte se transformou num triste e doloroso presente — pois não havia mais a necessidade das quimioterapias, e ninguém mais passaria por aquele sofrimento insuportável.

Apesar de Martinho ter sofrido muito, ele não esteve terminalmente adoecido, e Catarina não teria considerado sua morte como uma forma de presente. Em meio à sua profunda aflição, entretanto, ela não tinha escolha senão seguir adiante em todos seus esforços relacionados ao trabalho, confrontando a discriminação de gênero a todo momento. Os seus direitos sobre as propriedades e filhos muito jovens estavam longe de ser assegurados. Quando Martinho faleceu no dia 18 de fevereiro de 1546, o casal tinha quatro filhos vivos. Hans, com dezenove anos, longe de ser independente. Martinho, quatorze anos; Paulo acabara de completar treze anos e Margarete, que ainda não tinha nem onze anos. E, apesar de Lutero ter pensado que morreria em várias ocasiões anteriores e ter procurado preparar Catarina para sua morte, não houve um alerta claro que lhe permitisse, ao menos, estar junto a ele no seu leito de morte.

Verdadeiramente, sua morte chegou com tal ímpeto que ela deve ter ficado perplexa. Ele já havia adoecido gravemente em outros momentos, e suas cartas durante as viagens anteriores a haviam abalado profundamente. Mas, dessa vez, como sua última carta para ela claramente indicava, tudo estava bem. Na verdade, esta última carta a Catarina, escrita quatro dias antes da morte dele, estava entre suas cartas mais otimistas: "Nós podemos vir para casa essa semana", iniciou ele, e essa era uma notícia muito bem-vinda. "Os duques chegaram. Vou convidá-los a vir para que possam conversar entre si".[3] *Por que ele sempre faz isso comigo?, ela deve ter pensado. E duques? Como ele pensa que poderia dar abrigo e alimentação adequada para eles? Será que ele não sabe que não consigo lidar com mais aproveitadores?*

Lutero deveria saber que ela não ficaria feliz com mais hóspedes na casa, e suas frases seguintes a teriam agradado: "Estou lhe enviando algumas trutas que a Duquesa de Hohenstein me enviou. Ela está muito feliz com a reconciliação". A melhor notícia, além da sua volta iminente, acalmou sua mente nas questões familiares: "Os meninos continuam em Mansfeld. Somos tão bem tratados aqui que corremos o risco de nos esquecermos de Wittenberg. A pedra na bexiga, graças a Deus, não está me incomodando".[4]

Como seria bom se ele tivesse mesmo retornado e ela pudesse ter se despedido dele pessoalmente. Ela precisava tão desesperadamente de consolo, e não havia ninguém mais que poderiam acalmá-la da forma como aquele bárbaro alemão, com quem ela vivera por vinte anos, poderia fazer. O casamento deles era sólido; nunca tiveram um romance avassalador, porém a parceria de afeto profundo e permanente os levou por meio de alegrias, tristezas e agruras. Agora, restava a agrura final. Quando a notícia chegou, o Mosteiro Negro foi tomado por trevas jamais vistas.

Na verdade, ela não foi a primeira a receber oficialmente a notícia em primeira mão: "Pouco depois da morte do doutor Martinho por volta das 3 da manhã, no dia 18 de fevereiro", escreve Heiko Oberman, "Justus Jonas registrou cuidadosamente as últimas vinte e quatro horas de Lutero, enviando seu relato, não para a viúva de Lutero, como se poderia esperar, mas para seu soberano, o príncipe João Frederico, com uma cópia para seus colegas da Universidade em Wittenberg".[5]

Era importante ter essa morte testemunhada e registrada. Jonas redigiu aquela carta nas horas que antecederam o amanhecer, menos de duas horas após a morte de Lutero. Além de Jonas, dentre as testemunhas estiveram os filhos Martinho e Paulo, o pregador da corte, um servo, um notário e sua esposa, o proprietário da hospedaria, e dois médicos. Filhos, amigos e estranhos — todos estavam lá, menos Catarina. Outro estranho, um médico, "atribuiu a morte a um ataque de paralisia, gerado pelo fechamento de um ferimento na perna do qual o reformador padecia havia anos".[6]

Vestido em um jaleco branco, o corpo de Lutero permaneceu na cama onde ele faleceu, até que sua máscara fúnebre e esquife fossem preparados. Depois, já à tarde, seu corpo foi levado a uma igreja próxima, onde Jonas pregou um sermão fúnebre. No dia seguinte, depois de Catarina ter sido informada por Filipe Melâncton, o cortejo fúnebre seguiu para Wittenberg.

"Nenhuma Palavra Pode Expressar a Minha Dor": A Viuvez e os Últimos Anos

Quando ele passava pelo meio das cidades ao longo do caminho, os sinos das igrejas tocavam. Foi só na manhã do dia 22 de fevereiro, quatro dias e algumas horas depois da morte de Martinho, que o cortejo chegou a Wittenberg, no Portal Elster.

Na frente do cortejo estavam vários representantes da corte da Saxônia, acompanhados por dezenas de cavaleiros. Era um funeral de Estado, com toda a solenidade que acompanharia a morte de um príncipe ou rei. Catarina e a filha Margarete haviam sido levadas para se encontrar com o cortejo, e sua carruagem seguia atrás do carro fúnebre com o esquife revestido de preto. Os três filhos caminhavam com outros parentes próximos. Seguindo-os, iam professores, estudantes e oficiais da cidade na retaguarda. Johannes Bugenhagen foi o responsável pelas palavras fúnebres, seguido por reflexões pessoais de Filipe Melâncton, "que não fez segredo do fato de Lutero não ser um 'santo', mas uma pessoa comum que também tinha seus defeitos".[7] O seu local de sepultamento foi a famosa Igreja do Castelo.

Melâncton escreveu para o Chanceler Brück a respeito da reação de Catarina à notícia: "É fácil ver que a pobre senhora está profundamente chocada e muitíssimo abalada, mas especialmente por causa dos três filhos que o justo Doutor tinha em Eisleben, por não saber como eles poderiam reagir à morte do seu pai".[8]

Como deve ter sido difícil para Catarina manter-se em luto privado pelo seu marido, um homem que pertencia a toda Wittenberg, e às mais remotas regiões. Onde ela buscaria consolo? Catarina tinha poucos amigos, e alguns deles já haviam falecido. Tampouco tinha a convicção serena do marido de que a morte significava uma passagem para um lar celestial muito melhor. A morte das duas filhas e a do marido deixaram-na arrasada.

Por quase três décadas, Lutero havia sido uma figura pública importante, e sua morte não era uma questão privada que dissesse respeito, primariamente, à sua família A sua partida marcava o fim de uma era. Quando Filipe Melâncton recebeu a notícia, ele estava no meio de uma preleção na universidade e ficou abatido. As suas palavras não precisam de nenhuma explicação: "Caiu o cocheiro de Israel".[9] Outros já tinham apanhado o manto, porém o pai da Reforma, o profeta doentio e zangado, havia sido, pelo menos figuradamente, transportado para o céu em uma carruagem de fogo.

Ao contrário de Elias, as horas finais de Martinho Lutero haviam sido cuidadosamente registradas para a posteridade. Na verdade, não demoraria muito para que seus inimigos (como temiam seus seguidores) começassem a espalhar boatos de que ele havia voltado atrás no leito de morte, ou que havia enfrentado uma morte miserável nas mãos do diabo, ou mesmo que foi culpado do ato mais imperdoável: o pecado do suicídio. Esses rumores continuam até os dias de hoje. Num website dedicado a Lutero, um homem chamado Ray comentou: "Tendo sido criado em uma família católica, meu pai me contava histórias de como Lutero foi atormentado pela dor nos seus momentos finais, clamando a Deus para perdoar-lhe os pecados que cometeu contra sua Igreja; as pessoas presentes observavam horrorizadas enquanto ele gritava que os demônios tinham vindo buscá-lo".[10]

Catarina, seguramente, estava acostumada a essas acusações por parte dos oponentes do seu marido, mas agora ela teria de enfrentá-las sozinha. Pior que isso, entretanto, deve ter sido a censura feita diretamente a ela, mas ela perceberia que tinha novos amigos. Até mesmo os parentes próximos pareciam-lhe quase distantes. Quando sua cunhada, Cristina von Bora, escreveu-lhe pedindo ajuda financeira para seu filho Floriano, Catarina, como indica sua carta, respondeu enfatizando sua dor e aflição presentes:

> Vejo que você tem uma simpatia sincera por mim e pelos meus pobres filhos. Pois quem não estaria verdadeiramente triste e preocupado por causa de um homem tão querido como foi o meu amado marido [...] Não consigo comer, nem beber. E, além disso, também não consigo dormir. E se eu tivesse um principado, ou mesmo um império, não me sentiria tão mal por perdê-lo como me sinto agora que o nosso querido Senhor Deus tomou esse amado e querido homem de mim, e não somente de mim, mas do mundo inteiro. Quando penso nisso, não posso evitar a angústia e o pranto, seja para ler ou escrever, como Deus bem sabe. [11]

Não parece impróprio que alguém tivesse procurado Catarina para pedir-lhe dinheiro somente dois meses depois do sepultamento do seu marido? Mas ela não podia deixar de tocar no assunto e, em resposta, ela declinou da ajuda na educação de Floriano. Catarina indicou que estaria demasiadamente pobre, embora, na verdade não estivesse. Ela "exagerou o

"Nenhuma Palavra Pode Expressar a Minha Dor": A Viuvez e os Últimos Anos

efeito da sua perda", escreve Scott Hendrix. Quando levamos em conta "as propriedades de Lutero e a generosidade do príncipe João Frederico, dos condes de Mansfeld, e dos amigos íntimos de Lutero, havia dinheiro de sobra".[12] Na verdade, na época da sua morte, eles estavam entre os moradores mais ricos de Wittenberg. Porém Catarina, como mulher realista, sabia que o patrimônio financeiro poderia se transformar em pó com muita rapidez durante aqueles dias tenebrosos de guerra e pestilência — sem falar nos desmandos judiciais.

"Quando Lutero morreu", escreve Erwin Weber, "o mundo de Catarina veio abaixo". Apesar do seu marido ter deixado tudo para ela em testamento, e o príncipe apoiar os desejos de Lutero, "os juízes do território não permitiam que viúvas herdassem propriedades e ordenaram tutores para as crianças".[13] O seu futuro foi arrasado, e ela considerava ser de sua única responsabilidade certificar-se de que seguiria adiante, pois não poderia depender dos homens ao seu redor.

A sua maior preocupação era pelo bem-estar financeiro dos filhos. Catarina era, em primeiro lugar e acima de tudo, uma mãe coruja, temerosa de permitir que seus filhotes fugissem para muito longe das suas asas protetoras. Quando saía para suas viagens de negócios, ela tinha a expectativa de que Martinho fosse um cuidador confiável da casa. Mas, agora, havia aqueles que a acusavam de procurar amealhar uma fortuna para si mesma, deixando de lado o cuidado dos filhos. Assim, apesar das claras instruções do marido no testamento, ela e os filhos deveriam ficar sob a supervisão de tutores. A sua independência — e também sua própria maternidade — foi assumida por outras pessoas. Somente Margarete viveria ao seu lado.

É difícil imaginar que um comitê decidisse o destino daquela família sem pai, quando a própria mãe era plenamente competente para dirigi-la. Todavia, era exatamente isso que estava ocorrendo. O príncipe, seu chanceler Gregório Brück e outros se encontraram a portas fechadas e tomaram decisões que, depois, seriam comunicadas a Catarina. O chanceler, certamente, não era amigo de Catarina, pois a acusava de desleixo no cuidado com os filhos, visando ao enriquecimento pessoal e prometeu arruiná-la ao enviar os filhos para longe dela e colocar um fim naquilo que insistia ser um esbanjamento de dinheiro. Ele não deu muita importância às claras instruções de Martinho para que Catarina, sua competente esposa, fosse a tutora dos seus filhos.[14]

Com Martinho Lutero morto, agora era hora de colocar Catarina no seu devido lugar. As decisões de Brück eram motivadas pelo rancor. "Seja como for, na sua aversão a Catarina, e no seu desejo de reafirmar sua influência", escreve Ernst Kroker, "ele, agora, tornava-se injusto com ela e levantou suspeitas a respeito dela diante do príncipe [...]. Tão negativa foi a essa influência que o príncipe deu ouvidos ao boato de que Catarina poderia se casar novamente".[15]

As propriedades também eram uma razão importante de conflitos. Catarina e Martinho costumavam discordar sobre a aquisição de propriedades, mas as vontades dela tinham prevalecido. Agora, depois da morte do marido, ela acreditava que sua única segurança financeira estava na aquisição de mais terras. Ele temia assumir tamanhos riscos em meio a incertezas políticas e militares.[16] Quem cuidaria daquelas terras? Havia taxas a serem pagas, sem renda garantida. Entretanto, Catarina estava determinada a comprar mais. "Contra o conselho do ex-chanceler Brück e Melâncton", escreve Scott Hendrix, "Catarina comprou uma fazenda barata em Wachsdorf".[17] Ela ficava a duas horas de viagem de Wittenberg, mas não tão longe quanto sua fazenda de Zülsdorf.

Por que Catarina, simplesmente, não aceitava o conselho de outras pessoas, especialmente do Chanceler Brück? Por que não facilitar as coisas — "mandar todos os meninos para a escola, abrir mão das suas propriedades, devolver o Mosteiro Negro para o príncipe, e levar uma vida modesta com sua filha em uma propriedade cedida pelo príncipe?[18] Só que este não era seu estilo. Ela era uma mulher impulsiva, uma personalidade do tipo A e, simplesmente, não conseguia voltar atrás. Imagine-a sentada em uma cadeira de balanço, tricotando suportes para panelas pelo resto da sua vida. Outras mulheres talvez suportassem isto. Catarina não. Ela era direcionada e determinada a viver por conta própria e manter, pelo menos na prática, a guarda dos seus quatro filhos. Ela era tenaz e, no fim, venceu.

Porém, sua vida passou a ser mais atormentada do que na época em que seu marido estava vivo. Na verdade, durante os anos seguintes à morte de Martinho, ela esteve no tribunal em três ocasiões diferentes para exigir seus direitos legais. Poucos meses depois da morte de Lutero, forças católicas se levantaram contra os protestantes. Tal revolta ficou conhecida como a Guerra de Esmalcalda. "As tropas de João Frederico da Saxônia e Filipe de Hesse", escreve Scott Hendrix, "não eram páreo para as tropas reunidas por Carlos e seu irmão Fernando, e em abril de 1547 os luteranos se renderam em Mühlberg",[19] uma cidade que ficava a aproximadamente um dia de viagem de Wittenberg. Pouco depois disso, a própria Wittenberg, tornou--se um campo de batalha, e os príncipes Filipe e João Frederico foram levados como prisioneiros.

No meio desse caos, em 1546, com os combates frente a frente agora chegando às ruas de Wittenberg, Catarina e seus três filhos mais novos fugiram para a cidade fortificada de Magdeburgo, onde pouco tempo depois chegou a família de Melâncton. Aquela cidade, entretanto, estava lotada de refugiados e não era considerada um local seguro. Portanto, assim que soube que as tropas haviam deixado sua cidade, ela retornou a Wittenberg, sem dúvida temendo que a reivindicação que fazia do Mosteiro Negro ficasse fragilizada caso ela mesma não estivesse morando lá. Durante sua curta ausência, entretanto, seus campos tinham sido destruídos, o gado morto e consumido, as hortas ficaram devastadas e as edificações, exceto o Mosteiro Negro, foram completamente incendiadas.[20]

Em 1547, ela e os filhos estavam novamente na estrada, dessa vez escoltados por Filipe Melâncton e seguindo para Copenhague, na esperança de que o rei da Dinamarca lhes proporcionasse apoio e um abrigo seguro, porém os quase 650km de viagem eram perigosos e caros. Muito antes de chegarem ao destino, eles encontraram tropas inimigas que os forçaram a retornar. Ela e os filhos encontraram abrigo seguro em uma pequena cidade alemã, onde permaneceram por dois meses, antes de retornar a Wittenberg, que ainda estava em convulsão. Na verdade, não havia onde se esconder. Outras pessoas entraram em pânico e também estavam em fuga. Porém, perguntamo-nos se Catarina, em meio aos seus temores e profunda aflição, não estaria simplesmente fazendo escolhas sábias.

Hoje, aconselharíamos uma viúva a não tomar decisões muito bruscas acerca de mudança de rumo na sua vida pouco tempo depois da morte do marido. Porém, mesmo que Catarina tivesse recebido esse sábio conselho, a destruição da plantação causada pela guerra e pelo tempo ruim somente aumentava sua indecisão. Sabemos que confusão e exaustão são sintomas comuns da angústia. Na verdade, no ano seguinte à morte do seu marido, ela ficou sobrecarregada com preocupações quase além da sua capacidade.

Antes da chegada do inverno de 1547, a pequena família havia retornado a Wittenberg. "Com certeza o duplo conflito exauriu as reservas de dinheiro", escreve Martin Treu, de tal forma que ela "ficou temporariamente à beira da falência".[21] Nestes meses de incerteza, Filipe Melâncton, como tutor, interveio para ajudá-la, porém sua amizade com Catarina nunca tinha sido muito forte. Na verdade, Melâncton, que reverenciara seu marido, agora estava frustrado com a independência e indecisão dela. E Catarina, sem dúvida, sentia-se igualmente frustrada por ser obrigada a depender dele. Porém, depois de algum tempo, quando obteve o controle legal da sua propriedade de Zülsdorf (com a ajuda de Melâncton), ela conquistou, aparentemente, certa estabilidade financeira.

É interessante que, em meio à sua profunda aflição, Catarina considerava que sua única segurança financeira real dependia do acúmulo de mais terras, como a compra de uma fazenda em Wachsdorf demonstrou. Porém, os tempos ruins viriam depois de somente uma colheita e, para fazer as contas fecharem, ela teria que hipotecar sua querida propriedade de Zülsdorf. Todavia ela perseverou e, por intermédio da sua audácia, seus filhos receberam bolsas de estudo, sendo que o dinheiro foi providenciado por funcionários da corte cuja lealdade a Lutero foi relutantemente estendida a ela. Só que para cada passo adiante, parecia que ela dava dois passos atrás.

Na verdade, parecia que tudo estava desabando — seu marido havia morrido, sua Reforma fora reduzida a folhetos rasgados e, agora, Catarina via todo seu trabalho árduo demolido. Além disso, estava o fato de ela ter também perdido sua posição social. Enquanto seu marido estava vivo, ela era reconhecida (embora geralmente com certo ressentimento) como a esposa do grande reformador. Agora, ela estava praticamente esquecida.

Se a viuvez, a destruição das suas propriedades e os problemas financeiros fossem tudo contra o que Catarina tivesse de lutar, sua vida poderia ter se prolongado por décadas. Ao contrário do marido, ela era forte, saudável e mentalmente estável. Nós a imaginamos visitando seus filhos e ajudando com os netos. O que mais de errado poderia acontecer? Ah, é claro, uma peste terrível estava assolando a terra. Suplicamos por ela. Será que ela já não teria sofrido o suficiente? Na verdade, se ela ainda não tivesse se tornado uma pessimista assumida até este momento, seus meses finais a mergulhariam num gelado desespero.

Além de possuir propriedades, ela tinha sido modestamente apoiada pelos benfeitores do seu falecido marido, dentre os quais estavam Filipe Melâncton e o rei da Dinamarca, bem como o Duque da Prússia. Porém, os ovos que uma vez ela tivera no seu ninho haviam desaparecido. Quando Lutero morreu, eles eram relativamente ricos, graças ao seu trabalho árduo da esposa e à sua frugalidade. Em função disso, seu marido morreu em paz, jamais imaginando que em um espaço de tempo tão curto a esposa se transformaria em uma mendiga vivendo na *amargura*. Nos últimos cinco anos da sua vida, ela imploraria por dinheiro dos seus benfeitores, embora sem sucesso. Todavia, ela continuou na batalha, mantendo aberta a pensão do Mosteiro Negro, mesmo não lucrando quase nada. No início de 1552, ela, finalmente, recebeu auxílio do rei da Dinamarca, dinheiro de que ela precisava urgentemente para investir nas suas plantações — pois, ao final, ela havia se tornado uma agricultora.

Porém, a colheita de 1552 terminou mal. As tropas imperiais não estavam apenas devastando a terra, mas, como corria o boato, espalhavam doenças também. Quando a fúria da peste chegou a Wittenberg, em 1552, as condições ficaram tão precárias que, em agosto, a própria universidade, na verdade, levantou acampamento e se mudou para o sul, instalando-se em Turgau. Dessa vez, Catarina permaneceu ali para proteger sua propriedade e armazenar a colheita. Pouco tempo depois, entretanto, temendo que a peste tivesse afetado o Mosteiro Negro, ela também fugiu para Torgau.

O próximo suplício horripilante enfrentado por Catarina seria o derradeiro. Ela seguia para Torgau com seus dois filhos mais novos, Paulo e Margareta (os meninos mais velhos estavam na escola). Não se sabe exatamente o que ocorreu, mas os cavalos entraram em disparada. Ela, aparentemente, teria sido lançada para fora, ou pulou da carruagem num esforço para controlar os cavalos e, no processo, sofreu uma queda grave, indo parar em uma vala e machucando as costas.[22] Imagine seu corpo tomado por cortes e hematomas graves e, talvez, com ossos quebrados e ferimentos internos. Os dolorosos meses finais foram terríveis. Martinho tinha colegas e amigos na cidade de Torgau, mas eles não se dispuseram a ajudar Catarina no seu tempo de necessidade.[23] A filha Margareta, agora com dezoito anos, tentou aliviar as graves dores da mãe e fazê-la recuperar a saúde, mas não conseguiu. Catarina morreu cerca de três meses depois, no dia 20 de dezembro de 1552, com apenas cinquenta e três anos de idade.

O seu funeral, conduzido por Filipe Melâncton e pelo reitor local, ocorreu em Torgau. A nota de falecimento a reconhecia como sendo a "esposa do venerável doutor Martinho Lutero", mas também se referia à sua falta de veneração: "Além das provações da viuvez, ela também sofreu muita ingratidão da parte de muitas pessoas de quem ela esperava auxílio e apoio por causa dos méritos públicos do seu marido no serviço da Igreja, mas geralmente ficava desgraçadamente frustrada".[24]

Como foi triste seu obituário. Depois de tudo o que ela havia conquistado por seus próprios méritos, à parte do seu casamento com o "venerável" doutor, seus filhos devem ter ficado "desgraçadamente decepcionados" com as palavras utilizadas naquela nota de falecimento. Porém, talvez fosse impróprio dizer que ela, sozinha, realizou mais do que a grande maioria dos homens no século XVI, apesar dos seus privilégios de gênero.

Os anos de viuvez de Catarina são difíceis de decifrar. Durante seus vinte anos de casamento com Martinho Lutero, ela foi destinatária de cartas, e sua vida confirma isto. Porém, depois da sua morte, ela parece sumir por meses, quase um ano inteiro, de uma só vez. Alguns aspectos da sua vida e reações à morte do marido permanecem encobertos em mistério. Na verdade, um destes mistérios diz respeito a uma representação dela entalhada em madeira no seu luto. A sua boca está coberta por um pedaço de tecido. Alguns especulam que a boca coberta deveria representar o silêncio que uma viúva deveria manter na ausência de um marido que deveria governá--la. Susan Karant-Nunn argumenta que, ainda no século XVI, as viúvas eram retratadas com panos cobrindo a boca — "uma representação simbólica da *mundtod* ('boca morta'), o princípio legal pelo qual as viúvas na Alemanha medieval perdiam sua voz ou identidade legal". Elas deveriam ser representadas por um parente homem.[25]

Catarina teria ridicularizado a ideia de ter sua boca coberta. A única forma de ela ter sua boca calada teria sido mesmo numa madeira entalhada, pois isso certamente não aconteceria na sua vida real. Entretanto, as representações dizem muito a respeito das épocas. Outra obra de arte que também apareceu em 1546, o ano da morte de Lutero, recebeu o título de *A fonte da juventude*. Pintada por Lucas Cranach, o Velho, representa a essência das épocas. Apesar de eu ser eternamente grata a Cranach pela pintura que fez de Catarina (embora os traços faciais das mulheres que ele representava terem sempre um olhar triste e inexpressivo), essa obra é muito mais interessante, bem como divertida.

*A fonte da juventude* é uma espécie de piscina no centro da pintura. Mulheres idosas (provavelmente viúvas sem qualquer esperança de um segundo casamento) estão sendo descartadas e carregadas para a beira da piscina em vários estágios de nudez. Na verdade, nuas, com os seios bastante caídos, elas descem cuidadosamente para a água. As mulheres que já estão na piscina, de pé e nadando, têm uma aparência jovem bem distinta. E, no momento em que elas saem do outro lado, são donzelas nuas e atraentes. Dali, elas entram num vestiário e saem em belos vestidos de baile, sendo que uma mulher está parcialmente escondida nos arbustos — fazendo-se sabe lá o quê — com um belo jovem.[26]

Aqui, Cranach está se divertindo com seus pincéis, e a obra de arte simplesmente aparece no mesmo ano em que Catarina, que vinte anos antes morou em sua casa, tornou-se viúva. Não se sabe se ela chegou a ver esse quadro, e caso tivesse, se ela o teria achado escandaloso. A ideia de ser uma mulher no vigor da juventude nos seus quarenta e sete anos (a idade que ela tinha quando ficou viúva) era ridícula. Vida e morte eram reais, e não havia tempo para extravagâncias como fontes de juventude.

Que terrível tragédia foi sua vida terminar tão subitamente! Ela jamais afagaria seus netos, nem viveria para ver que o legado do seu marido era tão firme, quanto eram seus livros e folhetos. Quanto mais eles eram queimados, mais rápido apareciam em novas impressões e traduções. A Reforma de Lutero fazia parte de um movimento mais amplo que se espalhava para muito além das fronteiras da Alemanha e, simplesmente, não podia ser parado. Na verdade, havia raios de esperança de que a diplomacia poderia prevalecer e a guerra acabar. Na verdade, em 1555, três anos depois da morte de Catarina, passos relutantes em direção à tolerância religiosa foram dados com a Paz de Augsburgo. Com esse acordo, cada um dos governantes alemães poderia escolher se seu território seria católico ou luterano. Apesar de o conflito religioso certamente continuar, aquele foi um acordo surpreendente que parecia quase inimaginável durante a vida de Martinho Lutero.

Como vimos, os últimos sete anos de Catarina foram marcados por desastres e discriminação. Ela esteve presa na década de 1540. Não há comemoração de cinco séculos para ela. Catarina não teria a compreensão de que, um dia, num futuro distante, poderia haver uma grande comemoração que duraria o ano inteiro. E como fica ela em tudo isso? A sua vida teria de ser devassada pelos escritores em busca de palavras suficientes para compor uma biografia. Segundo registros, ela não teve a morte tranquila que seu marido teve. Teria ela ficado furiosa contra a morte final, a luz que se apagava, como Dylan Thomas expressou profundamente no seu conhecido poema?[27] Estaria ela furiosa no seu leito de enfermidade, naqueles últimos dias e horas, sabendo que havia muitas tarefas a fazer — e filhos sem o cuidado da mãe?

—— EPÍLOGO ——

# A Marca de von Bora:
# Pensamentos Finais sobre Catarina

Não saber quem é Catarina von Bora é uma chave para que possamos conhecê-la. O discernimento é, às vezes, encontrado na obscuridade. O que sabemos sobre ela vem, em grande medida, dos escritos do seu marido, que, por sua vez, a apresentam segundo sua compreensão. Ou talvez devamos conhecê-la como conhecemos os buracos negros — não por vê-los, mas por conhecermos os efeitos que eles provocam na matéria que fica nas suas proximidades. Assim é com Catarina. Nós a vemos, principalmente, por intermédio das reflexões do seu marido e pela sua influência sobre outras pessoas. E, dessa forma, nós, de fato a vemos. Contudo, podemos vê-la "apenas [como] um reflexo obscuro, como em espelho", para citar o apóstolo Paulo (1Coríntios 13:12).

Uma pergunta válida poderia ser esta: Seria possível alguém escrever uma biografia de um buraco negro? De uma pessoa vista somente como um reflexo obscuro num espelho? "Uma biografia real de Catarina von Bora dificilmente poderia ser escrita, mesmo no futuro", escreve Martin Treu. "As fontes básicas são muito fracas. As suas oito cartas restantes, nenhuma delas escritas pelas suas próprias mãos, todas dizem respeito a projetos econômicos".[1]

As duas últimas palavras de Treu — "projetos econômicos" — representam um prêmio inócuo. O que sabemos sobre Catarina diz respeito, em grande medida, às suas transações comerciais, retiradas, fundamentalmente, das cartas de Lutero a ela e a outras pessoas. E isto é fundamental para conhecermos Catarina. Como esposa de Martinho Lutero ela, certamente, era conhecida pelos seus contemporâneos e, mais especificamente, pelos colegas e alunos de Lutero. *Por que então*, poderíamos perguntar, *ela não surge significativamente nas fontes contemporâneas? Por que ela seria relegada ao buraco negro da história?*

Seria o gênero um fator fundamental? É improvável. Na verdade, se Catarina fosse simplesmente um *homem de negócios* bem-sucedido de Wittenberg, poderíamos facilmente entender a invisibilidade. Porém, como a parceira e amada mais íntima de Martinho Lutero, seu gênero era um requisito — a própria razão do significado dela. Portanto, concluímos que a questão não era o gênero errado. Antes, uma personalidade e ambições inadequadas — e estas duas combinadas com sua falta de devoção espiritual.

Imagine uma freira fugitiva, desgraçada e empobrecida, chegando a Wittenberg em 1523, conhecida pelas boas obras e devoção, levantando--se veementemente pela fé evangélica, liderando reuniões de oração para mulheres e grupos de estudo bíblico, adquirindo reputação pela sua devoção, cuidando de bebês que cresceriam para seguir os passos do seu pai. Então teríamos todas as fontes necessárias para uma biografia plena da esposa do celebrado Martinho Lutero. Só que, infelizmente, essa não seria Catarina von Bora.

O nome mais celebrado da Reforma era Martinho Lutero. Havia outros nomes marcantes, mas o dele desbancava todos os demais. A "marca Lutero", segundo Andrew Pettegree, incorporava muitas coisas, e uma das principais era uma fé evangélica extraída diretamente das epístolas de Paulo. E a "marca Lutero" também representava o "Pastor da Nação" — título de um dos capítulos do livro de Pettegree, *Brand Luther* [A "marca Lutero"]. Lutero ficou conhecido não somente como o corajoso reformador que se levantou com ímpeto contra a poderosa Igreja Católica, mas também como um conselheiro e amigo que se recusava a se tornar um rico vendedor do evangelho: "ele preferia não ganhar dinheiro com seus livros, escritos sempre pela causa de Deus, e para não dar mais munição aos inimigos, ao obter lucro a partir da obra de Deus".[2]

Tudo isso era a "marca Lutero" que ele vendeu — em cada palavra falada ou escrita — tenha obtido lucro ou não.

Já com a "marca Bora", o mesmo não ocorreu. Este é um fator crítico na compreensão de Catarina. Pettegree também observa (com relação à recusa de Lutero em obter lucro com a venda dos seus livros) que "ele agora poderia desfrutar dessa erudição, em parte, graças à sua esposa, uma mulher de negócios, que manteve a casa bem suprida e gerou uma renda extra considerável a partir das suas várias iniciativas de negócio".[3]

A "marca Bora" não vendeu. A sua marca era objeto de ressentimento por parte de muitos, inclusive dos companheiros mais íntimos de Lutero. A "marca Bora" representava uma mulher de negócios. Na verdade, Catarina tinha mesmo uma marca — a de ser uma mulher independente, motivada e secular. Se a marca de Lutero era, em parte, a de pastor da nação, a dela *não* era a de uma mulher de pastor. Na época, tanto como hoje, aquele papel implicava exigências não escritas. Se ela tivesse sido profundamente devota, conhecida fundamentalmente pela sua piedade e apoio incondicional à Reforma evangélica encabeçada pelo seu marido, quem sabe as fontes da "marca Bora" não fossem mais abundantes? E, talvez, a tarefa dos biógrafos não fosse mais fácil?

Como aconteceu, os contemporâneos de seu marido e seus seguidores na geração seguinte basicamente a empurraram para a obscuridade. Tire-a da equação, entretanto, e nós estaríamos olhando para uma Reforma muito diferente. Tire a profunda influência de Catarina sobre seu marido, e a "marca Lutero" teria sido seriamente diminuída.

# Notas

**Introdução: Catarina von Bora para Todas as Eras**

[1] Vide Ruth A. Tucker, *Extraordinary Women of Christian History: What We Can Learn from Their Struggles and Triumphs* (Grand Rapids: Baker, 2016), p.24.

[2] Comitê Preparatório da Consulta de Lausanne Sobre o Evangelismo Mundial, "Christian Witness to Nominal Christians among Roman Catholics" [O testemunho cristão para cristãos nominais entre os católico-romanos]. Lausanne Occasional Paper 10 (junho de 1980), www.lausanne.org/content/lop/lop-10 (acessado em 1º de dezembro de 2016).

[3] Jeanette C. Smith, "Katharina von Bora through Five Centuries: A Historiography," *Sixteenth Century Journal* 30.3 (1999), p. 745.

**1. "A Prisão de Jesus": A Clausura em um Convento**

[1] Casey N. Cep, "Inside the Cloister," *New Yorker*, 5 de março de 2014, www.newyorker.com/books/page-turner/inside-the-cloister.

[2] Ibid.

[3] Laurel Braswell, "Saint Edburga of Winchester: A Study of Her Cult, A.D. 950–1500," *Medieval Studies* 23 (1971), p. 310.

[4] Vide Eileen Power, *Medieval English Nunneries* (Cambridge: Cambridge University Press, 1922), p. 25.

[5] Vide Martin Treu, "Katharina von Bora, the Woman at Luther's Side", *Lutheran Quarterly* 13 (verão de 1999), p. 157, www.lutheranquarterly.com/uploads/7/4/0/1/7401289/treu_katharina_von_bora.pdf (acessado em 1º de dezembro de 2016).

[6] Citado em Rudolf K. Markwald e Marilynn Morris Markwald, *Katharina von Bora: A Reformation Life* (St. Louis, MO: Concordia, 2002), p. 24.

[7] Martin Brecht, *Martin Luther: Shaping and Defining the Reformation, 1521–1532*, traduzido por James L. Schaaf (Minneapolis: Fortress, 1990), p. 101.

[8] Heide Wunder, *He Is the Sun, She Is the Moon: Women in Early Modern Germany* (Cambridge, MA: Harvard University Press, 1998), p. 17.

[9] Vide Anne Winston-Allen, *Convent Chronicles: Women Writing about Women and Reform in the Late Middle Ages* (University Park: Pennsylvania State University Press, 2004), p. 29, 45, 49.

10 Judith Oliver, "Worship and the Word," in *Women and the Book: Assessing the Visual Evidence*, editado por Jane H. M. Taylor e Lesley Smith (Londres: University of Toronto Press, 1996), p. 106.

11 Ibid., p. 107.

12 Vide Ernst Kroker, *The Mother of the Reformation: The Amazing Life and Story of Katharine Luther*, traduzido por Mark E. DeGarmeaux (St. Louis, MO: Concordia, 2013), p. 19.

13 Hildegard von Bingen, "Her Life: Work as Abbess / Richardis of Stade," http//landderhildegard.de/her-life-work-as-abbess-richardis-of-stade (acessado em 1º de dezembro de 2016).

14 Ulrike Wiethaus, "In Search of Medieval Women's Friendships: Hildegard of Bingen's Letters to Her Female Contemporaries," editado por Ulrike Wiethaus, *Maps of Flesh and Light: The Religious Experience of Medieval Women Mystics* (Syracuse, NY: Syracuse University Press, 1993), p. 106.

15 Joseph L. Baird e Radd K. Ehrman, trans., *The Letters of Hildegard of Bingen*, vol. 1 (Nova York: Oxford University Press, 1994), p. 51.

16 Citado em Winston-Allen, *Convent Chronicles*, p. 129–30.

17 Citado em Markwald and Markwald, *Katherina von Bora*, p. 40.

18 Citado em Lina Eckenstein, *Woman under Monasticism* (Londres: Clay, 1896), p. 67–68.

19 Ibid.

20 Citado em Christian D. Knudsen, *Naughty Nuns and Promiscuous Monks: Monastic Sexual Misconduct in Late Medieval England* (University of Toronto, PhD dissertation, 2012), p. 97–99, https://tspace.library.utoronto.ca/bitstream/1807/67281/6/Knudsen_Christian_D_201211_PhD_thesis.pdf (acessado em 1º de dezembro de 2016).

21 Martin Luther King Jr., "I Have a Dream" [Eu Tenho um Sonho], discurso na "Marcha de Washington" (28 de agosto de 1963), https://kinginstitute.stanford.edu/king-papers/documents/i-have-dream-address-delivered-march-washington-jobs-and-freedom (acessado em 1º de dezembro de 2016).

22 Citado em Winston-Allen, *Convent Chronicles*, p. 233.

23 Citado em Thomas A. Brady, *German Histories in the Age of the Reformations, 1400–1650* (Nova York: Cambridge University Press, 2009), p. 174.

24 Ibid.

25 "The Plays of Roswitha: Dulcitius", Fordham University, http://sourcebooks.fordham.edu/basis/roswitha-dulcitius.asp (acessado em 1º de dezembro de 2016).

26 Winston-Allen, *Convent Chronicles*, p. 22.

27 Citado em ibid., p. 24.

NOTAS

28 Ibid., p. 25.

29 Ibid.

30 Treu, "Katharina von Bora", p. 158.

31 Patricia O'Donnell-Gibson, *The Red Skirt: Memoirs of an Ex Nun* (Watervliet, MI: StuartRose, 2011), p. 38.

32 Ibid., p. 85.

33 Citado em Markwald and Markwald, *Katharina von Bora*, p. 40.

## 2. "Eis-me Aqui": A Revolução Religiosa na Alemanha

1 Tom Browning, "A History of the Reformation: "The Door . . . Martin Luther," 19 de dezembro de 2003, www.monergism.com/thethreshold/articles/onsite/browning/Lesson8.pdf (acessado em 1º de dezembro de 2016).

2 Citado em Timothy George, *Theology of the Reformers*, edição revisada (Nashville: Broadman & Holman, 2013), p. 88.

3 Citado em Joel F. Harrington, *The Faithful Executioner: Life and Death, Honor and Shame in the Turbulent Sixteenth Century* (Nova York: Farrar, Straus e Giroux, 2013), p. 33.

4 Citado em obra editada por Lewis Spitz, *Luther's Works*, vol. 34 (Filadélfia: Muhlenberg, 1960), p. 337.

5 Citado em Martin Marty, *Martin Luther* (Nova York: Viking, 2004), p. 6.

6 Citado em George, *Theology of the Reformers*, p. 53.

7 John Wesley, *Journal of John Wesley*, Christian Classics Ethereal Library, www.ccel.org/ccel/wesley/journal.vi.ii.xvi.html (acessado em 1º de dezembro de 2016).

8 Citado em George, *Theology of the Reformers*, p. 65.

9 Ibid., p. 63.

10 Citado em Thomas M. Lindsay, *Luther and the German Reformation* (Edimburgo: T&T Clark, 1900), p. 50, https://archive.org/stream/luthergermanrefo00lind/luthergermanrefo00lind_djvu.txt (acessado em 1º de dezembro de 2016).

11 Karl Barth, *Die christliche Dogmatik im Entwurf: Die Lehre vom Worte Gottes* (Munique: Chr. Kaiser Verlag, 1927), ix.

12 Roland Bainton, *Here I Stand: A Life of Martin Luther* (Nashville: Abingdon, 1950), p. 60.

13 Citado em ibid., p. 147.

14 Citado em ibid., p. 185; Bainton escreve, "A mais recente versão impressa adicionou as palavras: 'Here I stand, I cannot do otherwise' [Aqui estou, nada posso fazer de diferente]. Estas palavras, mesmo não tendo sido registradas *in loco*, podem, todavia, ser genuínas, porque os ouvintes, naquele momento, estavam demasiadamente comovidos para registrá-las".

204 A PRIMEIRA-DAMA DA REFORMA

[15] Citado em Roland H. Bainton, *Women of the Reformation in Germany and Italy* (Minneapolis: Augsburgo, 1971), p. 65.

[16] Ibid., p. 106.

[17] Citado em Rudolf K. Markwald e Marilynn Morris Markwald, *Katharina von Bora: A Reformation Life* (St. Louis, MO: Concordia, 2002), p. 40.

[18] Citado em Jean Rilliet, *Zwingli: Third Man of the Reformation*, traduzido por Harold Knight (Philadelphia: Westminster, 1964), p. 33.

[19] Kimberly C. Kennedy, "'God's Recurring Dream': Assessing the New Monastic Movement through Historical Comparison" (tese de mestrado, Olivet Nazarene University, 2012), p. 14, http://digitalcommons.olivet.edu/cgi/viewcontent.cgi?article=1002&context=hist_maph (acessado em 1º de dezembro de 2016).

## 3. "Uma Carruagem Cheia de Virgens Vestais": A Fuga do Convento

[1] Patricia O'Donnell-Gibson, *The Red Skirt: Memoirs of an Ex Nun* (Watervliet, MI: StuartRose, 2011), p. 38.

[2] Citado em Roland Bainton, *Here I Stand: A Life of Martin Luther* (Nashville: Abingdon, 1950), p. 45.

[3] J. H. Alexander, "Katherine von Bora, Wife of Luther", www.the-highway.com/articleNov01.html (acessado em 1º de dezembro de 2016).

[4] Boise State University, *Martin Luther*, "Luther Marries", 17, https://europeanhistory.boisestate.edu/reformation/luther/17.shtml (acessado em 1º de dezembro de 2016).

[5] Armin Stein, *Katharine von Bora, Dr. Martin Luther's Wife: A Picture from Life*, traduzido por A. Endlich (Philadelphia: General Council Publication Board, 1915), p.21.

[6] Ibid., p. 35–37, 40–41.

[7] Vide Scott Hendrix, *Martin Luther: Visionary Reformer* (New Haven, CT: Yale University Press, 2015), p. 143.

[8] Citado em Bainton, *Here I Stand*, p. 286–87.

[9] Michael Baker, "Was Luther Really Like, After All?" www.catholicapologetics.info/apologetics/protestantism/character.htm (acessado em 1º de dezembro de 2016).

[10] Theodore Gerhardt Tappert, editado por, *Luther: Letters of Spiritual Counsel* (Philadelphia: Westminster, 1955), p. 172.

[11] Ernst Kroker, *The Mother of the Reformation: The Amazing Life and Story of Katharine Luther*, traduzido por Mark E. DeGarmeaux (St. Louis, MO: Concordia, 2013), p. 40.

[12] Ibid.

NOTAS

13 Eileen Power, *Medieval English Nunneries: c. 1275–1535* (Cambridge: Cambridge University Press, 1922), p. 36.

14 Preserved Smith e Charles M. Jacobs, editado por, *Luther's Correspondence and Other Contemporary Letters*, vol. 2 (Philadelphia: Lutheran Publication Society, 1918), p. 258.

15 Steven Ozment, *The Serpent and the Lamb: Cranach, Luther, and the Making of the Reformation* (New Haven, CT: Yale University Press, 2011), p. 271.

16 James Anderson, *Ladies of the Reformation* (Nova York: Blackie, 1858), p. 55.

17 Citado em Martin Treu, "Katharina von Bora, the Woman at Luther's Side", *Lutheran Quarterly* 13 (verão de 1999): 176, note 3, www.lutheranquarterly.com/uploads/7/4/0/1/7401289/treu_katharina_von_bora.pdf (acessado em 1º de dezembro de 2016).

18 Citado em Hendrix, *Martin Luther*, p. 142.

19 Smith e Jacobs, editado por *Luther's Correspondence*, 2: p. 181.

20 Ibid.

21 Vide Susan C. Karant-Nunn e Merry E. Wiesner-Hanks, obra editada por, *Luther on Women* (Nova York: Cambridge University Press, 2003), p. 132.

22 Citado em Roland Bainton, "Psychiatry and History," in *Psychohistory and Religion: The Case of Young Man Luther*, editado por Roger A. Johnson (Philadelphia: Fortress, 1977), p. 44.

23 Arthur Cushman McGiffert, *Martin Luther: The Man and His Work* (Nova York: Century, 1911), p. 277–78.

24 Glenn Sunshine, "Katharine von Bora", *Christian Worldview Journal*, 26 de outubro de 2015, www.colsoncenter.org/the-center/columns/changed/23137-katharina-von-bora (acessado em 1º de dezembro de 2016).

25 Preserved Smith, *The Life and Letters of Martin Luther* (Boston: Houghton Mifflin, 1911), p. 176.

26 Ibid.

27 Ibid.

28 Citado em Clyde L. Manschreck, *Melanchthon: The Quiet Reformer* (Eugene, OR: Wipf & Stock, 2009), p. 129–30.

29 Citado em Marjorie Elizabeth Plummer, *From Priest's Whore to Pastor's Wife: Clerical Marriage and the Progress of Reform in the Early German Reformation* (Burlington, VT: Ashgate, 2012), p. 51–52.

30 Citado em Justin Taylor, "Martin Luther's Reform of Marriage," in *Sex and the Supremacy of Christ*, editado por John Piper e Justin Taylor (Wheaton, IL: Crossway, 2005), p. 223.

31 Citado em Roland H. Bainton, *Women of the Reformation in Germany and Italy* (Minneapolis: Augsburg, 1971), p. 24.

## 4. "Uma Vida Amarga": A Vida Diária na Antiga Wittenberg

1 Sheilagh C. Ogilvie, *A Bitter Living: Women, Markets, and Social Capital in Early Modern Germany* (Nova York: Oxford University Press, 2003), p. 1.

2 Tim Lambert, "A Brief History of Toilets", *Washingtonian Magazine* (última revisão em 2016), www.localhistories.org/toilets.html (acessado em 1º de dezembro de 2016).

3 Ibid.

4 Ibid.

5 Ibid.

6 Vide Gottfried Krüger, "How Did the Town of Wittenberg Look at the Time of Luther," traduzido por Holger Sonntag, http://thewittenbergproject.org/about/how-did-the-town-of-wittenberg-look-at-the-time-of-luther (acessado em 1º de dezembro de 2016).

7 Citado em ibid.

8 Roland Bainton, *Here I Stand: A Life of Martin Luther* (Nashville: Abingdon, 1950), p. 298.

9 Krüger, "How Did the Town of Wittenberg Look?"

10 Vide ibid.

11 Citado em Olli-Pekka Vainio, ed., *Engaging Luther: A (New) Theological Assessment* (Eugene, OR: Wipf & Stock, 2010), p. 187.

12 Vide Krüger, "How Did the Town of Wittenberg Look?"

13 Desiderius Erasmus, "On the Education of Children," in *The Erasmus Reader*, editado por Erika Rummel (Toronto: University of Toronto Press, 2003), p. 73.

14 Vide Krüger, "How Did the Town of Wittenberg Look?"

15 Wolfgang Capito, "The Frankfurt Book Fair: Part I" (1501), https://wolfgangcapito.wordpress.com/2011/07/07/the-frankfurt-book-fair-part-1 (acessado em 1º de dezembro de 2016).

16 Ibid.

17 Preserved Smith, *The Life and Letters of Martin Luther* (Boston: Houghton Mifflin, 1911), p. 363.

18 Ogilvie, *A Bitter Living*, p. 1.

19 Ibid., p. 10.

20 Ibid.

21 Joel F. Harrington, *The Faithful Executioner: Life and Death, Honor and Shame in the Turbulent Sixteenth Century* (Nova York: Farrar, Straus e Giroux, 2013), p. 5.

NOTAS

²² Citado em Euan Cameron, *Enchanted Europe: Superstition, Reason, and Religion, 1250–1750* (Oxford: Oxford University Press, 2006), p. 2.

²³ Ibid, p. 3–4.

²⁴ C. Scott Dixon, *The Reformation and Rural Society: The Parishes of Brandenburg--Ansbach-Kulmbach, 1528–1603* (Cambridge: Cambridge University Press, 1996), p.102.

²⁵ Harrington, *Faithful Executioner*, p. 33.

²⁶ Ibid., p. 6.

²⁷ Ibid., p. 5.

²⁸ Citado em ibid., p. 8.

²⁹ Citado em Smith, *Life and Letters of Martin Luther*, p. 361.

³⁰ Citado em ibid., p. 362.

³¹ Citado em ibid.

³² Saint Teresa, *The Life of Teresa of Jesus* (1888; repr., Nova York: Garden City, NY, 1960), lxvii.

³³ Citado em Susan Broomhall, *Women and the Book Trade in Sixteenth-Century France* (Hampshire, UK: Ashgate, 2002), p. 2.

³⁴ Ann Marie Rasmussen, *Mothers and Daughters in Medieval German Literature* (Syracuse, NY: Syracuse University Press, 1997), p. 204.

## 5. "Tranças no Travesseiro": O Casamento com Martinho Lutero

¹ Citado em Marjorie Elizabeth Plummer, *From Priest's Whore to Pastor's Wife* (Burlington, VT: Ashgate, 2012), p. 126.

² Citado em Philip Schaff, *History of the Christian Church*, vol. 7 (Grand Rapids: Eerdmans, 1979), p. 455.

³ Citado em William Herman Theodore, editado por, *Four Hundred Years: Commemorative Essays on the Reformation of Dr. Martin Luther and Its Blessed Results* (St. Louis, MO: Concordia, 1916), p. 143.

⁴ Citado em Richard Friedenthal, *Luther: His Life and Times*, traduzido por John Nowell (Nova York: Harcourt Brace Jovanovich, 1970), p. 438.

⁵ Patrick F. O'Hare, *The Facts about Luther* (Cincinnati, OH: Pustet, 1916), p. 353.

⁶ Citado em Preserved Smith, *The Life and Letters of Martin Luther* (Boston: Houghton Mifflin, 1911), p. 130.

⁷ Citado em Carter Lindberg, "Martin Luther on Marriage and the Family", 30, www.emanuel.ro/wp-content/uploads/2014/06/P-2.1-2004-Carter-Lindberg--Martin-Luther-on-Marriage-and-the-Family.pdf (acessado em 1º de dezembro de 2016).

208       A PRIMEIRA-DAMA DA REFORMA

8   Vide Helen L. Parish, *Clerical Celibacy in the West, c. 1100–1700* (Burlington, VT: Ashgate, 2010), p. 146.

9   Ibid., p. 147.

10   Vide William Lazareth, *Luther on the Christian Home: An Application of the Social Ethics of the Reformation* (Philadelphia: Muhlenberg, 1960), p. 23.

11   Citado em ibid.,

12   Ibid.

13   Ibid, p. 22.

14   Ibid.

15   Citado em Robert Dean Linder, *The Reformation Era* (Westport, CT: Greenwood, 2008), p. 26.

16   Vide Lazareth, *Luther on the Christian Home*, p. 21.

17   Gregory of Tours, *The History of the Franks*, traduzido por Lewis Thorpe (Londres: Penguin, 1974), p. 74–75.

18   Preserved Smith e Charles M. Jacobs, editado por, *Luther's Correspondence and Other Contemporary Letters* (Philadelphia: Lutheran Publication Society, 1918), 2: p. 326.

19   Citado em Rudolf K. Markwald e Marilynn Morris Markwald, *Katharina von Bora: A Reformation Life* (St. Louis, MO: Concordia, 2002), p. 78.

20   Citado em Heiko Oberman, *Luther, Man Between God and the Devil* (Nova York: Doubleday, 1982), p. 282.

21   Citado em Moritz Meurer, *The Life of Martin Luther: Related from Original Authorities* (Nova York: Ludwig, 1848), p. 320-21.

22   Ernst Kroker, *The Mother of the Reformation: The Amazing Life and Story of Katharine Luther*, traduzido por Mark E. DeGarmeaux (St. Louis, MO: Concordia, 2013), p. 73.

23   Citado em Roland H. Bainton, *Women of the Reformation in Germany and Italy* (Minneapolis: Augsburgo, 1971), p. 27.

24   Vide Anne Winston-Allen, *Convent Chronicles: Women Writing about Women and Reform in the Late Middle Ages* (University Park: Pennsylvania State University Press, 2004), p. 233.

25   Citado em Sabina Flanagan, *Hildegard of Bingen, 1098–1179: A Visionary Life*, 2ª edição. (Nova York: Routledge, 1998), p. 70.

26   Vide Martin Treu, "Katharina von Bora, the Woman at Luther's Side", *Lutheran Quarterly* 13 (verão de 1999): p.159, www.lutheranquarterly.com/uploads/7/4/0/1/7401289/treu_katharina_von_bora.pdf (acessado em 1º de dezembro de 2016).

NOTAS

²⁷ Vide ibid.

²⁸ Martin Brecht, *Martin Luther: Shaping and Defining the Reformation*, 1521–1532, traduzido por James L. Schaaf (Minneapolis: Fortress, 1990), p. 202-3.

²⁹ Ibid., p. 203.

³⁰ Ibid.

³¹ Ibid., p. 202.

³² Ibid.

³³ Andrew Pettegree, *Brand Luther: 1517, Printing, and the Making of the Reformation* (Nova York: Penguin, 2015), p. 253.

³⁴ Heinrich Denifle, *Luther and Lutherdom*, traduzido por Raymund Volz (Somerset, UK: Torch, 1917), p. 312.

³⁵ Ibid., p. 313.

³⁶ Citado em Bainton, *Women of the Reformation*, p. 23.

³⁷ Vide Roland Bainton, *Here I Stand: A Life of Martin Luther* (Nashville: Abingdon, 1950), p. 308.

³⁸ Marjorie Elizabeth Plummer, *From Priest's Whore to Pastor's Wife: Clerical Marriage and the Progress of Reform in the Early German Reformation* (Burlington, VT: Ashgate, 2012), p. 247.

³⁹ Laurel Thatcher Ulrich, *Well-Behaved Women Seldom Make History* (Nova York: Knopf, 2007), xiii.

## 6. "Nem Madeira, Nem Pedra": Um Marido Reformador

¹ Citado em Michael Parsons, *Reformation Marriage: The Husband and Wife Relationship in the Theology of Luther and Calvin* (Eugene, OR: Wipf & Stock, 2011), 1.

² Citado em Roland H. Bainton, *Women of the Reformation in Germany and Italy* (Minneapolis: Augsburgo, 1971), p. 29.

³ Citado em Ernst Kroker, *The Mother of the Reformation: The Amazing Life and Story of Katharine Luther*, traduzido por Mark E. DeGarmeaux (St. Louis, MO: Concordia, 2013), p. 264.

⁴ Vide Barbara Hudson Powers, *The Henrietta Mears Story* (Grand Rapids: Revell, 1957), p. 191.

⁵ Citado em Martin Marty, *Martin Luther* (Nova York: Penguin, 2004), vii.

⁶ James Reston Jr., *Luther's Fortress: Martin Luther and His Reformation Under Siege* (Nova York: Basic Books, 2015), p. 85.

⁷ Roland Bainton, *Here I Stand: A Life of Martin Luther* (Nashville: Abingdon, 1950), p. 293.

⁸ Susan Squire, *I Don't: A Contrarian History of Marriage* (Nova York: Bloomsbury, 2008), p. 210.

210         A PRIMEIRA-DAMA DA REFORMA

9 Citado em Reston, *Luther's Fortress*, p. 88.

10 Ibid.

11 Citado em Susan C. Karant-Nunn e Merry E. Wiesner-Hanks, editado por, *Luther on Women* (Nova York: Cambridge University Press, 2003), 120.

12 Citado em Leland Ryken, *Worldly Saints: The Puritans as They Really Were* (Grand Rapids: Zondervan, 1986), p. 73.

13 Vide William Lazareth, *Luther on the Christian Home: An Application of the Social Ethics of the Reformation* (Philadelphia: Muhlenberg, 1960), p. 145.

14 Ibid.

15 Citado em Timothy J. Wengert, editor, *Harvesting Martin Luther's Reflections on Theology, Ethics, and the Church* (Grand Rapids: Eerdmans, 2004), p. 13–14.

16 Ibid., p.13.

17 Citado em Margaret A. Currie, editora, *The Letters of Martin Luther* (Nova York: Macmillan, 1908), xii.

18 Citado em Carter Lindberg, "Martin Luther on Marriage and the Family," 32, www.emanuel.ro/wp-content/uploads/2014/06/P-2.1-2004-Carter-Lindberg--Martin-Luther-on-Marriage-and-the-Family.pdf (acessado em 1º de dezembro de 2016).

19 Ibid., p. 33.

20 Citado em Preserved Smith, *The Life and Letters of Martin Luther* (Boston: Houghton Mifflin, 1911), p. 251.

21 Citado em Andrew Pettegree, *Brand Luther: 1517, Printing, and the Making of the Reformation* (Nova York: Penguin, 2015), p. 261.

22 Vide Currie, editor, *Letters of Martin Luther*, p. 361.

23 Citado em H. C. Erik Midelfort, *A History of Madness in Sixteenth-Century Germany* (Stanford, CA: Stanford University Press, 1999), p. 106.

24 Ibid., p. 104.

25 Vide Martin Brecht, *Martin Luther: Shaping and Defining the Reformation*, 1521–1532, traduzido por James L. Schaaf (Minneapolis: Fortress, 1990), p. 210.

26 Citado em Philip Schaff, *History of the Christian Church* (Grand Rapids: Eerdmans, 1979), 7: p. 337–38.

27 Vide Smith, *Life and Letters of Martin Luther*, p. 341.

28 Vide Karant-Nunn e Wiesner-Hanks, *Luther on Women*, p. 178–79.

29 Citado em Smith, *Life and Letters of Martin Luther*, p. 324.

30 Ibid.

31 Vide ibid., p. 341.

32 Ibid.

NOTAS

33 William Keddie, editado por, *The Sabbath School Magazine*, vol. 36 (Glasgow: Glasgow Sabbath School Union, 1884), p. 240.

34 Citado em *Punch, or the London Charivari*, vol. 30 (Londres: Bradbury and Agnew, 1856), p. 99.

35 Citado em Julius Köstlin, *The Life of Martin Luther* (Philadelphia: Lutheran Publication Society, 1883), p. 355.

36 Vide Karant-Nunn e Wiesner-Hanks, *Luther on Women*, 9.

37 Ibid., 11–12.

38 Richard Marius, *Martin Luther: The Christian between God and Death* (Cambridge, MA: Harvard University Press, 1999), p. 439.

39 Vide Karant-Nunn e Wiesner-Hanks, *Luther on Women*, p. 12.

40 Bainton, *Here I Stand*, p. 298.

41 Citado em ibid., p. 296.

42 Citado em Clayborne Carson and Kris Shepard, eds., *A Call to Conscience: The Landmark Speeches of Dr. Martin Luther King, Jr.* (Nova York: Warner, 2002), p. 66–67.

## 7. "De Catarina Nasce uma Pequena Pagã": Como Ser Mãe na Casa Paroquial

1 Sue Hubbell, *A Country Year: Living the Questions* (Nova York: Houghton Mifflin, 1999), p. 90.

2 Katy Schumpert, "Why I Am Not a Pastor", 11 de março de 2015, http://katie-luthersisters.org/2015/03/why-i-am-not-a-pastor (acessado em 30 de março de 2016).

3 Citado em Carter Lindberg, "Martin Luther on Marriage and the Family", 29, www.emanuel.ro/wp-content/uploads/2014/06/P-2.1-2004-Carter-Lindberg-Martin--Luther-on-Marriage-and-the-Family.pdf (acessado em 1º de dezembro de 2016).

4 J. A. P. Jones, *Europe, 1500–1600* (Nashville: Nelson, 1997), p. 75.

5 Ibid.

6 Vide Martin Treu, "Katharina von Bora, the Woman at Luther's Side", *Lutheran Quarterly* 13 (verão de 1999): p. 163, www.lutheranquarterly.com/uploads/7/4/0/1/7401289/treu_katharina_von_bora.pdf (acessado em 1º de dezembro de 2016).

7 Vide Henry Barnard, editor, "Early Training: Home Education," *The American Journal of Education*, vol. 8, no. 20, março de 1860 (Hartford, CT: Brownell, 1860), p. 78.

8 Vide Roland Bainton, *Here I Stand: A Life of Martin Luther* (Nashville: Abingdon, 1950), p. 293.

9 Citado em Roland H. Bainton, *Women of the Reformation in Germany and Italy* (Minneapolis: Augsburg, 1971), p. 38.

10 Vide Martin Brecht, *Martin Luther: Shaping and Defining the Reformation*, 1521–1532, traduzido por James L. Schaaf (Minneapolis: Fortress, 1990), p. 204.

11 Citado em Bainton, *Here I Stand*, p. 293.

12 Citado em Brecht, *Martin Luther*, p. 204.

13 Ibid.

14 Citado em ibid.

15 Vide Rudolf K. Markwald e Marilynn Morris Markwald, *Katharina von Bora: A Reformation Life* (St. Louis, MO: Concordia, 2002), p. 102; vide também Peter Matheson, *Argula von Grumbach: A Woman's Voice in the Reformation* (Edimburgo: T&T Clark, 1995), p. 121–22.

16 Richard Marius, *Martin Luther: The Christian Between God and Death* (Cambridge, MA: Harvard University Press, 1999), p. 439.

17 Vide William Lazareth, *Luther on the Christian Home: An Application of the Social Ethics of the Reformation* (Philadelphia: Muhlenberg, 1960), p. 144.

18 Citado em Philip Schaff e Arthur Gilman, editores, *A Library of Religious Poetry* (Nova York: Dodd, Mead, 1881), p. 716.

19 Vide Lindberg, "Martin Luther on Marriage," p. 35.

20 Vide Martin Luther, "A Sermon on the Estate of Marriage," in *Luther's Works*, editado por. J. Pelikan e H. T. Lehmann (Saint Louis, MO: Concordia, 1966), 44: p. 8.

21 Citado em Lazareth, *Luther on the Christian Home*, p. 144–45.

22 Citado em Hendrix, *Martin Luther: A Very Short Introduction* (New York: Oxford University Press, 2010), p. 76.

23 Citado em William Dallmann, ed., *The Lutheran Witness*, vol. 11 (Baltimore, MD: Lang, 1892–1893), p. 78.

24 Citado em Ferdinand Piper e H. M. McCracken, editores, *Lives of the Leaders of Our Church Universal* (Chicago: Andrews, 1879), p. 278.

25 Hendrix, *Martin Luther: A Very Short Introduction*, p. 77.

26 Ibid.

27 Treu, "Katharina von Bora", p. 164.

28 Ibid., p. 165.

29 Ibid.

30 Ibid.

31 Citado em Susan C. Karant-Nunn e Merry E. Wiesner-Hanks, editores., *Luther on Women* (Nova York: Cambridge University Press, 2003), p. 171–72.

## NOTAS

213

<sup>32</sup> Susan C. Karant-Nunn, "The Masculinity of Martin Luther: Theory, Practicality, and Humor," in *Masculinity in the Reformation Era*, editado por Scott H. Hendrix e Susan C. Karant-Nunn (Kirksville, MO: Truman State University Press, 2008), p. 170.

<sup>33</sup> Mickey L. Mattox, "Luther on Eve, Women and the Church," in *The Pastoral Luther: Essays on Martin Luther's Practical Theology*, editado por Timothy J. Wengert (Grand Rapids: Eerdmans, 2009), p. 257.

<sup>34</sup> Ibid., p. 259.

<sup>35</sup> Martin Luther, *The Life of Luther, Written by Himself*, editado por M. Michelet (Nova York: Macmillan, 1904), p. 262.

### 8. "A Estrela da Manhã de Wittenberg": No Trabalho Antes do Sol Raiar

<sup>1</sup> Margaret Thatcher, "Speech at Women's International Zionist Organisation Centenary Lunch", 2 de maio de 1990, www.margaretthatcher.org/document/108078 (acessado em 1º de dezembro de 2016).

<sup>2</sup> Provérbios 31:10, paráfrase feita pelo autor.

<sup>3</sup> Rudolph W. Heinze, *Reform and Conflict: From the Medieval World to the Wars of Religion, A.D. 1350– 1648* (Oxford: Monarch, 2006), p. 111.

<sup>4</sup> Sharon Hunt, "In the boarding house," *Culinate*, 9 de abril de 2013.

<sup>5</sup> Vide Preserved Smith, *The Life and Letters of Martin Luther* (Boston: Houghton Mifflin, 1911), p. 179.

<sup>6</sup> Martin Treu, "Katharina von Bora, the Woman at Luther's Side", *Lutheran Quarterly* 13 (verão de 1999): p. 165, www.lutheranquarterly.com/uploads/7/4/0/1/7401289/treu_katharina_von_bora.pdf (acessado em 1º de dezembro de 2016).

<sup>7</sup> Citado em Margaret A. Currie, editora, *The Letters of Martin Luther* (Nova York: Macmillan, 1908), p. 299.

<sup>8</sup> Citado em Roland Bainton, *Here I Stand: A Life of Martin Luther* (Nashville: Abingdon, 1950), p. 292.

<sup>9</sup> Ibid., p. 296.

<sup>10</sup> Citado em Roland H. Bainton, *Women of the Reformation in Germany and Italy* (Minneapolis: Augsburg, 1971), p. 32-33.

<sup>11</sup> Citado em Treu, "Katharina von Bora", p. 167–68.

<sup>12</sup> Sara Hall, "Katherine von Bora Luther: Herbalist, Gardener, Farmer, and Patron Saint of the Reformation," 4 de abril de 2002, *The Daily Herb*, www.thedailyherb.com/katherine-von-bora-luther-herbalist-gardener-farmer-and-patron-saint-of--the-reformation (acessado em 1º de dezembro de 2016).

<sup>13</sup> Bainton, *Here I Stand*, p. 292.

214          A PRIMEIRA-DAMA DA REFORMA

[14] Ibid., p. 292–93.

[15] Steven Ozment, *Ancestors: The Loving Family in Old Europe* (Cambridge, MA: Harvard University Press, 2001), p. 32.

[16] Hall, "Katherine von Bora Luther."

[17] Ibid.

[18] Vide ibid.

[19] Vide Ernst Kroker, *The Mother of the Reformation: The Amazing Life and Story of Katharine Luther*, traduzido por Mark E. DeGarmeaux (St. Louis, MO: Concordia, 2013), p. 109.

[20] Vide Treu, "Katharina von Bora", p. 166.

[21] Ibid.

[22] Citado em ibid., p. 168.

[23] Ibid., p. 169.

[24] Citado em Andrew Pettegree, *Brand Luther: 1517, Printing, and the Making of the Reformation* (Nova York: Penguin, 2015), p. 272.

[25] Richard Marius, *Martin Luther: The Christian Between God and Death* (Cambridge, MA: Harvard University Press, 1999), p. 439.

[26] Citado em Currie, editor, *Letters of Martin Luther*, p. 317-18.

[27] Ibid., p. 318.

[28] Würzburger Hofbräu Light, *RateBeer*, www.ratebeer.com/beer/wurzburger-hofbrau-light/43802 (acessado em 1º de dezembro de 2016).

[29] Vide Bainton, *Women of the Reformation*, p. 52.

[30] Marius, *Martin Luther*, p. 440.

## 9. "Esculpindo da Pedra uma Esposa Obediente": Forçando os Limites de Gênero

[1] Mickey L. Mattox, "Luther on Eve, Women and the Church," in *The Pastoral Luther: Essays on Martin Luther's Practical Theology*, editado por Timothy J. Wengert (Grand Rapids: Eerdmans, 2009), p. 251-57.

[2] Citado em Steven Ozment, *Ancestors: The Loving Family in Old Europe* (Cambridge, MA: Harvard University Press, 2001), p. 37.

[3] Gerhild Scholz Williams, "The Woman/The Witch: Variations on a Sixteenth--Century Theme," in *The Crannied Wall: Women, Religion, and the Arts in Early Modern Europe*, editado por Craig A. Monson (Ann Arbor: University of Michigan Press, 1992), p. 131.

[4] Carolyn Walker Bynum, *Jesus as Mother: Studies in the Spirituality of the High Middle Ages* (Berkeley: University of California Press, 1982), p. 172–73.

# NOTAS

5  Elsie Anne McKee, *Katharina Schütz Zell: The Life and Thought of a Sixteenth--Century Reformer* (Leiden: Brill, 1999), p. 48.

6  Vide Susan C. Karant-Nunn e Merry E. Wiesner-Hanks, obra editada por, *Luther on Women* (Nova York: Cambridge University Press, 2003), p. 93.

7  Ibid., p. 94.

8  Citado em Preserved Smith, *The Life and Letters of Martin Luther* (Boston: Houghton Mifflin, 1911), p. 180.

9  Ibid.

10  Ibid., p. 181.

11  Ernst Kroker, *The Mother of the Reformation: The Amazing Life and Story of Katharine Luther*, traduzido por Mark E. DeGarmeaux (St. Louis, MO: Concordia, 2013), p. 263.

12  Ibid., p. 160.

13  Ibid., p. 161.

14  Ibid., p. 181.

15  Ibid., p. 194–95.

16  Citado em Richard Marius, *Martin Luther: The Christian Between God and Death* (Cambridge, MA: Harvard University Press, 1999), p. 440.

17  Citado em Roland H. Bainton, *Women of the Reformation in Germany and Italy* (Minneapolis: Augsburgo, 1971), p. 55.

18  Ibid.

19  Citado em Smith, *Life and Letters of Martin Luther*, p. 180.

20  Vide Bobby Valentine, "Argula von Grumbach: Courageous Debater, Theologian, Female Voice in the Reformation," 11 de setembro de 2007, *Wineskins.org*, http://stonedcampbelldisciple.com/2007/09/11/argula-von-grumbach-courageous--debater-theologian-female-voice-in-the-reformation-a-woman-on-the-family-

21  tree (acessado em 1º de dezembro de 2016).

22  Marius, *Martin Luther*, p. 438.

23  Citado em Smith, *Life and Letters of Martin Luther*, p. 181.

24  Citado em Heiko Oberman, *Luther: Man Between God and the Devil*, traduzido por Eileen Walliser-Schwarzbart (New Haven, CT: Yale University Press, 2006), p. 276.

25  Citado em Martin Treu, "Katharina von Bora, the Woman at Luther's Side," *Lutheran Quarterly* 13 (verão de 1999): p. 167, www.lutheranquarterly.com/uploads/7/4/0/1/7401289/treu_katharina_von_bora.pdf (acessado em 1º de dezembro de 2016).

26  Citado em George H. Tavard, *Women in Christian Tradition* (South Bend, IN: University of Notre Dame Press, 1973), p. 174.

27 Citado em Karant-Nunn and Wiesner-Hanks, eds., *Luther on Women*, p. 190.

28 Vide ibid., p. 192–93.

29 Citado em Rudolf K. Markwald and Marilynn Morris Markwald, *Katharina von Bora: A Reformation Life* (St. Louis, MO: Concordia, 2002), p. 109.

30 Ibid., p. 110.

31 Vide Bainton, *Women of the Reformation*, p. 29.

32 Citado em Erin Allen, "Remember the Ladies", *Library of Congress Blog*, 31 de março de 2016, https://blogs.loc.gov/loc/2016/03/remember-the-ladies (acessado em 1º de dezembro de 2016).

33 Citado em Woody Holton, *Abigail Adams: A Life* (Nova York: Simon & Schuster, 2010), p. 390.

## 10. "Pare de se Preocupar, Deixe Deus se Preocupar": O Excesso de Preocupação de Wittenberg

1 Joel F. Harrington, *The Faithful Executioner: Life and Death, Honor and Shame in the Turbulent Sixteenth Century* (Nova York: Farrar, Straus e Giroux, 2013), p. 5.

2 Citado em Preserved Smith, *The Life and Letters of Martin Luther* (Boston: Houghton Mifflin, 1911), p. 179.

3 Citado em Dennis Ngien, *Luther as a Spiritual Adviser: The Interface of Theology and Piety in Luther's Devotional Writings* (Eugene, OR: Wipf & Stock, 2007), p. 78.

4 Vide Steven Ozment, *When Fathers Ruled: Family Life in Reformation Europe* (Cambridge, MA: Harvard University Press, 1983), p. 148.

5 Graham C. L. Davey, "What Do We Worry About? 21 de maio de 2013, *Psychology Today*, www.psychologytoday.com/blog/why-we-worry/201305/what-do-we-worry-about (acessado em 1º de dezembro de 2016).

6 Citado em Susan C. Karant-Nunn e Merry E. Wiesner-Hanks, editado por, *Luther on Women* (Nova York: Cambridge University Press, 2003), p. 195.

7 Ibid.

8 Citado em Martin Luther, *The Life of Luther, Written by Himself*, editado por M. Michelet (Nova York: Macmillan, 1904), p. 349.

9 Karant-Nunn e Wiesner-Hanks, *Luther on Women*, p. 196.

10 Tela observada no dia 7 de abril de 2016.

11 John MacArthur, "A Worried Christian", *Grace to You*, www.gty.org/resources/articles/A112/a-worried-christian (acessado em 1º de dezembro de 2016).

12 Jill Briscoe, "Why Can't I Stop Worrying?" www.womensministrytools.com/womens-bible-studies/304/why-cant-i-stop-worrying (acessado em 1º de dezembro de 2016).

## NOTAS

13 Citado em Karant-Nunn and Wiesner-Hanks, eds., *Luther on Women*, p. 193.

14 Citado em Margaret A. Currie, editora, *The Letters of Martin Luther* (Nova York: Macmillan, 1908), p. 460.

15 Vide ibid., p. 461

16 Ibid.

17 Citado em James A. Nestingen, *Martin Luther: A Life* (Minneapolis: Augsburg, 2003), p. 66–67.

18 Citado em Smith, *Life and Letters of Martin Luther*, p. 371-72.

19 Ibid., p. 372.

20 Citado em Roland H. Bainton, *Women of the Reformation in Germany and Italy* (Minneapolis: Augsburgo, 1971), p. 27.

21 Richard Marius, *Martin Luther: The Christian Between God and Death* (Cambridge, MA: Harvard University Press, 1999), p. 442.

22 Ibid., p. 443.

23 Ibid., p. 442.

24 Ibid., p. 480.

25 Ibid.

26 Citado em ibid., p. 481.

27 Martin Brecht, *Martin Luther: Shaping and Defining the Reformation, 1521–1532*, traduzido por James L. Schaaf (Minneapolis: Fortress, 1990), p. 210.

28 Vide ibid., p. 211.

29 Marius, *Martin Luther*, p. 480.

30 Ibid., p. 78.

31 Ibid., p. 214.

32 Citado em Bainton, *Women of the Reformation*, p. 30.

33 Paráfrase do autor dos textos de Mateus 6:25–34; 11:28.

## 11. "A Leitura Bíblica de 'Cinquenta Florins'": Espiritualidade Desvalorizada

1 Preserved Smith, *The Life and Letters of Martin Luther* (Boston: Houghton Mifflin, 1911), p. 179.

2 Rich Deem, "The Proverbs 31 Woman: Why She Is *Not* the Ideal Christian Wife," www.godandscience.org/doctrine/proverbs_31_woman.html (acessado em 1º de dezembro de 2016).

3 Scot McKnight, *The Real Mary: Why Evangelical Christians Can Embrace the Mother of Jesus* (Brewster, MA: Paraclete, 2007), p. 4.

4 Dorothy Pape, *In Search of God's Ideal Woman* (Downers Grove, IL: InterVarsity, 1976), p. 53.

5 Vide Smith, *Life and Letters of Martin Luther*, p. 176.

6 Martin Marty, *Martin Luther* (Nova York: Viking, 2004), xii.

7 Citado em Roland Bainton, *Here I Stand: A Life of Martin Luther* (Nashville: Abingdon, 1950), p. 370.

8 Marty, *Martin Luther*, p. 23–24.

9 Citado em Warren Wiersbe, *50 People Every Christian Should Know: Learning from Spiritual Giants of the Faith* (Grand Rapids: Baker, 2009), p. 14.

10 Citado em Vern L. Bullough, Brenda Shelton, and Sarah Slavin, *The Subordinated Sex: A History of Attitudes Toward Women*, edição revisada. (Athens: University of Georgia Press, 1988), p. 174.

11 Hollie Dermer, "Women of the Reformation: Katharina Von Bora Luther", http://christinalangella.com/womenofthereformation/women-of-the-reformation-katharina-von-bora-luther-by-hollie-dermer (acessado em 1º de dezembro de 2016).

12 Kirsi Stjerna, *Women and the Reformation* (Malden, MA: Blackwell, 2009), p. 54.

13 Ibid.

14 Vide Martin Treu, "Katharina von Bora, the Woman at Luther's Side", *Lutheran Quarterly* 13 (verão de 1999): p. 159, www.lutheranquarterly.com/uploads/7/4/0/1/7401289/treu_katharina_von_bora.pdf (acessado em 1º de dezembro de 2016).

15 Rudolf K. Markwald and Marilynn Morris Markwald, *Katharina von Bora: A Reformation Life* (St. Louis, MO: Concordia, 2002), p. 134.

16 Vide ibid., p. 30.

17 Ibid., p. 33.

18 Vide Anne Winston-Allen, *Convent Chronicles: Women Writing about Women and Reform in the Late Middle Ages* (University Park: Pennsylvania State University Press, 2004), p. 133.

19 Ibid.

20 Jo Ann McNamara, *Sisters in Arms: Catholic Nuns through Two Millennia* (Cambridge, MA: Harvard University Press, 1996), p. 393.

21 Winston-Allen, *Convent Chronicles*, p. 135.

22 Citado em Roland H. Bainton, *Women of the Reformation in Germany and Italy* (Minneapolis: Augsburgo, 1971), p. 37.

23 *Citado em Bainton*, Here I Stand, p. 293.

24 Citado em Bainton, *Women of the Reformation*, p. 37.

25 Citado em Smith, *Life and Letters of Martin Luther*, p. 179.

26 Vide Treu, "Katharina von Bora", p. 172.

NOTAS                                                                                    219

[27] Martin Brecht, *Martin Luther: Shaping and Defining the Reformation, 1521–1532*, traduzido por James L. Schaaf (Minneapolis: Fortress, 1990), p. 205.

[28] Ibid., p. 206.

[29] Citado em Markwald and Markwald, *Katharina von Bora*, p. 147.

[30] Ibid., p. 111.

[31] Citado em Charles Frederick Ledderhose, *The Life of Philip Melanchthon* traduzido por G. F. Krotel (Philadelphia: Lindsay & Blakiston, 1857), p. 323.

[32] Vide Susan C. Karant-Nunn e Merry E. Wiesner-Hanks, obra editada por, *Luther on Women* (Nova York: Cambridge University Press, 2003), p. 193.

[33] Citado em Moritz Meurer, *The Life of Martin Luther: Related from Original Authorities* (Nova York: Ludwig, 1848), p. 642.

[34] J. H. Alexander, *The Ladies of the Reformation* (Londres: Westminster Discount Books, 1996), p. 212.

[35] Vide Matt Carver, "The 'Klette' Hymns and the 'Klette' Quote," *Hymnoglypt*, 1º de maior de 2010, http://matthaeusglyptes.blogspot.com/2010/05/klette-hymns-and-klette-quote.html

[36] Vide ibid.

[37] Anne Elizabeth Baker, *Glossary of Northamptonshire Words and Phrases*, vol. 1 (Londres: Smith, 1854), p. 90.

[38] Citado em James Anderson, *Ladies of the Reformation* (Londres: Blackie, 1857), p. 75.

## 12. "Nenhuma Palavra Pode Expressar a Minha Dor": A Viuvez e os Últimos Anos

[1] Citado em Diane Severance, "Albrecht Dürer, Reformation Media Man", *Christianity.com*, www.christianity.com/church/church-history/timeline/1201-1500/albrecht-drer-reformation-media-man-11629888.html (acessado em 1º de dezembro de 2016).

[2] Heiko Oberman, *Luther: Man Between God and the Devil*, traduzido por Eileen Walliser-Schwarzbart (New Haven, CT: Yale University Press, 2006), p. 5.

[3] Citado em Roland H. Bainton, *Women of the Reformation in Germany and Italy* (Minneapolis: Augsburgo, 1971), p. 40.

[4] Ibid.

[5] Oberman, *Luther*, p. 5.

[6] Charles H. H. Wright, *A Protestant Dictionary* (Londres: Hodder and Stoughton, 1904), p. 385.

[7] Dr. Volkmar Joestel, "Luther's Death", www.luther.de/en/jlt.html (acessado em 1º de dezembro de 2016).

8 Citado em Ernst Kroker, *The Mother of the Reformation: The Amazing Life and Story of Katharine Luther*, traduzido por Mark E. DeGarmeaux (St. Louis, MO: Concordia, 2013), p. 221.

9 Citado em Oberman, *Luther*, p. 8.

10 "Did Luther Recant on His Deathbed", *Beggars All: Reformation & Apologetics*, comentado por Churchmouse em 12 de janeiro de 2007, http://beggarsallreformation.blogspot.com/2007/01/did-luther-recant-on-his-deathbed.html (acessado em 1º de dezembro de 2016).

11 Citado em Rebecca Larson, "Katharina von Bora: A Married Nun", *Tudors Dynasty*, 3 de setembro de 2016, www.tudorsdynasty.com/katharina-von-bora-a-married-nun (acessado em 1º de dezembro de 2016).

12 Scott H. Hendrix, *Martin Luther: Visionary Reformer* (New Haven, CT: Yale University Press, 2015), p. 286.

13 Erwin Weber, "500th Anniversary of Katharina von Bora", *Lutheran Journal* 68.2 (1999), http://helios.augustana.edu/~ew/des/illustrated-articles/su53.html (acessado em 1º de dezembro de 2016).

14 Vide Rudolf K. Markwald e Marilynn Morris Markwald, *Katharina von Bora: A Reformation Life* (St. Louis, MO: Concordia, 2002), p. 181.

15 Kroker, *Mother of the Reformation*, p. 230–31.

16 Vide Bainton, *Women of the Reformation*, p. 40.

17 Hendrix, *Martin Luther*, p. 286.

18 Bainton, *Women of the Reformation*, p. 41.

19 Hendrix, *Martin Luther*, p. 287.

20 Vide Bainton, *Women of the Reformation*, p. 42.

21 Martin Treu, "Katharina von Bora, the Woman at Luther's Side", *Lutheran Quarterly* 13 (verão de 1999): p. 173, www.lutheranquarterly.com/uploads/7/4/0/1/7401289/treu_katharina_von_bora.pdf (acessado em 1º de dezembro de 2016).

22 Vide Bainton, *Women of the Reformation*, p. 42.

23 Vide Treu, "Katharina von Bora", p. 173.

24 Citado em Markwald and Markwald, *Katharina von Bora*, p. 193.

25 Vide Sandy Bardsley, *Venomous Tongues: Speech and Gender in Late Medieval England* (Philadelphia: University of Pennsylvania Press, 2006), p. 185 (nota 23).

26 Vide "The Fountain of Youth by Lucas Cranach the Elder," *My Daily Art Display*, 5 de maio de 2012, https://mydailyartdisplay.wordpress.com/2012/05/05/the-fountain-of-youth-by-lucas-cranach-the-elder (acessado em 1º de dezembro de 2016).

## NOTAS

[27] O poema completo permanece sob direitos autorais, mas tem sua exibição pública em poets.org (com a permissão do detentor dos direitos autorais), www. poets.org/poetsorg/poem/do-not-go-gentle-good-night (acessado em 1º de dezembro de 2016).

### A Marca de von Bora: Pensamentos Finais sobre Catarina

[1] Martin Treu, "Katharina von Bora, the Woman at Luther's Side", *Lutheran Quarterly* 13 (verão de 1999): p. 157, www.lutheranquarterly.com/uploads/7/4/0/1/7401289/treu_katharina_von_bora.pdf (acessado em 1º de dezembro de 2016).

[2] Andrew Pettegree, *Brand Luther: 1517, Printing, and the Making of the Reformation* (Nova York: Penguin, 2015), p. 279.

[3] Ibid.

Este livro foi impresso no Rio de Janeiro, em 2023,
pela Cruzado, para a Thomas Nelson Brasil.
O papel do miolo é pólen natural 70g/m², e o da capa é cartão 250g/m².